Veröffentlicht von
DREAMSPINNER PRESS

5032 Capital Circle SW, Suite 2, PMB# 279, Tallahassee, FL 32305-7886 USA
www.dreamspinnerpress.com

Die Seele im Metall
Urheberrecht der deutschen Ausgabe © 2018 Dreamspinner Press.
Originaltitel: There's This Guy
Urheberrecht © 2017 Rhys Ford.
Original Erstausgabe. Marz 2017
Übersetzt von Anna Doe.

Umschlagillustration
© 2017 Reece Notley.
reece@vitaenoir.com
Die Illustrationen auf dem Einband bzw. Titelseite werden nur für darstellerische Zwecke genutzt. Jede abgebildete Person ist ein Model.

Deutsche ISBN. 978-1-64080-619-1
Deutsche eBook Ausgabe. 978-1-64080-618-4
Deutsche Erstausgabe. Februar 2018
v 1.0

Gedruckt in den Vereinigten Staaten von Amerika.

DIE SEELE IM METALL

RHYS FORD

Dieses Buch ist für alle, die den Abgrund vor Augen hatten und sich fragten, ob sie weitermachen können oder sollen.

Ihr sollt.

Macht einfach den nächsten Schritt und geht weiter. Und solltet ihr nicht die nötige Kraft finden, bittet um Hilfe. Es gibt Menschen und Orte, an denen ihr Hilfe findet.

Geht weiter, bis euch die Sonne wieder ins Gesicht scheint und ihr die Sterne sehen könnt. Ihr seid jeden Schritt auf diesem Weg wert. Diese Welt ist ein besserer Ort, wenn ihr bei uns seid.

DANKSAGUNG

MIT LIEBE für meine Seelenschwestern Tamm, Lea, Jenn und Penn. Und auch für meine anderen Schwestern Ren, Ree, Lisa und Mary.

Ein herzlicher Dank an Elizabeth, Lynn, Grace und alle bei Dreamspinner Press, die mir mit ihrer Arbeit geholfen haben und an mich glauben.

Und nicht zuletzt danke ich dem Black Rebel Motorcycle Club, VAST und Tool, die mich mit ihrer Musik versorgt haben, während ich an diesem Buch schrieb.

1

DER METALLGESCHMACK in seiner Kehle verdrängte den Ekel, der Jake im Magen lag. Seine Zunge war taub für die saure Bitterkeit der Waffenmündung, die sich in das weiche Fleisch presste. Nur sein Gaumen brannte und blutete, weil der Lauf die zarte Haut aufgekratzt hatte. Pulver und Öl mischten sich in das Blut, das ihm mit der Spucke über die Zunge floss, eine pfeffrige Schärfe mit einem Anflug von Schmerz. Rasiermesserscharf.

Es war ein willkommener Geschmack, der die Galle in seinem Magen überdeckte, die der billige Whiskey und die Lethargie hinterlassen hatten, die Jake jedes Mal überkam, nachdem er sich die nackten Beine mit Sperma bespritzt hatte. Es war mittlerweile angetrocknet, verklebte Haare und Haut und blätterte bei jeder Bewegung in kleinen Flocken ab, die ihren durchdringenden Gestank im Zimmer verbreiteten.

Jake hatte sich kaum gerührt, seit er die alte Pistole seines Vaters aus der Kiste in dem Bücherregal geholt und sich damit an den alten Resopaltisch gesetzt hatte. Er fühlte den schweren Stiefel der Welt im Nacken, der ihn erbarmungslos niederdrückte, als er das Magazin in die Waffe schob, den Mund um den Lauf schloss und mit der Zunge um die Mündung fuhr.

Die Nacht war feucht und heiß. Schweiß lief ihm über den Rücken und streichelte ihn zärtlich, mittlerweile vertrauter als die Berührung der trockenen Lippen seiner verstorbenen Mutter, wenn sie ihn auf die unrasierte Wange geküsst hatte. Los Angeles stöhnte unter der erdrückenden Hitze des Spätsommers, die wie eine dicke Wolldecke über der Stadt lag. Kein Lüftchen regte sich und in Jakes kleinem Apartment, das nur ein abgetrennter Teil eines alten Lagerhauses war, kämpfte der Ventilator erfolglos gegen die stehende, feuchte Luft an. Draußen erhellten die Lichter und flimmernden Leuchtreklamen Koreatowns die Nacht und drangen durch das Fenster ins Zimmer ein.

Jakes Hand zitterte, wie sie es immer tat. Er roch den Alkohol, der ihm aus allen Poren kam. Der beißende Geruch des Pulvers brannte ihm bei jedem keuchenden Atemzug in der Nase. Die leere Whiskeyflasche klirrte auf dem Tisch, als er zusammenzuckte und sich an die notdürftig mit Klebeband zusammengehaltene Lehne des Plastikstuhls fallen ließ.

„Mach schon, Moore", flüsterte er heiser um den Lauf der Pistole. „Verdammt, was willst du denn noch hier?"

Sein Leben war wie diese Schuhschachtel von Wohnung – ein Puzzle, dessen Teile nicht ihm gehörten. Alles war Sperrmüll – der Tisch, der Stuhl und alles andere, was sich in dem schmalen Schlauch von Zimmer befand. Ausrangierter

Schrott, den niemand mehr wollte und den er aufgelesen hatte, um sich darin eine Existenz zu schaffen. Das hellblaue Sofa stammte aus einem Trödelladen. Es war von oben bis unten mit den Filzstiftkritzeleien eines kleinen Kindes bemalt, aber dafür noch in halbwegs erträglichem Zustand. Alte Milchkisten hielten die rote Holztür auf, die Farbe voller Risse und ausgebleicht von der Sonne Kaliforniens. Nur seine Werkzeuge, die an der Eingangstür standen, und das Bett waren neu. Die Matratze lag auf einem einfachen Rahmen, den er in die kühlste Ecke des Zimmers, eine schmale Nische zwischen der Außenwand und dem kleinen Badezimmer, geschoben hatte.

Nichts, was man nicht jederzeit verkaufen oder wegwerfen konnte.

Aber was würden die Leute über die verdrehten, verbogenen Metallspiralen denken, die er in Zeiten geformt hatte, in denen es ihm besonders schlecht ging? Jake wusste es nicht. Er hatte die Schrottteile mit nach Hause gebracht und zusammengeschweißt, um den Zorn und die Wut in sich, die er anders nicht abwerfen konnte, zum Verstummen zu bringen. Es war schon ewig her, seit er das letzte Mal in den Formen des Metalls und dem Feuer des Schweißgeräts Hilfe gesucht hatte. Es kümmerte ihn nicht mehr. Diesen Punkt hatte er schon lange überschritten. Aber selbst die beißende Scham, die seine Gedanken quälte, konnte ihn nicht dazu bringen, endlich den Abzug zu drücken.

So ein verfluchter Feigling. Die Worte seines Vaters drangen durch den Alkoholnebel in seinen Verstand und ließen ihn nicht mehr los. *Ein verdammter Schlappschwanz, den man seiner Mutter am besten aus dem Bauch geschabt hätte.*

Worte, wie sie seine Kindheit und Jugend begleitet hatten. Immer wieder hatte er sie gehört. Mein Gott, Jake könnte sie im Schlaf nachbeten, wenn er das wollte. Aber es war nie nötig gewesen. Die Worte seines Vaters … die verletzenden Worte anderer Menschen … sie fanden ihn von selbst. Sie fanden ihn mitten in der Nacht, kamen in sein Herz gekrochen und trampelten mit ihren messerscharfen Hufen über seine Seele. Er verblutete in seinen Albträumen, schrie und bettelte um Gnade.

Es war zwecklos. Niemand kam ihm zu Hilfe.

Niemand kam, und er wachte morgens schweißgebadet auf, von oben bis unten eingehüllt in die Ängste, die seine Träume heimsuchten und seine Seele in Fetzen rissen.

Auf dem Bett flatterte das Pornoheft in dem leichten Luftzug, der durch das breite Fenster an der Längswand drang. Die Seiten des Heftes waren klebrig und getränkt mit den Tropfen von Jakes Samenergüssen. Er hatte es auf dem Bett liegenlassen, als es ihm vom Bein gerutscht war, während er schon zum fünften Mal in dieser Woche masturbierte. Diese Seiten – diese verdammten Seiten – waren sein Untergang. Besonders die Mittelseite mit dem jungen, blauäugigen Mann, der mit gespreizten Beinen auf einem großen Haufen bestickter Kissen saß, nackt wie am Tag seiner Geburt, die linke Hand um den bleichen Schwanz gelegt.

2

Jake wollte dieses verdammte Scheißding verbrennen. Jedes Mal, wenn er sich zu dem Bild der Männer einen runtergeholt hatte, versprach er sich aufs Neue, das Ding zu verbrennen. Aber dann legte er es doch nur zur Seite und holte sich die Schnapsflasche. Heute war das anders. Er war gekommen und jetzt war nur noch der Ekel übrig geblieben über das, was er getan hatte. Über das, was er in seiner Fantasie mit einem anderen Mann getan hatte. Was dieser andere Mann mit ihm getan hatte.

Seine Haut spannte, war ihm viel zu eng. Er sehnte sich nach einer Erlösung, die er gerade erreicht hatte, die aber immer noch nicht genug war. Wenn er so weitermachte, rieb er sich noch den Schwanz wund.

Er … er konnte so nicht weitermachen. Es war zu viel. Zu viel, immer wieder dagegen anzukämpfen. Zu viel, es zu verbergen. Bis vor einer Woche hatte er sein Verlangen nach anderen Männern in einem tiefen, dunklen Loch in sich vergraben können. Jahrelang war er unauffällig geblieben, hatte so getan, als würde er nicht hart, wenn er den Blick eines anderen Mannes auf sich gerichtet fühlte. Jahrelang hatte er sich einreden können, er wäre zufrieden mit seinem einsamen Leben, er bräuchte nicht mehr. Schon gar nicht einen anderen Mann. Aber das alles war in sich zusammengebrochen, als er den schwarzen Sportwagen sah, der auf der anderen Straßenseite vor einem verrammelten alten Saloon anhielt. Direkt gegenüber der Werkstatt, in der Jake arbeitete.

Der Mann, der aus dem Wagen stieg … Gott, es war erst drei Wochen her, und schon war Jakes Leben im Arsch. Dieser Mann hatte Jakes Selbstbeherrschung erschüttert, hatte seine mühsam aufrechterhaltene Kontrolle in tausend kleine Fetzen gerissen. Er war aus dem Tesla ausgestiegen – schlank, mit langen Beinen und schmalen Hüften – und hatte sich umgedreht, als hätte er gespürt, dass Jake ihn beobachtete. Über die Straße hinweg trafen sich ihre Blicke, eine Erkenntnis durchfuhr sie und Jake wurde rot. Sein Schwanz wurde steif und wollte sich aus dem Käfig der Jeans befreien, die ihn gefangen hielt. Er konnte die Augenfarbe des Mannes nicht erkennen, dazu war die Straße zu breit. Vier Fahrspuren lagen zwischen ihnen und doch spürte Jake dieses Kribbeln, das kaum auszuhalten war. Der Mann war sexy. Es war, als wäre er aus diesem Heft entsprungen, das Jake immer wieder bespritzte und sich anschließend dafür verachtete. Er war eine dunkelhaarige Falle, die nur darauf wartete, zuzuschnappen. Eine Falle, bestückt mit einem Giftköder, der schon in kleinsten Mengen tödlich wirkte. Der Mann winkte ihm zu. Jake drehte sich um und verschwand in der Werkstatt. Die Dunkelheit, gegen die er so lange angekämpft hatte, schlug über ihm zusammen und drohte, ihn zu verschlingen.

Sein Handy klingelte und vibrierte auf dem Tisch. Er zuckte zusammen, die Pistole rutschte ihm aus dem Mund, der Lauf tropfnass von Jakes Speichel. Er holte tief Luft. Sie war immer noch feucht und stank nach Asphalt und dem Müll von der Straße, aber sie war reiner als der ölige Geschmack des Pistolenlaufs, den er sich bis fast in die Kehle geschoben hatte. Zitternd legte er die Waffe auf den

Tisch und tastete nach dem Handy. Seine Finger waren wie taub und wollten ihm nicht gehorchen.

Die Nummer war ihm nur zu bekannt und die Stimme am anderen Ende der Leitung hörte sich so müde an, wie Jake sich fühlte. Sie räusperte sich und bereite sich auf die Worte vor, die sie schon mehr als fünfzig Mal zuvor gesagt hatte, immer vor dem Hintergrund von klappernden Bettpfannen und Lautsprecherdurchsagen, gelegentlich auch fast übertönt von den lauten Schreien eines der gebrechlichen Patienten.

„Mr. Moore?" Die Pflegerin – eine rundliche Latina, falls Jake die Stimme richtig zuordnete – sagte seinen Namen so unnötig fragend, als würde er nicht immer selbst diese Anrufe entgegennehmen. In den fünf Jahren, seit sie anrief, hatte immer Jake selbst geantwortet, und doch hörte sie sich immer so … so hoffnungsvoll an, als würde sie sich wünschen, sie könnte auch nur ein einziges Mal mit einem anderen Menschen reden, als Ron Moores beschissenem Sohn. „Mr. Moore, Sie müssen kommen. Ihr Vater hat wieder eine seiner Launen und wir haben nicht genügend Personal, um …"

Das Summen in seinem Kopf übertönte ihre Worte. Er musste sie nicht mehr hören. Er hatte sie schon unzählige Male zuvor gehört. Sein Alter baute ab und niemand konnte die Zeit zurückdrehen. Für keinen von ihnen.

„Sicher." Er fiel ihr ins Wort, bevor sie ihn wieder an seine Pflichten als Rons Sohn erinnern konnte. Jake war ein Einzelkind und seine Mutter hatte darum kämpfen müssen, ihn auszutragen, während sein Vater ihn für ein zerstörtes Leben verantwortlich machte. „Lassen Sie mich …"

Jake war betrunken, verschluckt von einem billigen, bernsteinfarbenen Wal, verdaute in dessen sauren Säften. Er konnte sich nicht leisten, den Truck zu verlieren – verdammt, selbst eine Nacht im Knast konnte er nicht riskieren –, also sollte er nicht selbst ins Pflegeheim fahren. Andererseits hatte er nicht genug Geld im Portemonnaie für ein Taxi.

„Geben Sie mir fünf Minuten." Er warf einen Blick auf die Kaffeekanne, die auf dem alten Kartentisch stand, den er repariert hatte und als Küchentheke benutzte. „Ich muss nur …"

„Ich sage es nur ungern, aber …" Sie seufzte leidend. Das Mitleid in ihrer Stimme sollte nur die Lüge verdaulicher machen. „Wenn Ihr Vater sich weiterhin so aufführt, werden Sie einen anderen Platz für ihn finden müssen. Wir haben zu wenig Personal, um ihm die Aufmerksamkeit zu geben, die …"

„Ich habe doch gesagt, dass ich gleich komme", knurrte Jake. Er konnte sich ein anderes Heim nicht leisten, dazu reichte sein Verdienst nicht aus. Außerdem ging es mit seinem Vater dem Ende zu. Es gab keine zweite Chance mehr. Sein Vater war schon so oft aus anderen Heimen rausgeflogen, und trotzdem wurde der Alte von Mal zu Mal aggressiver und unleidlicher, wenn er in ein neues Heim kam. „Bitte", bat Jake seufzend. „Geben Sie mir … Seien Sie nachsichtig mit ihm. Verdammt, er liegt im Sterben."

„Wir müssen alle sterben, Mr. Moore", schnappte sie ihn an. „Aber nicht jeder von uns ist ein solches Arschloch. Kümmern Sie sich um Ihren Vater oder Sie finden ihn und seine Sachen morgen auf der Straße bei dem restlichen Müll."

„DAL, WAS hältst du davon, wenn wir das ganze Gebäude in einem leuchtenden Pink streichen? Du weißt schon ... Damit es auffällt." Celeste trat einen Schritt zurück und geriet ins Wanken, als sich ihr Stöckelabsatz in einer Ritze des Bürgersteigs verfing. Sie ruderte mit den Armen, fing sich rechtzeitig wieder und tastete nach den blonden Haaren, die wie ein Turm auf ihrem Kopf saßen und vor Spray nur so glänzten. „Und rufe um Gottes Willen bei der Stadt an, damit sie diese Bürgersteige in Ordnung bringen. Wir bezahlen ein Vermögen, um in WeHo zu leben. Da können sie wenigstens dafür sorgen, dass man sich nicht den Hals bricht, wenn man das Haus verlässt. Also. Pink. Ich dachte an ein schönes Babyrosa. Wie man es nach einem Abend im Club gerne verschlucken würde."

„Pink ist vielleicht etwas übertrieben", murmelte Dallas abwesend und starrte auf das große Lagerhaus aus Backsteinen, das direkt gegenüber auf der anderen Straßenseite stand. „Ich will Aussage beziehen, aber nicht ..."

In der Werkstatt in dem Lagerhaus bewegte sich ein Schatten vor den blauen Flammen, die einen wahren Funkenregen versprühten. Dallas schaute über seine Sonnenbrille und suchte nach einem bekannten Gesicht in der Dunkelheit. Eine Sekunde später kribbelte sein Magen aufgeregt, als er den großen, breitschultrigen Mann erkannte, der aus den offenen Türen der Werkstatt auf die Straße kam.

Es gab so viel, was er über den Mann nicht wusste. Na gut, er wusste so gut wie gar nichts über ihn. Das starke, hübsche Gesicht mit dem küssenswerten Mund wirkte irgendwie verletzlich. Dallas hatte den Mann heimlich fotografiert, als er das erste Mal mit seinem Tesla vor dem Haus am Santa Monica Boulevard stand, um es zu besichtigen. Er hatte es eigentlich schon als ungeeignet verworfen, weil es viel zu weit vom Zentrum WeHos entfernt lag und der Parkplatz zwar groß war, aber dringend einen neuen Belag brauchte. Dallas musste dazu noch nicht einmal sein Auto verlassen und sich das Haus von innen ansehen. Es reichte, einen Blick durchs Beifahrerfenster zu werfen und schon erkannte er, warum diese alte Bude für seine Zwecke nicht geeignet war.

Dann kam der heißeste Mann, den er jemals in seinem Leben gesehen hatte, aus der Werkstatt auf der anderen Seite des Boulevards. Dallas wusste urplötzlich, dass er doch das richtige Haus gefunden hatte.

Die Schultern und Arme des Mannes waren umwerfend, muskulös und stark unter dem fadenscheinigen T-Shirt und als er in der heißen Sonne seine schwere Arbeitsjacke auszog, brauchte Dallas fast eine Minute, um sich auszureden, über den Boulevard zu sprinten und dem Mann mit der Hand über die schweißnasse Brust zu streicheln. Aus dem düsteren Inneren der Werkstatt warf jemand dem Mann eine Flasche Wasser zu. Der Mann trank durstig und Dallas hatte dadurch eine weitere Minute Zeit, Fotos von ihm zu schießen und sich gleichzeitig alles andere auszureden.

Er kam sich wie ein Stalker vor, aber das legte sich schnell, als er an diesem Abend nach Hause kam. Dallas wollte die Bilder des Arbeiters eigentlich löschen, ohne sie vorher anzusehen. Eine kleinere Diskussion zwischen Moral und Lust folgte, bei der sich die Moral geschlagen geben musste. Die Argumente gegen ein Löschen der Fotos erwiesen sich als stärker. Seine kaum noch einsatzfähige Logik konnte sich anhand der Fotos endgültig davon überzeugen, dass der fragliche Mann nicht nur ein Produkt überbordender Fantasie war, das sein Kopf sich zusammengereimt hatte.

Nein, der Mann war echt.

Dallas verbrachte einen großen Teil des Abends damit, eines der Fotos wieder und wieder zu betrachten. Er konzentrierte sich dabei vor allem auf die haselnussbraunen Augen des Mannes und die hellbraunen Sommersprossen, die das braun gebrannte Gesicht des Mannes bedeckten. Das Bild war in einem günstigen Augenblick geschossen worden, als der Mann gerade den Mund öffnete, um etwas zu seinem Kollegen in der Werkstatt zu sagen. Weiße Zähne blitzten hinter den vollen Lippen und die Bartstoppeln hatten einen rötlichen Farbton; röter als die kurzen, braunen Haare und die dunklen Augenbrauen des Mannes. Die leicht schiefe Nase sah aus, als hätte der Mann sie eher einem Ellbogen als einer Faust zu verdanken. Sie war gerade unregelmäßig genug, um das hübsche Gesicht interessant zu machen.

Und diese Hände … Dallas wusste nicht, dass er einen Fetisch für Hände hatte, bis er mit dem Bild auf dem Sofa lag und die schwieligen Hände und starken Finger des Mannes studierte.

Als Dallas den Mann das nächste Mal sah, winkte er ihm zu. Es war dumm, in einer so unfreundlichen Gegend zu flirten, aber daran hatte Dallas keine Gedanken verschwendet. Ihre Blicke trafen sich wieder und ein Funke – eher sogar ein Stromschlag – sprang zwischen ihnen über, der in Dallas' Verstand einen Kurzschluss auslöste. Jedenfalls erklärte er es sich später so. Der Mann riss den Kopf hoch, kniff die Augen zusammen und nagelte Dallas mit seinem Blick fest.

Es hätte nie passieren sollen. Zwischen ihnen lagen vier verdammte Fahrspuren – viereinhalb, wenn man die Linksabbiegerspur vor der nächsten Kreuzung mitrechnete – und Dallas hätte den Mann ignorieren sollen, anstatt ihn auf sich aufmerksam zu machen.

Stattdessen hatte er ihm zugewinkt und der Mann war zurückgezuckt.

„Die wirklich heißen Kerle sind nie schwul", murmelte er vor sich hin, während Celeste über Palmen und Smoothies mit Kokosnuss schwadronierte. „Oder Arschlöcher. Und manchmal, wenn Mrs. Yates' kleiner Junge sehr viel Glück hat, sind sie schwule Arschlöcher, mit denen er sich eingelassen hat."

„Das Pink, Dallas?" Celestes pikierte, scharfe Stimme riss ihn aus seinen Grübeleien. „Was ist mit dir … Oh. Verdammt. Wenn du darauf aus bist, dass dir

6

jemand den Schädel einschlägt, musst du nur nach dort drüben gehen und dich vorstellen. Aber sorge dafür, dass du mich vorher als Haupterbin einsetzt, damit ich diese verdammte Bruchbude zu deinen Ehren knallrosa streichen kann."

„Nein, Celeste. Kein verdammtes Pink. Der Club soll Bombshells & Beauties heißen, nicht ... Mist. Mir fällt noch nicht einmal ein abschreckendes Beispiel ein." Der Mann beobachtete sie von der anderen Straßenseite. Es sah aus, als hätte er die Stirn gerunzelt. Dann verschwand er wieder in der Werkstatt. Die dunklen Schatten verschluckten den Schweißer und ließen nichts zurück als einen leeren Bürgersteig und einige Tropfen Speichel, als Dallas sich über die Lippen leckte. „Mist."

„Bubblegum", schlug Celeste vor. Dallas drehte sich verwirrt zu ihr um. Ihre schmalen Augenbrauen zogen sich zusammen wie zwei Kaulquappen, die um die Mitte ihrer Stirn kämpften. Sie lehnte sich seufzend mit der Hüfte an einen Laternenpfahl vor dem Eingang des Hauses. „Bombshells & Bubblegum. Das hättest du sagen sollen. Bei Patsy Stone und allen Heiligen, aber ... könntest du bitte deinen Kopf aus den Wolken ziehen und aufhören, den Augenschmaus auf der anderen Straßenseite anzustarren? Und wenn du schon dabei bist, kannst du vielleicht auch von der Straße kommen, bevor dich jemand über den Haufen fährt."

Celestes Tonlage wechselte von ihrem üblichen, rauchigen Alt in den schrillen Tenor, der so typisch für Simon war, den leicht übergewichtigen Jungen, den Dallas vor über zwölf Jahren in New York an einer Bushaltestelle zum ersten Mal getroffen hatte. Eine ganze Reihe von Diäten und extrastarke Mieder hatten Simons Körper in die üppige Pin-up-Figur verwandelt, die er sich so wünschte. Aber es war Dallas gewesen, der ihn zu Celeste Glory gestylt hatte – von ihrer typischen Garderobe, die an eine liederliche Bibliothekarin der 50er Jahre erinnerte, bis hin zu dem starken, selbstbewussten Gang, den sie mittlerweile total verinnerlicht hatte. Er gab Augenblicke, in denen Celeste ihre Belastungsgrenze erreichte und Simons beherrschende, jüdische Mutter aus den Sprüngen in Celestes Fassade nach draußen drängte. Dann musste sich Dallas auf eine verbale Zurechtweisung gefasst machen, die ihresgleichen suchte.

Dallas hörte jeden noch so kleinen Rest von Simon, der sich stur in der Persönlichkeit seiner besten Freundin hielt.

„Was ist los mit dir, C?" Er kam auf den Bürgersteig und hoffte, damit Celestes aufgewühlte Nerven zu beruhigen. Aber die Frau schüttelte nur den Kopf, als er die Hand nach ihr ausstreckte. „Mir wird nichts passieren, meine Liebste. Wir sind hier schließlich in WeHo, verdammt aber auch. Oder jedenfalls nahe genug, um noch dieselbe Postleitzahl zu haben."

„Wir sind nicht in WeHo, Dallas. Schau dich doch um! Wir sind in einem verdammten Gewerbegebiet, eingepfercht zwischen Studios, in denen billige B-Pictures gedreht werden mit schreienden Blondinen und Monstern in den Hauptrollen!" Celeste schüttelte sich und holte tief Luft. Sie drückte sich die Hand an den wogenden Busen und biss sich auf die Lippe, ohne Rücksicht auf ihren knallroten Lippenstift zu nehmen. „Liebling, ich versuche wirklich, mich nicht

7

wie eine Dramaqueen aufzuführen. Weil ich das nicht bin. Du und ich, wir wissen beide, dass ich das nicht bin. Aber dieser Ort … hier … ist nicht sicher."

„Er ist absolut sicher. Ich habe die Kriminalitätsstatistik studiert, bevor ich ein Angebot für das Haus abgegeben habe. Es ist in Ordnung. Alles ist in Ordnung. Und selbst, wenn es nicht so wäre, können wir nicht ständig weglaufen, C. Ich will damit nicht sagen, dass ich ein rotes Tuch vor dem Stier schwenken will, aber …" Dallas griff nach ihr und sie ließ sich umarmen. Sie zitterte, vermutlich in Erinnerung an eine Nacht, als sie *nicht* sicher gewesen war und er sie nicht vor der Dunkelheit bewahren konnte, weil er nicht bei ihr war. „Es ist jetzt alles anders. Viel anders. Die Dinge haben sich geändert. Du weißt doch auch, dass wir uns nicht verstecken können. Es nutzt nichts."

„Ich will doch nur nicht, dass dir etwas passiert", flüsterte sie an seine Brust und verschmierte dabei vermutlich eine halbe Tonne Make-up an seinem weißen T-Shirt. „Aber wie du den Mann angesehen hast …"

„Ja, gut. Ich bin vielleicht nicht das hellste Cookie in der Tüte. Manchmal mache ich Dummheiten", sagte er scherzend. „Aber ich verspreche dir, ich werde keine Männer mehr anstarren, die nicht schwul sind und die außerdem aussehen, als könnten sie meinen Kopf in einer Hand zerquetschen. Okay?"

„Okay", schniefte sie und wischte sich Tränen ab, die über ihr Make-up liefen. „Aber denke noch mal über das Pink nach. Es wäre total wunderbar."

„Du wirst dich nie ändern, Celeste Glory. Und wenn du deine eigene Bude kaufst, kannst du sie streichen, wie du willst", schoss er grinsend zurück. „Weil ich unseren Lebenstraum auf keinen Fall Kaugummirosa anstreichen werde. Und jetzt hole den Champagner und die Gläser aus dem Wagen. Dann wollen wir sehen, worauf ich mich eingelassen habe."

2

„FUNKTIONIERT IN dieser Bruchbude denn gar nichts?" Celestes Stimme drang so bleischwer aus dem Badezimmer wie die Luft, in der sie langsam vor sich hin garten. „Wirklich, Dallas, du solltest deinen Plan mit dem Club aufgeben und stattdessen hier eine Sauna eröffnen. Na ja, vielleicht besser eine Kombination aus Ratten-Café und Sauna. Ich schwöre bei Gott, dass heute früh ein Babykänguru dieses Rohr hochgeklettert ist."

„Du dämliche Idiotin", rief Dallas zurück. „Ich sage es dir jetzt zum letzten Mal. Das war keine Ratte! Es war ein Possum!"

„Es war potthässlich. Genau das war es." Celeste kam aufgebracht aus dem Badezimmer gestampft. Die gebleichten Locken klebten ihr an der schweißnassen Stirn. Sie hatte heute auf das übliche mehrlagige Make-up verzichtet und sich beschwert, dass die Hitze und die Luftfeuchtigkeit hinter den dicken Mauern des Gebäudes sie um den Verstand brachten. „Und es gibt keinen Beweis, dass es tatsächlich ein Possum war. Es könnte genauso gut dein persönlicher Smeagol gewesen sein, der irgendwo unterm Haus einen Vulkan ausgräbt, in den er seinen Ring werfen kann."

„Das hast du falsch verstanden. Smeagol wollte den Ring nicht wegwerfen." Dallas schüttelte in gespielter Empörung den Kopf. „Die Hobbits waren auf der Suche nach dem Vulkan ..."

„Ich weiß wirklich nicht, warum du mir das immer wieder erklärst. Du weißt doch genau, dass ich nicht zuhöre." Ihre Sportschuhe hatten einen kleinen Absatz. Der ursprünglich blütenweiße Plastikkeil war nicht wiederzuerkennen, nachdem sie ihm geholfen hatte, die Badezimmer zu putzen, um zu sehen, ob die alten Kacheln noch zu retten waren. „Wen interessiert schon, wer dieses verdammte Ding loswerden wollte? Der Punkt ist doch, dass es hier so heiß ist wie in einem Vulkan und wir langsam vor uns hin kochen. Ich will nicht sterben mit kaum einem Tupfer Make-up im Gesicht und die Beine gespreizt, als wäre ich ein Grillhähnchen. Ich will mit fünfundneunzig von meinem fünfundzwanzigjährigen Latin Lover, der mich gegen den Widerstand seiner gesamten Familie geheiratet hat, zu Tode gefickt werden."

„Das hast du dir schon vorher ausgedacht, stimmt's?" Dallas setzte sich breitbeinig auf den Stuhl, den sie in einem Hinterzimmer gefunden hatten. Er konnte sich gerade noch fangen, bevor der Stuhl nach vorne kippte, von den unterschiedlich langen Beinen aus dem Gleichgewicht gebracht.

„Nein, das ist mir spontan eingefallen. Genauso wie der Hitzschlag, den ich gleich bekomme."

Zu jedem anderen Zeitpunkt hätte er Celestes dramatische Einlage als vollkommen übertrieben ignoriert, aber heute hatte sie nicht unrecht. Das Haus war ein Glutofen und die Temperatur stieg schneller, als er sich eingestehen wollte. Er hatte es erst vor zwei Wochen gekauft und schuftete sich seitdem ab, das alte Art-Deco-Gebäude mit seinen anderthalb Stockwerken wieder zu restaurieren – nur unterbrochen von gelegentlichen Pausen, um vor der Tür etwas frische Luft zu schnappen und vielleicht einen Blick auf den dunkelhaarigen, breitschultrigen Mann zu erhaschen, der in der Werkstatt gegenüber arbeitete.

Dallas wusste von Anfang an, dass es viel Arbeit bedeutete, zumal die vorherigen Eigentümer offensichtlich ein gespaltenes Verhältnis zu Reinigungsmitteln und heißem Wasser hatten. Nachdem die dünnen Innenwände entfernt waren, kamen noch mehr Probleme zum Vorschein. Die Rohrleitungen waren hinüber, der Dachboden eine einzige Müllhalde und die elektrischen Leitungen mussten ersetzt werden. Am schlimmsten war es mit der alten Klimaanlage. Nachdem Dallas zum ersten Mal die Tür mit seinen eigenen Schlüsseln aufschloss und sie anschaltete, gab sie noch einem lauten Rülpser von sich und starb dann einen rauchenden Tod, gerade als die sengende Sommerhitze in Los Angeles richtig an Fahrt aufnahm.

Trotz all dieser Probleme liebte Dallas das alte Gemäuer. Die Fenster auf der Westseite waren mit Brettern vernagelt und er verbrachte einen ganzen Nachmittag damit, Nägel zu ziehen und die Fenster wieder in ihrer alten Pracht freizulegen … um dann festzustellen, dass sie mit schweren Eisenstangen verrammelt waren, von denen weiße Farbe bröselte. In dem verzierten Vordach aus Stuck, das sich über der Eingangstür befand, hatten sich Vögel ihre Nester gebaut. Die Röhren einer Leuchtreklame, die hier ursprünglich angebracht waren, mussten schon vor Jahren entfernt worden sein, weil nicht einmal mehr der Schatten der Buchstaben auf dem Verputz zu erkennen war. Und wenn man dem Fluchen und Jammern der Arbeiter glauben konnte, die im Erdgeschoss die billigen Bodenfliesen entfernten, würden es noch drei lange Wochen werden, bis der ehemalige Holzfußboden freigelegt war. Dallas hoffte, dass er noch gut genug erhalten war, um ihn zu restaurieren. Mit den hohen Decken und ohne die überflüssigen Zwischenwände hatte das Erdgeschoss viel Potenzial als Bühne für Männer, die hier ihre Stilettos vorführen wollten, aber auch für Frauen, die sich genau nach dem Gegenteil sehnten sowie alle anderen, die irgendwo zwischen diesen Polen anzusiedeln waren.

Er und Celeste – damals noch Simon – hatten vor langer Zeit schon einen Traum ausgebrütet von einer Bühne, auf der Celeste sich das Herz aus der Brust singen und wo hübsche Jungs Beine zeigen und mit dem Hintern wackeln konnten, während ein begeistertes Publikum an süßen Cocktails nippte und noch süßeren Gelüsten nachhing. In dem verbeulten VW-Bus, mit dem er das Land durchquerte, war Celeste ein Stück Treibgut gewesen, das er aufgelesen und nie wieder losgelassen hatte. Sie war seine Schwester geworden – fast so wie Viktoria – und eine verdammt gute Freundin. Celeste hatte nie ein großer Star werden wollen, aber sie freute sich, wenn sie den Menschen ein Lächeln entlocken konnte und sie für einen Abend zum Lachen brachte. Die Idee zu Bombshells, damals noch ein Club ohne Namen, wurde unter den funkelnden Sternen einer Frühlingsnacht in New Jersey geboren. Dallas und Celeste hatte diesen glitzernden Traum nie aus den Augen verloren, bis sie endlich den richtigen Ort fanden, an dem sie ihn verwirklichen konnten.

Die Sache war nur, dass diese verdammten Handwerker auch auftauchen mussten, die Dallas mit den Renovierungsarbeiten betraut hatte. Er wollte endlich die Künstler auf die Bühne und den Schnaps an zahlende Gäste bringen. Es war nicht so, dass er nicht genug Geld für die Verwirklichung ihres Traums hätte, aber es wäre trotzdem schön, wenn sich die Investition auch bald rentieren würde.

Celeste räusperte sich und brachte ihn wieder in die Gegenwart zurück. Diese Baustelle war die reinste Katastrophe. „Glaubst du wirklich, dass du es durchziehen kannst, Dal? Hier?"

„Wenn wir im Plan bleiben, kann Bombshells & Beauties in sechs Monaten eröffnen, und bis dahin …" Er machte eine dramatische Pause, bis sie seufzte und ihn mit einer ungeduldigen Geste aufforderte, endlich weiterzureden. „Bis dahin, Ms. Glory, werden wir hoffentlich auch wieder eine funktionierende Klimaanlage haben."

„Bis dahin steckt L.A. bis zu den Titten im Winterwetter und Unmengen an jungen Frauen mit knackigem Hintern werden in ihren kurzen Shorts und UGG-Stiefeln an dir hochkrabbeln, um sich zu wärmen", stöhnte sie. „Schätzchen, bist du dir wirklich sicher, dass du das willst? Kannst du nicht einfach von dem Geld leben, das du schon damit verdient hast, aus mir eine so wunderschöne Frau zu machen?"

„Nein. Weil ich nach dem Slurpee, den ich dir heute früh spendiert habe, pleite bin." Dallas grinste, als sie drohend mit dem Finger wackelte. „Das war ein Kompliment, meine Liebste. Hol tief Luft und denke noch mal darüber nach."

„Du kannst mich mal mit deinen zweifelhaften Komplimenten", grummelte sie und ließ sich in einen Gartenstuhl fallen, der von oben bis unten mit Farbklecksen verschmiert war. „Ernsthaft, es ist zu heiß hier. Wir kippen noch um von den Farbdämpfen."

„Die Fenster lassen sich nicht weiter öffnen." Dallas wischte sich mit dem Unterarm über die Stirn. Sie war schweißnass. „Es sind diese verdammten Eisenstangen, mit denen irgendein Idiot die Fenster von außen gesichert hat. Dadurch lassen sie sich nicht ganz öffnen. Wer immer auf diese dämliche Idee gekommen ist, gehört erschossen. Oder gehäutet. Und in Salz eingelegt. Wie man es mit einem Spanferkel macht, bevor es gegrillt wird."

„Das ist einer der Vorteile, die mir die Entfernung aus dem Familienstammbaum eingebracht hat … Speck." Celeste bückte sich und hob ein altes Flugblatt auf, mit dem sie sich Luft zufächelte. „Und Männer. Die waren schließlich der Grund, warum ich mich überhaupt von meiner Familie abgesetzt habe."

„Es sind beides sehr ehrwürdige Gründe", stimmte Dallas ihr zu. Er hatte keine Lust mehr, Wände zu streichen. Vor allem aber ging ihm die Hitze auf den Geist. Und die Maler, die heute früh plötzlich abgesagt hatten. Nur deshalb hatte er selbst mit der Arbeit angefangen. Wenigstens waren mittlerweile die Fenster und andere Installationen abgeklebt. „Aber im Gegensatz zu einem Mann, lässt der Speck dich nie im Stich. Selbst wenn er billig und schlecht ist, es ist immer noch Speck."

„Wie Kaffee", erwiderte Celeste schmollend. „Wenn du mir schon keine Klimaanlage bieten kannst ... Wie wäre es dann wenigstens mit einem großen Becher Eiskaffee?"

„Deine Tricks ziehen bei mir nicht, Frau. Du bist jetzt auf der anderen Seite des Zauns." Es war brütend heiß. Nur ab und zu kam eine leichte Brise durch den schmalen Fensterspalt ins Zimmer geweht und kühlte die überhitzte Haut. Natürlich war es lange nicht so heiß wie zuhause, in Texas. Aber viel fehlte nicht, und von einem kühlenden Gewitter am Horizont war nicht die Spur zu sehen. „So schön du auch bist, Darling, du hast keinerlei Wirkung auf mich."

Celeste kniff die Augen zu schmalen Schlitzen zusammen und sah ihn über ihren improvisierten Fächer an. Dann seufzte sie besänftigt und sagte: „Das ist das Süßeste, was du jemals zu mir gesagt hast." Sie lächelte und legte den Kopf auf die Stuhllehne. „Und jetzt repariere die verdammte Klimaanlage oder du musst dir eine neue Arbeitssklavin suchen."

„Wenn man bedenkt, was du mich allein an Kaffee kostest, bist du alles andere als eine billige Arbeitskraft", knurrte er. „Und die Klimaanlage muss noch warten. Erst muss die Haupteinheit auf dem Dach installiert werden; und vorher muss der Ingenieur noch überprüfen, ob die Dachkonstruktion stabil genug ist, um das Gewicht von dem verdammten Ding zu tragen. Aber in der Zwischenzeit könnte ich vielleicht etwas Anderes unternehmen."

„Und das wäre, mein Hübscher?" Sie warf ihm einen koketten Seitenblick zu. „Willst du mir einen muskulösen, halb nackten Mann besorgen, der mir auf Schritt und Tritt mit einem großen Fächer folgt?"

„Noch besser." Dallas grinste sie an. „Ich besorge einen bekleideten Mann, der die verdammten Fenster aufmacht."

„Ein Brandt ist es zwar nicht, aber wer immer das Original hergestellt hat, war nicht schlecht", murmelte der heißeste Mann, den Dallas seit Jahren gesehen hatte, vor sich hin. „Ganz und gar nicht schlecht."

Gott war auf seiner Seite. Sollte Dallas jemals daran gezweifelt haben, dass er im Leben, im Universum und überall glücklich war, so wurden diese Zweifel in dem Augenblick beseitigt, als sämtliche Gottheiten des Kosmos sich zusammenschlossen und ihm das Objekt seiner Begierde schickten, um die blockierten Fenster zu reparieren.

Jake Moore, der Schweißer von Evancho Metals, war schon auf den Fotos umwerfend. Aus der Nähe war er herzzerbrechend. Seine bernsteingefleckten grünen Augen musterten Dallas mehr als einmal, während er mit seiner weichen Stimme, die einen merkwürdig französischen Akzent hatte, mit ihm sprach. Die Sonne hatte seiner Haut einen goldbraunen Schimmer verliehen und ließ die Sommersprossen auf seiner Nase noch mehr hervortreten. Sein Mund war ein lebhafter Tanz von sanften Kurven, während er die Eisenstangen untersuchte, die vor den Fenstern angebracht waren. Der Ausdruck in seinem Gesicht schwankte zwischen Entsetzen und Resignation.

Jake roch auch verdammt gut – viel besser als Dallas zurzeit – und die Breite seiner Schultern und seiner Brust hatte Celeste, als sie ihm die Tür öffnete, fast den Atem geraubt. Dallas, der jetzt nur wenige Meter von Jake entfernt stand, hatte einen hervorragenden Blick auf die muskulösen Beine in den Jeans, die sich eng an den knackigen Arsch schmiegten, als Jake sich bückte, um eines der Gitter zu inspizieren.

Celeste war hin- und hergerissen. Sollte sie hier stehenbleiben und Jake bei der Arbeit zusehen? Oder sollte sie in das klimatisierte Café auf der anderen Straßenseite fliehen, um ihnen Eiskaffee gegen die Hitze zu holen? Mit einem Zwanziger und dem Versprechen, Jake nicht aus dem Haus zu lassen, bevor sie wieder zurück war, überzeugte Dallas sie schließlich, über die Straße zu stöckeln und sich in dem kühlen Café in die Schlange zu stellen, um ihnen Erfrischungen zu besorgen.

Jakes Gesicht und Körper leckten Dallas sinnlich über jede einzelne Nervenzelle, aber es war sein leise gemurmeltes „Hallo, Ma'am", als Celeste ihn einließ, warum Dallas sich sofort in ihn verliebte.

„Sir?" Das kleine Wort, in Jakes samtweicher Stimme gesprochen, löste ein Kribbeln in Dallas' Bauch aus. Sir? Normalerweise war er kein Freund von solchen Spielchen, aber bei Jake würde er eine Ausnahme machen. Dann ging ihm ein Licht auf. Leider. Der Mann wollte nur mit ihm reden. „Mister Yates?"

„Oh. Entschuldigung. Ich war geistig abwesend. Mein Gott, Sie müssen mich nicht Mr. Yates nennen. Dallas reicht." Er hoffte, dass er nicht rot wurde oder wenn, dass es zumindest nicht auf Verlegenheit zurückgeführt werden konnte. „Wir sind alle erschöpft. Wir versuchen schon seit Wochen, dieses Haus wieder in Schuss zu bringen, aber es wehrt sich mit Händen und Füßen."

„Ja, es ist …" Der Mann hatte einen verschleierten Blick, aus dem Dallas nicht recht schlau wurde. „Dieses Haus hat schon bessere Zeiten erlebt, aber die Außengitter …"

„Kann man sie entfernen?" Dallas steckte die Hände in die Hosentaschen und wippte auf den Füßen auf und ab. „Die Fenster lassen sich nicht öffnen und es ist unerträglich heiß, so lange wir die neue Klimaanlage noch nicht installiert haben."

„Das ist die Frage. Diese gebogenen Teile? Die sind ursprünglich nur als Verzierung der Fensterscheiben gedacht gewesen. Jemand hat sie aus dem Rahmen genommen und zwischen die Eisenstangen gelötet." Jake fuhr mit den Fingern über ein gebogenes Metallteil, das hinter den dicken Stangen kaum zu erkennen war. „Es ist vermutlich ein Original. Art Deco. Wunderbare Arbeit. Nicht so gut wie an der Ostküste oder in Europa, aber trotzdem sehr schön. Ich kann die Stangen entfernen, damit die Fenster wieder frei sind. Aber es ist Ihre Entscheidung, was danach mit den Originalteilen passiert."

„Welche Möglichkeiten gibt es?" Dallas riss den Blick von der Schweißspur auf Jakes Rücken, die das T-Shirt mit der Haut verklebte.

„Ich kann die Teile restaurieren und wieder am Fensterrahmen befestigen, sodass sie direkt auf den Scheiben aufliegen." Er schürzte die Lippen und auf seiner rechten Wange tauchte ein Grübchen auf. „Es wird dann allerdings teurer. Die Frage ist, ob Sie das Geld und die Zeit investieren wollen."

„Aber man kann danach noch die Fenster öffnen, ja?"

„Sie sind mehr eine Art Ziergitter oder Jalousie. Die Fenster lassen sich öffnen. Die Metallverzierungen werden hier an die Rahmen gelötet. Sehen Sie? Man kann die alten Lötstellen noch erkennen. Jedenfalls einige davon." Jake senkte den Kopf und steckte die Hand zwischen die Eisenstangen, um auf eine Stelle am Rahmen zu zeigen. „Falls es keine Ersatzstücke für die Beschläge gibt, werde ich zehn bis zwölf davon nachbauen müssen. Je nachdem in welchem Zustand die Originale sind, wenn ich sie von den Stangen entfernt habe. Und einige scheinen auch zu fehlen, aber vielleicht liegen sie ja noch irgendwo im Haus."

„Verdammt, die könnten auf dem Dachboden vorne liegen. Der Platz ist eine einzige Müllhalde und bis an die Decke mit Gerümpel gefüllt." Dallas zog eine Grimasse. „Haben Sie das schon öfter gemacht? Und wollen wir jetzt zum Du übergehen?"

„Es ist gewissermaßen mein Job", sagte Jake mit schüchternem Lächeln und schaute aus dem Fenster auf die Autos, die am Haus vorbeirauschten. „Ich restauriere Metallarbeiten an alten Gebäuden. Mache manchmal Spezialanfertigungen. Es kommt immer darauf an, was gebraucht wird. Aber es wird nicht billig sein. Es kommt eben ganz darauf an, was du willst – entweder die Gitter nur entfernen oder den Originalzustand wiederherstellen. Ich könnte einen Kostenvoranschlag machen …"

„Ja." Dallas nickte. „Na gut, du kannst die Kosten kalkulieren, damit ich eine ungefähre Vorstellung habe. Aber lass es uns in Angriff nehmen. Können wir vorher einige der Gitter entfernen, damit sich die Fenster öffnen lassen? Wenn es hier drinnen nicht bald kühler wird, streikt meine kostenlose

Arbeitskraft in Stöckelschuhen. Und Badezimmer zu putzen ist nicht meine Spezialität."

Es WAR bereits spät und Jake sollte eigentlich schon längst zuhause sein in seiner eigenen Sauna aus Backstein und abgestandener Luft. Stattdessen stand er hier bis zu den Hüften im Müll von Jahrzehnten, wenn man der Anzeige in einer alten Zeitung nach urteilte, wonach nächste Woche in einem Supermarkt Floppy Disks im Sonderangebot erhältlich waren. Jake betrachtete die Zeitungsstapel und drehte sich dann zu Dallas um, der sich mit vollem Elan einen Weg in die Müllberge grub, ohne sich darüber Gedanken zu machen, dass er sich verletzen und dabei vielleicht sogar Tetanus zuziehen könnte. Wer wusste schon, was unter dem Papier noch alles verborgen lag.

„Und so haben sie dir das Haus verkauft? Ohne es vorher auszuräumen und zu reinigen?" Jake ging vorsichtig einige Schritte nach vorne. Er war vorhin schon auf dem Hintern gelandet, als er auf einen Stoß National Geographic getreten war, der ins Rutschen kam wie ein Stapel wütender Spielkarten, der die verrückte Königin rächen will. „Das … das ist unmöglich."

„Na ja, um ehrlich zu sein … ich habe nicht viel für das Haus bezahlt." Dallas' Stimme kam hinter einem Stapel alter Regale hervor, aber er war kaum zu sehen – worüber Jake nicht allzu unglücklich war. „Aber hier oben stinkt es fürchterlich, und das ist einer der Nachteile des Deals. Ich nehme an, es ist ein Rattennest oder vielleicht ein Laib Roquefort, den jemand in den 90ern hier eingelagert und dann vergessen hat."

Der Mann war … beunruhigend. Seine fast schulterlangen, schwarzen Haare lagen wie ein Rahmen aus Ebenholz um das starke Gesicht mit den hellblauen Augen. Es fiel schwer, ihm nicht auf den Mund zu starren, wenn er etwas sagte. Jake glaubte fast, die Bewegung der Lippen an seinem eigenen Hals zu spüren. Er selbst mochte um die zwanzig Pfund schwerer sein als Dallas, aber ihm gefiel Dallas' schlaksiger Körper mit den schmalen Hüften und dem flachen Bauch. Er strahlte Zähigkeit und Stärke aus.

Dallas Yates war all das, was Jake an sich selbst verleugnete. Dallas' Sexualität stand außer Zweifel. Als Jake vorhin die Gitter an den Vorderfenstern entfernte, hörte er, wie Celeste und Dallas über ihren unterschiedlichen Geschmack scherzten, seien es nun Männer, Kaffee oder – und das war ein echter Streitpunkt – die Menge an Chilisauce, die auf ein Bagel mit Frischkäse gehörte.

Jake drehte sich der Magen um und seine Vernunft sagte ihm, er sollte diese verdammten Fensterverkleidungen vergessen, sollte Dallas vergessen und alles, was mit ihm zusammenhing. Es war noch Zeit, nach Hause zu fahren, zu duschen und dann seinen Dad zu besuchen. Er musste nur gleich aufbrechen.

15

Aber seine Füße bewegten sich nicht vom Fleck und sein Hals war steif, weil er ihn immer wieder verrenken musste, um einen Blick auf die schwarzen Haare und das freundliche Lächeln zu erhaschen.

„Mist, hier ist ein … Wie heißen diese alten Kopierer mit der lila Tinte, die vor Ewigkeiten benutzt wurden? Die mit den Walzen?", rief Dallas hinter einem Bücherregal hervor. „Hier ist so einer. Ich komme mir vor, als würde ich mich durch eine Zeitkapsel graben. Wie heißen die Dinger noch?"

„Mimeograph. Ein Feuchtkopierer." Jake watete tiefer in das Chaos und versuchte, eines der gegenüberliegenden Fenster zu erreichen. „Du solltest vielleicht einen Container mit Schuttrutsche bestellen. Wenn wir ans Fenster kommen, können wir den Container unten vors Haus stellen lassen und die Rutsche installieren. Dann kann man den Müll direkt entsorgen. Vielleicht nicht die großen Möbelstücke, aber den ganzen Rest."

„Das ist eine hervorragende Idee, danke. Aber du weißt hoffentlich, dass du mir nicht helfen musst", erwiderte Dallas. „Ich bin dir wirklich dankbar, dass du mir hier oben beim Suchen hilfst, aber ich kann auch jemanden damit beauftragen. Zumal meine freiwillige Hilfe mich im Stich gelassen hat. Ich liebe sie wirklich, aber manchmal ist Celeste eine verdammte Prinzessin. Sie hat doch tatsächlich gesagt, es würde hier schlimmer stinken als nasse Kotze und Katzenpisse."

Es war gut, dass Dallas die Frau – den Mann? – angesprochen hatte. Als Jake Celeste zum ersten Mal sah, setzte für einen kurzen Moment sein Verstand aus, bis er es schaffte, ihre leicht männlichen Züge mit ihrem wohlgerundeten Körper und ihrer verführerischen Stimme in Einklang zu bringen. Er war noch nie jemandem wie Celeste begegnet und es verwirrte ihn. Seine Gedanken waren wie ein Netz und er war sich nicht sicher, ob er in diesem Netz die Spinne oder die Fliege war.

„Hey, darf ich dich etwas fragen? Über Celeste?" Jake hörte aus der Tiefe des Dachbodens ein zustimmendes Grunzen als Antwort. „Sie … Ich meine … Sie ist doch eine Sie, oder? Habe ich das richtig verstanden?"

„Du hast das absolut richtig verstanden." Dallas' Kopf tauchte aus einem Müllhaufen auf. Er versuchte erfolglos, sich den Staub aus dem Gesicht zu wischen. „Warum? Was ist los?"

„Ich war noch nie … habe noch nie … Ich meine, ich weiß ja nicht einmal, wie ich sie ansprechen soll. Es gab nie viele Frauen in meinem Leben, viel weniger eine, die …" Jake hatte einen Knoten in der Zunge. „Mist. Sie ist nicht wirklich. Ich kenne das Wort nicht. Ich bringe das alles durcheinander. Ich weiß nicht, wie ich darüber reden soll. Über sie. Über das alles."

„Celeste ist definitiv eine Frau. Das Wort, das du suchst, ist vielleicht ‚biologische Frau'. Und frage mich nur. Woher willst du es lernen, wenn wir nicht darüber reden?" Dallas wischte sich wieder übers Gesicht und schmierte den Staub damit auch in seine Haare, während er sich einen Weg durch den Müll bahnte, bis er bei Jake ankam. „Na ja, manche Menschen wollen selbst das nicht, aber ich finde immer, man sollte über alles reden. Ich bin mir manchmal auch unsicher. Dann frage ich einfach direkt, wie jemand angesprochen werden will. Transgender. Dafür steht das T in der Buchstabenkette, mit der wir uns benennen. Jedenfalls denke ich das. Es ändert sich ständig. Die Bedeutung und die Buchstaben. Früher dachte ich, das T stünde für Transvestit. Aber ich habe dazugelernt."

„Okay. Es hört sich vielleicht dumm an, aber wo ist der Unterschied zu einer Dragqueen?"

„Oh, da gibt es einen großen Unterschied. Eine Dragqueen ist ... Es ist eine Lebensweise. Eine eigene Kultur sogar. Wenn Bombshells & Beauties erst eröffnet ist, wirst du es sehen. Und Dragkings auch. Ich kenne einige, die Auftrittsmöglichkeiten suchen." Er sah Jake so intensiv an, dass der sich langsam unwohl fühlte. Dann fragte er: „Wirklich? Keine Frauen? Was ist denn mit ... ausgehen und so?"

„Ja, nein. Ich ... gehe nicht aus." In seinem Leben gab es keine Zeit und keinen Platz für andere Menschen, am allerwenigsten für eine Frau. Sein Magen verknotete sich und bittere Galle hüllte das Verlangen ein, das Dallas in ihm weckte. „Dad ist krank, sehr krank. Ich muss mich in meiner Freizeit um ihn kümmern, muss Formalitäten erledigen und Besorgungen machen. Wegen Celeste ... Ich wollte ... ich wollte nur sicher sein, sie richtig anzureden. Das ist alles. Sie ist eine Sie. Verstanden."

„Du machst das schon richtig. Celeste wurde als Mann geboren, aber irgendwann in ihrer verkorksten Kindheit erkannte sie, dass ihr Körper sich falsch anfühlte. Nach einer längeren inneren Debatte und den ... Wie soll ich es nennen? ... und nach den hitzigen, destruktiven Erlebnissen mit ihrer Familie hat sie die Idee, als Mann zu leben, komplett über Bord geworfen und beschlossen, eine Sie zu werden. Und jetzt ist sie meine Schwester Celeste."

Die Staubflusen klebten Dallas immer noch an Wange und Stirn, obwohl er sich schon mehrmals abgewischt hatte. Jake ging zu ihm, um ihm zu helfen. Er stützte sich mit einer Hand auf einen der rutschenden Papierstapel ab und zog mit der anderen die Flusen aus Dallas' Haaren. Dann schüttelte er sie von den Fingern und schaute auf. Dallas strahlte ihn mit einem blendenden Lächeln an.

„Danke. Und ein Leben ohne Frauen. Ich kann mir das nicht vorstellen. Ich war immer von Frauen umgeben, auf die eine oder andere Weise."

„Ich verbringe die meiste Zeit in der Werkstatt. Es gibt nicht viele Frauen, die als Schweißer oder Schmiede arbeiten. Es ist ... die Kerle führen sich manchmal wie Arschlöcher auf. Joan hat bei uns gearbeitet und musste ihre Werkzeuge rosa anmalen, damit sie ihr nicht ständig weggenommen wurden, nur um sie zu ärgern." Er zuckte mit den Schultern, als Dallas empört schnaubte. „Hey, sieh mich nicht so an. Ich habe da nicht mitgemacht. Joan war drei Monate lang bei uns. Dann hat sie einen Job in Seattle angenommen, um in der Nähe ihrer Eltern zu sein. Sie passen umsonst auf Joans Kinder auf. Das war ... vor ungefähr zwei Jahren."

„Und keine Schwestern? Brüder?"

„Nein. Nur ich und mein Vater." Schuldgefühle nagten an Jake. Er klopfte sich an die Tasche und überlegte, ob er im Pflegeheim anrufen und sich nach seinem Vater erkundigen sollte. „Und du?"

„Nun, außer Celeste ..." Dallas kam einen Schritt näher und Jake blieb wie erstarrt stehen, wusste nicht, in welche Richtung er gehen sollte. „Da gibt es noch Viktoria, meine richtige Schwester ..."

„Biologische Schwester", riskierte Jake einen Scherz und wurde dafür mit einem leisen Lachen belohnt. „Weil ... du weißt schon. Wirklich."

„Der Spaß ist, wenn mit seinem eignen Pulver der Feuerwerker auffliegt. Shakespeare." Dallas schüttelte den Kopf. „Ah, Jake Moore, du schlägst mich mit meinen eigenen Worten. Ja, ich habe zwei biologische Geschwister. Meinen älteren Bruder Austin und meine jüngere Schwester Viktoria. Unsere Eltern waren ... etwas auf der wilden Seite. Wir sind nach dem Ort benannt, an dem wir gezeugt wurden. Aus und ich sind allerdings der Meinung, Viktoria müsste nach allem was wir gehört haben eigentlich Telferner heißen. Meine Mutter weist das zwar entschieden zurück, aber ich glaube, sie wollte ihre Tochter nur vor diesem Namen bewahren. In Gottes Namen, wonach stinkt es hier eigentlich so entsetzlich? Wir scheinen direkt darauf zu stehen."

Jake stieß mit dem Stiefel gegen einen der Papiertürme, der umstürzte und Dallas auf die Füße fiel. Offensichtlich hatte der Turm eine tragende Rolle in dem Müllberg gespielt, denn sein Sturz löste eine Kettenreaktion aus. Einige schwere Kisten kippten nach vorne und Jake konnte Dallas gerade noch rechtzeitig mit der Schulter zur Seite stoßen, als anderthalb Meter Müllberg ins Rutschen kamen und sich auf dem Boden ausbreiteten.

„Ich ... Mist! Weg hier!" Etwas Hartes schlug Jake ans Schienbein und sein Knie gab nach. Jake und Dallas fielen auf den Boden und wurden unter der Mülllawine begraben. Dallas wollte sich befreien und trat dabei versehentlich Jake in den Bauch. „Halt, warte. Du ... Uff! Stopp!"

„Sorry, das war die Panik. Ich bin als Kind von Sand begraben worden und ... Mann, ich komme mir wie ein Idiot vor." Dallas drehte sich auf die Seite und befreite sich langsam aus dem Müllberg. „Kommst du allein raus?"

„Ja, ich muss nur ..." Jake sah etwas auf dem schmutzigen Boden liegen, wo sich eben noch der Müllberg befunden hatte. Es war irgendwie merkwürdig geformt und grau, dunkler als die ehemals weißen Bodenfließen. Er blinzelte mehrmals, aber die Form änderte sich nicht.

Die Form wurde sogar klarer, weil sich der aufgewirbelte Staub langsam legte. Ein Bild formte sich in Jakes Kopf.

Es war eine gekrümmte, zusammengerollte Form. Er hielt sie erst für eine Schaufensterpuppe, vielleicht ein Relikt aus den Zeiten, als das Gebäude ein Warenhaus war. Aber die Zehen – lange, verwitterte Zehen – waren braun, schmutzbedeckt und wie versteinert, mit dicken, ausgebrochenen Fußnägeln. Der ganze Fuß war schmutzig. Eine eklige graue Masse aus Knochen und Haut und überraschend plump, wenn man bedachte, wo er lag. Jakes Blick folgte dem Fuß und dem Bein, bis er an einem alten, grünen Teppich hängenblieb, der über dem Rest der Form lag. Das olivgrün des Teppichs war über und über von eingetrockneten Blutflecken bedeckt. Jake blinzelte wieder und die einzelne, tapfere Zelle, die in seinem Gehirn noch ihren Dienst versah, nahm das würgende Geräusch zur Kenntnis, als Dallas sich übergab. Der ekelhafte Gestank der verwesenden Leiche hatte sich jetzt überall ausgebreitet.

„Okay, ja. Celeste hat recht", murmelte Jake und zog die Füße aus dem Papierhaufen, während er versuchte, irgendwie an das Handy in seiner Hosentasche zu kommen. „Diese Hölle ist um einiges schlimmer als nasse Kotze und Katzenpisse."

3

DIE DRÜCKENDE Hitze raubte Jake jede Energie. Die Bullen ließen ihn nicht in Ruhe und versuchten immer wieder, auf die eine oder andere Art Antworten aus ihm herauszuholen. Antworten, die er nicht hatte. Und während der ganzen Zeit konnte er die Augen nicht von Dallas Yates lassen, der momentan gerade mit einer grimmig dreinblickenden Frau sprach – ein weiblicher Detective mit einer Waffe am Gürtel, so groß und beeindruckend wie ihre schlechte Laune.

Kalifornien wollte das Tageslicht noch nicht aufgeben. Die langen Stunden zwischen der einen Dunkelheit und der nächsten zogen sich endlos hin, als hätte Maui seinen Haken in die Sonne geworfen, um sie daran zu hindern, hinterm Horizont zu versinken. Auf der Straße fuhren die Autos langsam am Haus vorbei, um einen Blick auf die Ansammlung von Polizeiautos und das gelbe Band zu werfen, welches um das ganze Haus gespannt war. Es gab nichts zu sehen. Ein schwarzer Wagen mit abgedunkelten Scheiben und dem Logo der Gerichtsmedizin auf den Seiten stand an der Hintertür und wartete darauf, dass jemand die Leiche aus dem Haus brachte. Wenn man den Gesprächen der Bullen untereinander glauben durfte, würde das noch Stunden dauern. Sie waren vor allem damit beschäftigt, den Toten von dem Müll zu befreien und behandelten den Fundort – streng nach Vorschrift – wie den Tatort eines Verbrechens.

Der Tod hatte Jake noch nie so persönlich besucht wie heute Nachmittag. Seine Mutter war eines brutalen Todes gestorben und als er endlich nach Hause kam, waren die Maschinen schon abgeschaltet, die sie am Leben erhielten. Sein Vater hatte nicht darauf gewartet, bis Jake zurückkam. Er hatte Jake nicht die Möglichkeit gegeben, sich von ihr zu verabschieden. Ihr Bett war leer und kalt, schon bevor Jake ins Krankenhaus kam, verzweifelt auf der Suche nach der zierlichen, stillen Frau, die ihm immer Brot und Käse zusteckte, wenn er in seinem Zimmer eingeschlossen war, und die ihm das Blut vom Rücken wusch nach den Prügelattacken seines Vaters.

„Komisch. Ich warte nur darauf, dass der Tod den alten Mann holt, aber stattdessen klopft er hier an die Tür." Er steckte die Hände in die Hosentaschen, wippte auf und ab und lauschte den Gesprächsfetzen um sich herum. Ein kurzer Anruf im Pflegeheim bestätigte ihm, dass sein Vater schlief, erschöpft von der Physiotherapie und seinen Wutanfällen. Jake machte sich Sorgen. „Wir wissen noch nicht einmal, wer der arme Kerl war."

Er musste ständig an das dunkle Wasser denken, das in manchen Nächten, wenn der Ekel zu schwer wurde, der auf seiner Seele lag, über ihm zusammenschlug und er zu ertrinken drohte. Die Kratzwunden an seinem Gaumen heilten nur langsam. Er konnte mit der Zunge die kleinen Hautfetzen spüren, die ihm in den Mund hingen und ihn kitzelnd daran erinnerten, wie nahe er der Dunkelheit gekommen war und wie leicht sie ihn dazu verführt hatte, den Schmerzen in seiner Brust ein Ende zu bereiten. Was ihn am meisten bedrückte war, dass niemand den Mann zu kennen schien. Er war hier eines einsamen und langsamen Todes gestorben, wenn man den Spekulationen der Bullen glauben konnte, er wäre von dem Müll auf dem Dachboden lebendig begraben worden. Dazu gab es allerdings zu viel Blut. Jedenfalls sah es auf den ersten Blick so aus. Jake stellte mittlerweile seine eigenen Beobachtungen infrage, aber über eines war er sich sicher – der einsame Tod des Mannes bedrückte ihn zutiefst.

„So werde ich eines Tages auch enden, verdammt. Mutterseelenallein, bis ich durch Zufall von Fremden gefunden werde." Er starrte in den Wipfel des großen Baumes, der hinter dem Gebäude stand. „Scheiße."

Jake hatte Angst. Tief in seiner Seele wusste er, dass in seinen Knochen nur Angst saß. Angst und sonst nichts. Sie war so groß, dass er seinen Wünschen nicht nachgeben, manchmal kaum atmen konnte. Und wenn er dann endlich soweit war, dieser lähmenden Angst, die ihm durch die Adern floss, ein Ende zu bereiten, klopfte das Leben an und erinnerte ihn daran, dass es mit ihm noch nicht fertig war. Seine Angst legte ihn bloß, setzte den weichen Kern seiner Schmerzen schutzlos der harten, kalten Wahrheit der Welt aus, die mit ihren stählernen Zähnen zubiss.

Vor allem aber hatte er Angst vorm Leben. Das wusste er. Er hatte es ein einziges Mal gewagt, seine Zehen in das kalte Wasser des Lebens zu halten, und es hatte seine Welt in einen Wirbelsturm aus Höllenfeuer und Qualen verwandelt. Er traute sich nicht mehr zu leben. Es war einfach zu viel verlangt. Es war viel sicherer, hinter den gläsernen Wänden zu verharren, die er um sich herum errichtet hatte. Nur … sein Herz. Sein Herz wollte nicht mitmachen und sehnte sich nach Freiheit.

Nur ein einziger verdammter Nachmittag in Dallas Yates' Gesellschaft, und schon wollte er mehr. Brauchte er mehr.

Doch Jake wusste tief in seinem Innersten auch, dass er es nicht bekommen würde. Und das war so verdammt unfair.

„Diese Art zu leben … Es ist nicht richtig, Jacques", hatte seine Mutter mit ihrem französischen Akzent geflüstert, nachdem er in sein Zimmer gegangen war, um seine Wunden zu lecken nach einem langen Tag mit dem Leben und seinem Vater. Er vermisste ihren kleinen Körper, der sich an seinen drückte. Er vermisste den Duft nach Lavendel in ihren langen, dunklen Haaren. „Du brauchst eine Frau, *Bébé*. So ist das Leben. Diese Sache mit dir – diese Krankheit mit den Männern – wird nie zu Liebe führen. Männer können keine anderen Männer lieben. Du wirst schon sehen. Du wirst es verstehen, wenn du älter bist. Für Männer geht es nur um Sex. Zwei Männer … Es wird nur um Sex gehen. Du wirst dich in einen Mann verlieben und er wird dich verletzen, und dann … dann wirft er dich weg. Es wird mich umbringen, wenn ich das erleben muss."

Sie hatte recht behalten, seine Mutter. Er war weggeworfen worden, wie sie es ihm vorausgesagt hatte.

Und sie war gestorben, weil er so dumm gewesen war, sich zu verlieben.

Es war schwer, Dallas zu beobachten. Es war schwer, Dallas nicht zu beobachten. Ein Teil von Jake wollte sich schreiend in dem Mann vergraben, wollte tief in Dallas' Wärme und sein Strahlen eintauchen. Aber sein Verstand wusste es besser. Er hatte einem Mann wie Dallas nichts zu bieten. Verdammt, er hatte sich selbst nichts zu bieten.

„Ja. Erinnerst du dich noch, wie es das letzte Mal war? Alles hast du versucht. Und wozu? Nur, um herauszufinden, dass deine Mutter recht hatte … und dann." Gott, dieses schreckliche *dann*, nachdem er sein Herz bloßgelegt und gehofft hatte, geliebt zu werden. Es war in kleine Stücke gebrochen, als er es zurückbekam. Und was danach folgte, war … Er durfte nicht mehr daran denken. Die raue Rinde des Baums kratzte ihm durch das T-Shirt auf der Haut. Jake hieß den bitteren Biss des Schmerzes willkommen. „Dein Dad hat recht. Dieses verdammte Arschloch hat recht. Vergiss das nicht. Niemand will einen Mann wie dich, Jakey, mein Junge. Komm nicht auf die Idee, jemals etwas anderes zu denken."

Aber das Was-wäre-wenn hob immer wieder den Kopf, wie eine Kobra auf der Suche nach einem ahnungslosen Opfer, in das sie ihre Fänge schlagen konnte, um ihr Gift zu versprühen. Um Jake innerlich verrotten zu lassen.

Dallas Yates wühlte etwas in Jake auf, worauf der nicht vorbereitet war. Das lässige, sexy Lächeln weckte Gefühle, die Jake schon vor Jahren tief in sich vergraben hatte; Gefühle, die er sich nicht leisten konnte. Und es gab Aspekte von Dallas' Leben, die Jake beim besten Willen nicht verstehen konnte, weil sie weit außerhalb seiner Normalität lagen.

Einer dieser Aspekte war gerade aus dem Taxi gestiegen und kam auf Jake zu, nachdem Dallas abgewinkt hatte und den Bullen ins Haus gefolgt war. Celeste schwang einen schweren Leinenbeutel und lächelte dem blauen Meer der Bullen zu, an denen sie auf ihrem Weg zum Parkplatz vorbeischlenderte.

Celeste war mehr als kompliziert. Sie war unzweifelhaft eine Frau. Aber da war noch mehr an ihr, obwohl Jake es nicht benennen konnte. Sie genoss ihre Weiblichkeit und füllte sie so sehr aus, dass all die Farben, aus denen sie geschaffen war, ineinanderflossen und sich nicht mehr unterscheiden ließen. Celeste gab alles, um … Celeste zu sein.

Sie lächelte übers ganze Gesicht. Ihre Haare hatten schon wieder eine andere Farbe, aber das war jedes Mal so, wenn Jake sie sah. Heute hatte sie einen glänzenden, schwarzen Pagenschnitt und trug – und das war jetzt neu für Jake – flache Schuhe. In ihrer schwarzen Yoga-Hose und dem sittsam zugeknöpften Hemd war sie das Ebenbild von Audrey Hepburn. Mit den Kurven von Marilyn Monroe.

Mehr als einer der Ordnungshüter sah ihr nach, als sie mit schwingenden Hüften den Parkplatz überquerte und zu dem Baum ging, unter dem Jake Zuflucht gefunden hatte. Ihr Gang war dazu gedacht, die Blicke der Männer anzuziehen.

Und Celeste hatte damit Erfolg. Zumindest bei den Männern in Blau, die auf dem Parkplatz standen und darauf warteten, dass der Tote aus dem Haus gebracht wurde, um abtransportiert zu werden. Celeste hätte auch in Jake eine Reaktion hervorrufen sollen. Jake hätte alles dafür gegeben, um auch nur den Beginn einer Reaktion zu fühlen. Aber da war nichts. Rein gar nichts.

Das Leben könnte so verdammt viel leichter sein, wenn er auch nur die geringste Erregung verspürt hätte beim Anblick von weiblichen Kurven. Aber sein Körper sehnte sich nach der Härte eines Mannes und nach schwieligen Händen, die sich auf seine Hüften legten.

„Hallo, Darling", schnurrte Celeste und hielt eine Flasche mit eiskaltem Wasser hoch. „Mein Gott, schau dich nur an. So heiß und süß. Hier, ich habe dir etwas zur Abkühlung mitgebracht. Du siehst aus wie der Tod auf zwei Beinen. Oh, Mist. Tut mir leid. Ich wollte nicht … Weiß man schon mehr über den Mann? Kennt jemand den toten Mann?"

„Keine Ahnung, wer er ist. Falls die Bullen mehr wissen, sagen sie es nicht", erwiderte Jake. „Danke für … das Wasser. Es ist verdammt heiß hier."

Die Flasche war mit einer dünnen Eisschicht überzogen, die ihm die Hände verbrannte. Er klemmte sie unter den Arm und genoss die Kälte, die sich an seiner Seite ausbreitete. Es knirschte und das Eis löste sich, angetaut durch die Körperhitze, vom Plastik der Flasche. Celeste hielt ihm eine zweite Flasche hin.

„Hier, nimm die auch noch."

„Ich bin verschwitzt", protestierte er leise. „Ich verschmutze die Flaschen."

„Genau so mag ich mein Wasser. Mit einem Spritzer echten Mann. Wie ein Spritzer Zitrone." Celestes Mund verzog sich zu einem Lächeln. „Mein Schatz, du bist ein wunderbarer Anblick wie du da vor mir stehst und rot wirst. Ich habe fast den Eindruck, als würde nie jemand mit dir flirten."

„Nicht sehr oft, nein." Er reichte ihr die halb aufgetaute Flasche und zuckte mit den Schultern. „Ich arbeite in der Werkstatt mit ungefähr zwanzig Männern zusammen. Da wird nicht viel geflirtet."

„Es ist wahrscheinlich alles so richtig machomäßig – viel Grunzen und Furzen." Sie lächelte neckisch, aber ihr Blick war reserviert und zurückhaltend.

„Manchmal schon", gab er zu und öffnete die andere Flasche. „Aber nicht immer. Viele der Männer sind schon älter. Evancho stellt vor allem Männer mit Familie ein. Manche von ihnen sind Arschlöcher, aber die meisten sind ganz in Ordnung. Ich gehe den Arschlöchern einfach aus dem Weg."

„Verarschen sie dich, weil du schwul bist? Ich werde …"

Das Rauschen in Jakes Ohren verschluckte ihre Worte und die Luft wurde so dick, dass er kaum noch atmen konnte. Jake blinzelte. Eine seltsame Taubheit breitete sich in seinem Gesicht und seiner Brust aus. Das einzige, was er fühlen konnte, war der Felsblock in seinem Bauch, der ihn mit seinem Gewicht festnagelte. Jake konzentrierte sich auf jeden Atemzug, zwang sich zum Atmen – ein und aus und ein und aus –, um sich wieder unter Kontrolle zu bekommen und nicht von dem surrealen Treibsand verschluckt zu werden, in dem er gefangen war.

Plötzlich brach etwas in ihm und der Druck auf seine Brust ließ nach. Nur diese unerklärliche Angst hatte sich in ihm festgekrallt und wollte nicht loslassen. „Ich bin nicht schwul. Ich kann nicht schwul sein", murmelte Jake mit dicker Zunge.

„Schätzchen ..."

„Ja. Danke für das Wasser." Er stolperte nach hinten und blieb mit dem Absatz an einer Wurzel hängen. Es gab keinen sicheren Boden mehr, auf dem er hätte gehen können. Er fuhr sich mit den kalten Fingern durch die Haare, weg von seinem Gesicht. „Äh ... ja. Dallas soll in der Werkstatt anrufen, wenn die Polizei gegangen ist und ich weiterarbeiten kann. Ich ... Evancho ... Okay? Richte es Dallas einfach aus, ja?"

„Jake, warte." Celeste wollte nach ihm greifen, aber er trat schnell zur Seite.

„Ich ... Es tut mir leid", stammelte er. Sein Herz setzte beinahe aus, als sie die Lippen schürzte und ihn skeptisch betrachtete. Bedauern und Scham füllten jede Körperzelle aus und erinnerten an die Leere, die er in sich trug. „Ich muss gehen. Ich ... Sorry. Ich ... ich bin nicht, was du denkst. Und ich werde es auch nie sein."

„MEIN GOTT, aber so leid mir der Mann auch tut, er hätte ruhig woanders sterben können. Jetzt haben wir hier ein Riesendurcheinander. Und das nervt, Babe." Dallas ließ sich in der Sitznische nieder, die Celeste zu ihrem zweiten Heim erklärt hatte. Das Café war zwischen Mittag und Abend nahezu leer und selbst die mittelmäßigen Musiker, die sich ständig im Hof abwechselten und dort ihre mittelmäßige Musik spielten, waren verstummt. Dallas seufzte dankbar, als die Kellnerin ihm ein großes Glas Eistee servierte. „Wie kann es nur ganze sieben Stunden dauern, um festzustellen, dass ein Mann, der mit eingeschlagenem Schädel und vollkommen ausgeblutet auf dem Boden liegt, auch tatsächlich tot ist? Und ja, ich weiß, dass ich mich jetzt wie ein Arschloch anhöre, weil ich auch nur so denke. Bitte sage mir, dass ich kein Arschloch bin."

„Du hast recht. Du hörst dich an wie ein Arschloch, mein Süßer." Celeste klopfte mit ihren blaulackierten Fingernägeln im Stakkato-Takt an ihr Glas. „So, wie ich mich wie ein Arschloch angehört habe, als ich deinen hübschen Schweißer gefragt habe, wie seine Kollegen ihn behandeln, weil er schwul ist."

„Jake ist nicht schwul. Er ist ... verdammt umwerfend, ja ..." Dallas atmete zischend ein, als er an Jakes knackigen Hintern in den verwaschenen Jeans dachte. „Aber schwul? Ich glaube, da ist bei dir der Wunsch der Vater des Gedankens."

„Dallas, mein Schatz – so sehr, wie du auf Schwänze und Ärsche stehst, solltest du eigentlich eine eingebaute Wünschelrute für schwule Jungs haben. Und dieser Jake? Alles, was ihm fehlt, sind ein Hündchen namens Toto und eine Backup-

Band aus Vogelscheuche, Zinnmann und Löwe." Sie schlug ihm an den Arm, als er über sie lachte. „Schatz, dein Mann mag sich so tief im Schrank versteckt haben, dass er vom Porzellan schon Bleivergiftung hat, aber es ist so schwul, wie er gut aussieht."

„Da täuschst du dich." Gott, als ob das Leben nicht schon grausam genug wäre, ihm einen Mann in den Schoß zu werfen, der so dermaßen sexy war, musste Celeste ihn jetzt auch noch mit dieser verrückten Idee reizen, dass Jake schwul wäre und mit ihm in ein weiches Bett fallen könnte. „Ich musste ihm sogar erklären, was eine Dragqueen ist, so verdammt ahnungslos ist er."

„Ahnungslos vielleicht, aber schwul. Er leugnet es nur mit allem, was in ihm steckt", fuhr sie schwungvoll fort. „Und du hättest sein Gesicht sehen sollen! Schätzchen, ich habe den toten Kerl nicht gesehen, den ihr da auf dem Dachboden gefunden habt. Aber ich wette, er hatte noch mehr Farbe im Gesicht als unser Jake. Irgendjemand hat ihn mächtig das Fürchten gelehrt, sollte er auf den Gedanken kommen, andere Jungs zu lieben. Darauf wette ich echtes Geld."

„Komm schon. In unserer Zeit? In SoCal?" Dallas sah sich um. Sie saßen gemütlich im klimatisierten Teil des Cafés, während draußen die kalifornische Abendsonne immer noch drückend heiß vom Himmel brannte. „Meine Liebste, wir sind hier nur einen Steinwurf entfernt von mindestens zwanzig Club und Bars, die für ihre Hinterzimmer bekannt sind. Warum sollte Jake da nicht out sein?"

Celeste beugte sich vor und legte beide Hände flach auf den Tisch. „Dallas, gerade du solltest es besser wissen, als eine so dumme Frage zu stellen. Vor allem, wenn du mit mir sprichst."

Dallas erinnerte sich an Simons blutiges Gesicht und die aufgeplatzte Lippe. Unter dem Blut waren alte Hämatome, Spuren von Faustschlägen und aufgerissene Haut, die noch kaum verheilt war. Dallas hatte sie entdeckt, als er Simon das Gesicht mit einer feuchten Serviette abwischte. Sein zukünftiger bester Freund zitterte, als Dallas ihn berührte. Simons ganzer Körper spannte sich an vor Angst und Rotze lief ihm aus der Nase, als er um Luft kämpfte. Seine Nase war gebrochen von einem der Hiebe, die er ins Gesicht bekommen hatte.

Es war nicht das erste Mal gewesen, dass Dallas Simon rettete. Aber es war das erste Mal, dass Simon blutete. Bis zu diesem Tag hatte sich Dallas um nichts und niemanden gesorgt. Er hatte sich sicher gefühlt in der Fantasiewelt, in der er aufgewachsen war; in einer Welt, in der es keine Rolle spielte, wen er liebte oder wo er sich aufhielt, wenn er seinen Freund auf die Wange küsste.

Sie hatten gezittert vor Kälte, bis Simon in Dallas' kalten Armen zusammenbrach und herzzerreißend zu schluchzen begann, weil all das Leid, das an ihm fraß, aus ihm herauswollte ... Ein Leid, das ihm die beiden Menschen zugefügt hatten, die ihn am meisten hätten lieben sollen, die aber stattdessen für sein zerschlagenes Gesicht verantwortlich waren.

Es war das eine Thema, über das sie nie wieder reden mussten. Und wie bei jeder Tragödie erinnerten sie sich an diesen einen Tag, wann immer sein Geist sich in ihre Unterhaltung stahl.

„Mein Gott, ich hasse deine Familie", murmelte Dallas. Und das stimmte. Er hätte am liebsten jeden einzelnen von ihnen angezündet, aber Celeste weigerte sich, ihnen den Rücken zuzukehren. „Und fange jetzt nicht an, sie zu verteidigen. Nicht jetzt. Nicht hier. Niemals."

„Sie sind meine Familie." Sie zuckte mit den Schultern, doch der Schmerz flackerte wie ein dunkler Schatten über ihr Gesicht. „So, wie du jetzt meine Familie bist. Ich kann keinen von euch einfach abschreiben. Obwohl ich es bei ihnen vielleicht tun sollte. Aber ich kann nicht."

Ein Teller mit dampfenden, gebratenen Süßkartoffeln tauchte auf ihrem Tisch auf. Die kaugummikauende Kellnerin hatte ihn im Vorbeigehen vor ihnen abgestellt. Sie war kaum lange genug stehengeblieben, um den Teller zwischen ihnen in die Tischmitte zu schieben, bevor sie wieder in der Küche verschwand. Dallas nahm ein orangefarbenes Kartoffelstück vom Teller und blies es ab, um sich nicht zu verbrennen.

„Was werden wir wegen des Jungen unternehmen?" Sie nahm sich ebenfalls ein Stück Süßkartoffel und lächelte ihm lieb zu, als er sich beschwerte. „Wir können ihn doch nicht dort im Schrank lassen, allein und ungeliebt."

„Du kannst niemanden ins Freie ziehen, der nicht frei sein will." Es war eine harte Wahrheit, die sie beide durch viele traurige Erfahrungen mit ehemaligen Freunden gelernt hatten. Dallas nahm sich noch ein Stück Kartoffel und schob es schnell in den Mund. Dann riss er den Mund auf und hechelte nach Luft, um seine verbrannte Zunge zu kühlen. Er kaute, schluckte und trank einen Schluck Eistee. „Verdammt, sind die Dinger heiß. Und ja ... Ja, ich weiß. Jake ist auch heiß, aber ..."

„Er leidet, Dal. Du hast ihn vorhin nicht erlebt." Sie legte ihre breiten Hände auf seine und drückte seine Finger. „Schätzchen, jemand hat diesen Jungen innerlich gebrochen. Ich habe ihn gesehen und mir gedacht: Das hätte ich sein können, wenn ich dich nicht getroffen hätte."

„Wir können nicht die ganze Welt retten, Süße. Selbst, wenn wir das wollten."

Wenn es eines gab, was er an Celeste hasste, dann die Tatsache, dass sie immer recht behielt. Und ihr Gerechtigkeitsgefühl ließ sie immer wieder für verlorene Fälle eintreten, auch wenn sie damit Ärger erregte.

Und jetzt, als sie ihm Jake Moore ins Gesicht warf, während sie vor dem Teller mit den Süßkartoffeln saßen, erregte sie mehr als nur Ärger.

Dallas mochte Jake und wenn er ehrlich war, begehrte er ihn sogar. In dem breitschultrigen Mann lag eine Sanftheit und rührte Dallas, der bisher vergeblich über die Ursache dieser Gefühle nachgegrübelt hatte. Celeste hatte den Vorhang aufgezogen und was dahinter hervorkam, war eine fest verrammelte Schranktür, hinter der der wahre Jake lebte.

„Denke erst darüber nach, ja? Ich bin mir nicht sicher, ob du recht hast, also schau mich nicht so siegessicher an." Dallas versuchte es mit seinem plausibelsten Szenario. „Angenommen, er ist nicht schwul und boxt mir ins Gesicht, wenn ich mit ihm darüber reden will? Ich will ihn nicht verärgern."

„Wenn er dich boxt, werde ich nie wieder darüber reden. Aber wenigstens hat er uns als Freunde. Und wir sind wunderbar."

„Und warum muss ich es tun? Oder wir? Warum müssen wir immer die ganze Welt retten?"

„Ich bitte dich nicht, die Welt zu retten. Nur einen traurigen, wunderschönen, braunäugigen Mann mit einem knackigen Hintern, fantastischen Schultern und einer Stimme, bei der sich mein Arschloch zusammenzieht, wenn er nur meinen Namen sagt", stellte sie leise klar. „Und du musst es übernehmen, weil ich schon einen Fehler gemacht habe. Außerdem glaube ich, dass er dich mag. Er ist rot geworden, als ich übers Flirten gesprochen habe. Und es war nicht mein Name, bei dem er ins Stottern geriet. Was kann denn schon passieren? Außer, dass er dir die Nase bricht oder du dich verliebst?"

„Ein gebrochenes Herz?" Er fühlte noch manchmal die Narben, die ein anderer Mann durch seine Unvorsichtigkeit an seinem Herzen hinterlassen hatte. Dallas wollte diese erschütternde Erfahrung nicht wiederholen. „Weißt du nicht mehr, was beim letzten Mal passiert ist, als ich mich in einen Mann verliebt habe, der nicht out war? Und Jake? Jake ist wie ein Fireball Whiskey auf einen leeren Magen. Er ist gefährlich für mich, Lest. Wenn er schwul und zugänglich ist, könnte ich mich in ihn verlieben. Davor habe ich Angst."

„Jake ist nicht Kevin. Dieses Arschloch war verheiratet mit zwei Kindern. Er hat dich ausgenutzt", schnaubte Celeste. „Jake ist ... Ich weiß auch nicht, Süßer. Ich glaube einfach, dass er uns braucht. Dass er *dich* braucht. So, wie ich dich gebraucht habe, aber doch ... anders. Glaube einem kaputten, gebrochenen Kind wie mir. Wir erkennen uns. Ich kann sein Leid fühlen, das er versteckt hält und nur rauslässt, wenn ihn niemand weinen hört. Ich will das nicht für ihn. Ich will das für niemanden."

„Und ich auch nicht. Aber ich schwöre bei Gott ... Wenn es schiefgeht und ich verliebe mich ..." Er brach ab und verschluckte seine Worte. Dallas hatte sich schon in Jake Moore verliebt, als er ihn das erste Mal sah, allein in den Schatten der Metalltür auf der anderen Straßenseite – ein schlankes Bild von Unbekümmertheit und Sex, eingerahmt in Geheimnisse und Dallas' verdammte Neugier. „Mein Gott, ich verbringe nur einen Nachmittag mit dem Mann und schon suche ich Geschirr aus und mache mir Gedanken über das Muster der Vorhänge. Was ist nur mit mir los? Ich bin doch sonst nicht so. Ich gehe nicht aus. Ich habe keine Beziehungen. Wirklich ... das bin nicht ich. Ich werde mir einen mächtigen Schlag einfangen wegen der Geschichte."

„Wenn er dich verletzt oder schlägt oder nur in deine Richtung furzt, trete ich ihm in den Arsch", erklärte Celeste grimmig. Dann ruinierte sie alles wieder mit einem leisen Flüstern, das Dallas kaum hören konnte über dem Klirren der Kaffeetassen und dem Ruf des Baristas, dass eine Bestellung fertig wäre. „Sobald ich mir die neuen Schuhe gekauft habe. Ich brauche die passenden Schuhe, wenn ich jemandem richtig in den Arsch treten soll."

4

„DU NUTZLOSES Stück Scheiße!"

Jake duckte sich, aber die Kante des mit Pisse gefüllten Plastikbehälters erwischte ihn an der Wange und kratzte ihm die Haut so tief auf, dass er zu bluten begann. Das Brennen machte ihn vorsichtig und er näherte sich langsam dem Bett, weil er nicht wusste, was sein Vater möglicherweise noch unter der Decke versteckt hatte.

„Dad ... aufhören." Es war sinnlos. Sie hatten diese Auseinandersetzung schon zig Male geführt, aber der alte Mann im Bett, diese leere Hülle des tobenden, ausfälligen Vaters, den er gefürchtet hatte, war mit vernünftigen Argumenten nicht mehr zu erreichen. Jake blieb nur, die Folgen seiner Zerstörungswut zu beseitigen – die Flasche aufzuheben und Fußboden und Wände abzuwischen, bevor die Pfleger es sahen.

Weißer Schaum lief seinem Vater übers Kinn und ein kleines Büschel weißer Haare richtete sich auf. Er war seit einigen Tagen nicht mehr rasiert worden. Vermutlich hatte er niemanden in seine Nähe gelassen. Zorn und Ekel verzerrten sein Gesicht zu einer fürchterlichen Grimasse und seine ausgebleichten, grünen Augen waren eng zusammengekniffen. Dann wurde die Wut plötzlich und ohne erkennbaren Anlass durch Verwirrung abgelöst. Jake wurde von Schuldgefühlen gepackt.

„Aufhören? Womit? Wovon redest du denn?" Sein Vater sah sich im Zimmer um. „Warum bin ich hier? Gott, was stinkt es hier. Und sie sind so unhöflich. Keine verdammten Manieren. Nennen mich Ron, als wären sie meine Familie. Zu meiner Zeit hat man ältere Menschen noch mit Respekt behandelt. Diese verdammten Idioten führen sich auf, als wäre ich zu Besuch und wir würden in ihrem Wohnzimmer sitzen."

Es wurde nicht leichter. Wenn überhaupt kamen die Stimmungswechsel jetzt schneller und wurden von Tag zu Tag schlimmer. Das Zimmer machte es auch nicht besser. Es gab nichts, was die trübe Atmosphäre des grünlich-grau gestrichenen Krankenzimmers aufgehellt hätte. Es war ein Ort, an dem man nur darauf wartete, dass der Tod vor der Tür stand. Neben dem Bett standen ein Beatmungsgerät und einige andere Apparate, an die sein Vater immer wieder angeschlossen wurde. Ein dünner Vorhang trennte die beiden Betten, die sich in dem Zimmer befanden. Die Risse und Löcher in dem farblosen Stoff waren mit buntem Garn geflickt worden, als sollten die unregelmäßigen Stiche etwas Fröhlichkeit verbreiten.

Der Mann, der in dem anderen Bett gelegen hatte, war vor einigen Tagen ruhig entschlafen, allein und noch viel zu jung. Jake hatte sich einige Male mit ihm unterhalten, bevor die Schmerzen den Mann um den Verstand brachten und er nicht mehr ansprechbar war. Danach hatte er hilflos zusehen müssen, wie die Drogen dem Mann Körper und Geist betäubten, bis er die zerstörerische Krankheit nicht mehr bekämpfen konnte. Der hagere, ausgemergelte Mann hatte nie über seine Krankheit gesprochen, aber das Schnalzen, wenn sich die Pfleger Gummihandschuhe überzogen, bevor sie ihn berührten, war … entwürdigend und tragisch.

Jake nickte dem schnarchenden Mann zu, der jetzt in dem anderen Bett lag. „Du hast einen neuen Zimmergenossen", sagte er in der Hoffnung, seinen Vater abzulenken.

„Verdammter Versager. Siehst du die Maschinen, an denen der Kerl hängt?", knurrte sein Vater. „Das Piepsen und die blinkenden Lampen? Der Mist lässt mich die ganze Nacht nicht schlafen, so ist das. Und er sagt kein Wort. Vegetiert dahin wie ein Stück Gemüse, bis sie ihn entsorgen können. Verdammt, es ist beschissen hier. Warum kann ich nicht einfach zuhause sterben? Wie ein verdammter Mann?"

„Du bist hier, um wieder gesund zu werden, Dad", log Jake ihn an. Der Magen sackte ihm in die Kniekehlen. Darüber hatten sie auch schon mehr als einmal gestritten und Jake hasste dieses Thema mehr als alle anderen. „Der Doc sagt, du musst noch hierbleiben, bis es dir wieder besser geht."

Das Haus, von dem sein Vater sprach, gab es schon lange nicht mehr. Jake hatte es verkaufen müssen, um die horrenden Behandlungs- und Pflegerechnungen zu bezahlen, die von der Versicherung nur zum kleinsten Teil übernommen wurden. Jake konnte es nicht ändern. Sein Vater verfiel mehr und mehr. Selbst die kleinste Wunde heilte nur noch langsam, aber er kratzte immer wieder die Ausschläge an seinem Arm auf, weil er sich langweilte und gefangen fühlte in dem Gefängnis, das er sich im Kopf selbst erschaffen hatte. Er musste um jeden Atemzug kämpfen – das Ergebnis jahrzehntelangen Kettenrauchens und eines Jobs, bei dem er ungeschützt den übelsten Chemikalien ausgeliefert war. Sein Tod war ein Wettrennen zwischen der Demenz und dem Krebs, der ihn von innen auffraß. Und bis dieses Rennen entschieden war, war Jake gefangen und kämpfte sich in der giftigen Molasse vorwärts, auf den unvermeidlichen Tod seines Vaters zu.

Die Ärzte meinten, es wäre nur eine Frage der Zeit. Jake gab es nicht gerne zu, aber er war es leid, die Sekunden zu zählen, bis der alte Mann endlich seinen letzten Atemzug machte.

Er fragte sich oft, ob er selbst an diesem Tag seinen ersten freien Atemzug nehmen oder ob er ihm folgen und in die Leere hinübergleiten würde, die nach dem Tod seines Vaters zurückblieb.

Jake hatte sich verspätet und konnte dem Pfleger nicht mehr helfen, seinen Vater zu füttern. Der in drei Segmente geteilte Teller stand auf dem rollenden Nachttisch an der Seite des Bettes. Die Reste, die sich noch auf dem Teller befanden, stanken durchdringend nach Fisch. Sein Vater würde lieber drei Tage alte Leber essen, bevor er etwas in den Mund nahm, was Flossen oder Schuppen hatte. Alles, nur kein Fisch. Jake hatte die Essenskarte wieder und wieder ausgefüllt und darum gebeten, seinem Vater keinen Fisch zu geben. Trotzdem fand er in schönster Regelmäßigkeit die kleinen, billigen Fischfilets auf dem Teller – versteckt unter Zitronenscheiben oder Dillsauce –, die sein Vater verschmähte und liegenließ.

Dieser Tag war von Anfang an eine Katastrophe gewesen. Jake ließ sich in den harten Plastikstuhl am Bett seines Vaters fallen. Er war müde bis auf die Knochen. Nachdem er den Rolltisch etwas näher gezogen hatte, stocherte er in den Resten und fragte sich, ob er seinem Vater einreden könnte, dass es sich bei der hellgrauen Fleischmasse nicht um Tilapia, sondern um Hühnchen handelte. Die vielen übersprungenen Mahlzeiten würden seinen Vater schwächen und dann müssten sich die Pfleger noch mehr um ihn kümmern.

Oder sie würden ihn rausschmeißen. Es wäre nicht das erste Mal und es gab nicht mehr viele Möglichkeiten, einen sterbenden alten Mann unterzubringen, der schnell zuschlug und noch schneller aufbrauste.

„Siehst du den verdammten Katzenfraß, den sie mir hier zumuten? Meine Frau hätte nie gewagt, mir das zu servieren. Ich hätte sie quer durch die Küche gehauen." Die Augen seines Vaters waren ungleichmäßig – das linke zusammengezogen, das rechte geweitet. Seine Hände ballten und öffneten sich krampfhaft und formten zittrige Fäuste. Speichel floss ihm aus dem Mund und übers Kinn. Zu jedem anderen Zeitpunkt hätte Jake ihn mit einer Serviette abgetupft, aber nicht in diesem. Nicht, wenn der Mann dabei war, sich in Rage zu reden. „Sie wusste es besser."

„Ja, ich weiß, dass du keinen Fisch magst." Er schob die Essensreste über den Teller und wünschte, sie wären wenigstens noch heiß. „Hier sind Kartoffeln und grüne Bohnen. Du musst essen. Du wirst sonst noch kränker. Ich rede mit ihnen über den Fisch."

„Mein verdammter Sohn sollte hier sein und mit ihnen reden. Aber der Hundesohn hat mich hier abgeladen und sich aus dem Staub gemacht. Aus dem Jungen ist eine gottverdammte Schwuchtel geworden." Er ignorierte das Essen, das Jake ihm vor den Mund hielt. „Das hat man davon, wenn man seiner Frau erlaubt, ein Kind zu verhätscheln. Aber ich habe es ihm gezeigt. Habe ihn mit einem von meinen Bodybuilder-Magazinen erwischt, wie er an seinem Schwanz gespielt hat. Habe ihn grün und blau geschlagen. Nur das wirkt bei diesen verfluchten Schwuchteln. Nur so kriegt man sie wieder hin. Aber meine Frau hat den kleinen Bastard immer in Schutz genommen. Ist trotzdem schwul geworden. Hast du Kinder? Du und deine Frau?"

Es war jedes Mal ein Schock, wenn sein Vater ihn nicht erkannte. Jake war so lange das Ziel von Ron Moores Wutanfällen und Gewaltausbrüchen gewesen. Eigentlich immer dann, wenn sein Vater zuhause und wach war. Jetzt nickte Jake nur stumm, schob ihm die Gabel mit dem kalten Kartoffelpüree in den Mund und hoffte, dass sein Vater wenigstens das essen würde.

„Nein, keine Kinder." Und die würde es auch nie geben. Nicht, wenn Jake es verhindern konnte. In seinen Adern floss zu viel schlechtes Blut, floss diese Grausamkeit, die er von seinem Vater geerbt hatte. „Auch keine Frau."

31

„Na ja, du bist noch jung. Irgendwann fängt dich so ein heißes Ding ein. Wie bei mir. Ich habe wirklich alles versucht mit dem Jungen. Er war einfach zu verdammt … schwul." Sein Vater kaute das Kartoffelpüree und als er den Mund öffnete, schob ihm Jake schnell noch eine Gabel voll rein. Sein Vater schluckte und winkte mit der schlaffen linken Hand zum Nachttisch. „Gib mir von dem Wasser. Die Hundesöhne hier wollen mir kein Bier geben."

Jake hielt den Strohhalm fest, damit sein Vater trinken konnte. Als der Alte genug hatte, schnalzte er mit der Zunge und schlug Jakes Hand zur Seite. Das Glas wäre beinahe umgekippt. Jake nahm die Gabel, um ihm mehr von dem Püree zu füttern. Er redete seinem Vater gut zu, ließ aber dessen schlaffe Fäuste nicht aus den Augen.

„Sie hat mich in die Falle gelockt, das Biest. Meine Frau", murmelte der alte Mann und sah Jake mit zusammengekniffenen Augen an. „War vorher schon einmal schwanger, aber einige gute Tritte haben das Problem gelöst. Eine Frau soll sich um ihren Mann kümmern. Ich wollte nicht, dass sie durch ein Kind abgelenkt wird. Aber das Biest hat mich überlistet und mir beim zweiten Mal nicht Bescheid gesagt, bevor man es sehen konnte und es zu spät war. Mist. Ich habe gedacht, sie wird nur fett."

„Sie hätte dich verlassen können", erwiderte Jake unüberlegt und sein Vater schnaubte so böse, dass er das Kartoffelpüree über die ganze Bettdecke versprühte. „Hatte sie keine Familie, die …"

„Säufer. Fast alle. Beschissene Familie."

Die Ironie der Bemerkung entging Jake nicht. Da verdammte sein Vater die Familie seiner Mutter als Säufer, während er selbst an einer Krankheit starb, die nur seinem Lebenswandel zuzuschreiben hatte.

„Wenn ich es früher gewusst hätte, ich hätte sie sitzenlassen. Ich habe damals in Montreal im Schiffbau gearbeitet. Hätte wahrscheinlich meinen Job verloren, wenn ich nicht bei ihr geblieben wäre. Die Frenchies da oben halten zusammen. Als sie das erste Mal werfen wollte, war mein Boss schon hinter mir her. Konnte mir aber nichts beweisen und ich habe dafür gesorgt, dass sie den Mund hält." Er schlug auf die Gabel und eine lange, grüne Bohne flog auf den Fußboden. Dann erzählte er weiter, als wäre nichts geschehen. „Also habe ich mir gedacht, es wäre vielleicht gar nicht so schlecht. Vielleicht hätte das Kind was aus sich gemacht. Aber dann ist aus dem Jungen eine Schwuchtel geworden. Hat mir nur Ärger eingebracht."

Es wäre so einfach gewesen, ihm mit der Gabel ein Auge auszustechen. Jede einzelne Zelle in Jakes Körper sehnte sich danach, die Finger in das Gesicht des alten Mannes zu krallen und ihm den Rest Fleisch von den Knochen zu reißen. Er schmeckte Blut. Der metallische Geschmack in seinem Mund überraschte ihn und er merkte, dass er sich auf die Zunge gebissen hatte.

„Ich bin sicher, deine Frau hat sich Mühe gegeben", krächzte Jake schließlich. „Und dein Sohn auch."

Und dann hob Jake den Kopf und starrte an die Decke. Er hatte seiner Mutter versprochen, sich um den alten Kerl zu kümmern, aber er hielt es kaum noch aus. Er war voller Zorn und einem Schmerz, der ihm die Brust zusammenschnürte und ihn zu verzehren drohte. Jake bebte mit jedem Atemzug, während er versuchte, sich das Gesicht seiner Mutter ins Gedächtnis zu rufen. Sein Vater polterte weiter vor sich hin, verfluchte lange zurückliegende, eingebildete Kränkungen und schwadronierte über das, was er als ‚ordentliche Familie' bezeichnete. Jake blinzelte und packte die Gabel fester, entschlossen, seinem Vater noch einige Bissen Essen in den Mund zu schieben.

„Der Junge war vom ersten Atemzug an eine Enttäuschung. Ich wusste gleich, dass mit ihm etwas nicht stimmt. Aber sie wollte ihn ja unbedingt. Hat ihn immer bevorzugt, bei jedem Scheißdreck. Und das ist nicht richtig. Ein Mann sollte bei seiner Frau immer an erster Stelle stehen in dem ganzen gottverdammten Haushalt." Er kniff wieder die Augen zusammen und zog eine Grimasse, als er Jake ansah. „Ich hätte ihm die verdammte Eisenpfanne über den Schädel ziehen soll, nicht ihr. Gleich am Anfang. Verdammt. Ja, das hätte ich machen sollen. Ohne das verdammte Kind wäre das Leben wesentlich besser gewesen."

NACH HAUSE zu kommen, war eine Erleichterung. Stickige Luft und ein kaltes Bier. Kaum hatte Jake seine kleine Wohnung betreten, zog er das Hemd aus und warf es in den Wäschekorb. Dann streckte er die Arme über den Kopf und genoss das Gefühl, jede einzelne Sekunde dieses Tages aus sich herauszuschwitzen. Die Fenster zu öffnen half, die Saunahitze etwas zu verringern. Mit der frischen Luft kamen auch die Stimmen der Passanten und der Geruch nach frisch gegrilltem Fleisch aus dem nahegelegenen Restaurant in die Wohnung.

„Gott, was für ein beschissener Tag." Der Whiskey auf einem der Wandregale rief nach ihm und versprach, die stechenden Gefühle zu betäuben, die von innen an ihm nagten. Jack rieb sich übers Gesicht und betrachtete die Flasche lange, bevor er sich entschloss, eine Dusche zu nehmen. „Wochentag, Jakey Boy. Und du führst schon wieder Selbstgespräche. Toll."

Nachdem das warme Leitungswasser durchgelaufen war, wurde die Dusche erfrischend. Das war im Sommer normal. Die Tageshitze erwärmte das stehende Wasser in den Rohren und es musste erst abfließen, bevor kühleres Wasser aus dem Duschkopf kam. Er gab einige Tropfen Flüssigseife – Citrus-Ingwer – auf einen Schwamm und wusch sich damit von Kopf bis Fuß. Nach zehn Minuten war das Wasser richtig kalt geworden und verjagte die Hitze aus seinem Körper. Er stand unter dem prasselnden Wasserstrahl und war dankbar dafür, dass wenigstens der Wasserdruck stimmte. Das kalte Wasser fühlte sich auf der Haut an wie tausende kleiner Stiche mit einer Phantomnadel.

„Scheiße, ich muss die Geschichte mit Celeste wieder in Ordnung bringen. Ich bin ihr fast an die Kehle gegangen. Und wofür?" Er lehnte sich an die gelbliche Wand der Duschkabine. „Mist."

In die Scham über sein Verhalten Celeste gegenüber mischte sich ein tiefes, heftiges Verlangen nach Dallas. Jake versuchte schon den ganzen Tag, dieses Gefühl zu unterdrücken oder wenigstens zu ignorieren. Jake fühlte fast noch die Schmerzen der Prügel, die ihm sein Vater verabreichte, als er das letzte Mal seinem Verlangen nach einem Mann nachgegeben hatte. Jake rieb sich über die Brust und wünschte, das Brennen in seinem Herzen würde endlich aufhören. Er hatte so viel verloren, als er damals seiner Lust nachgab – seine Würde, sein Selbstvertrauen, seine Mutter – und fragte sich, ob die Schmerzen dieser Nacht wohl jemals wieder vergehen würden. Sie peinigten ihn immer noch. Nur eine falsche Entscheidung, und er hatte alles verloren. Alles, bis auf seinen Vater.

Seinen verdammten Vater, der nicht ganz richtig im Kopf war.

„Nein. Ich will jetzt nicht an ihn denken." Er schlug mit der Faust an die Wand und fluchte laut auf französisch, der Sprache seiner Mutter. Dann drehte er das Wasser ab, trocknete sich ab und verließ das Badezimmer.

Er wollte nicht über seinen Vater nachdenken. Er konnte es nicht. Ron Moore gehörte in eine Kiste auf ein Regal, wo Jake sie nur zur Kenntnis nahm, wenn sie sich lautstark bemerkbar machte und die Schuldgefühle so stark wurden, dass er sie nicht mehr heben und zurückstellen konnte. Morgen würde wieder so ein Tag sein. Ein Tag voller heißem Metall und kalter Wut, heruntergespült mit einem kalten Bier. Sein knurrender Magen erinnerte Jake daran, dass sein Mittagessen noch unangerührt in der Werkstatt lag. Es war jetzt neun Uhr und Pizza zu bestellen, war ein Luxus, den er sich nicht leisten konnte. Jedenfalls nicht, so lange nicht alle Rechnungen bezahlt waren.

„Ich hätte mir eine von den Fünf-Dollar-Pizzen mitbringen sollen", grummelte er den Kühlschrank an und hielt die Tür mit der Schulter auf, während er sich eine Shorts anzog. Eine Schachtel mit einem Rest Pad Thai war alles, was er noch fand. Jake überlegte, ob es wohl noch genießbar war. Er hatte es vor zwei Tagen mitgebracht, als Evancho die Mitarbeiter der Werkstatt zum Essen einlud, wie er es an jedem Monatsende machte. „Ja, das sollte gehen. Ich brauche nur scharfe Soße. Etwas … saftiges."

Das Bier kam aus derselben Quelle und war eine eklektische Mischung der exotischsten Sorten. Bevor Jake sich nach dem Essen verabschiedete, hatte Evancho das Bier mit dem Rest Pad Thai in eine Schachtel gepackt und ihm in die Hand gedrückt. Jake wusste nicht so recht, was er von einem Bier halten sollte, das mit Kürbisgewürzen versetzt war. Deshalb lag es noch im Kühlschrank und wartete auf den Tag, an dem Jake genug Mut aufbrachte, die Flasche zu öffnen. Evancho liebte Bier und brachte immer die merkwürdigsten Sorten mit, die in kleinen Brauereien in und um Los Angeles hergestellt wurden. Der Mann trank einfach alles; sogar Bier mit Fruchtgeschmack, das es in kleinen braunen Flaschen gab und das als der kommende Geheimtipp gehandelt wurde.

„Himbeer Moonrise, Indisches Lagerbier." Jake studierte die Beschriftung. „Gebraut und abgefüllt in Glendale. Hmm. Wie schlimm kann das schon sein?"

Es war nicht das schlimmste, das musste er zugeben. Aber der Himbeergeschmack war unverkennbar. Ein künstliches Aroma in einem Bier, das ohne diesen Geschmack vermutlich gut trinkbar gewesen wäre. Ausgerüstet mit einer Gabel, dem Bier und der Schachtel mit dem Pad Thai ließ Jake sich auf sein altes Sofa fallen. Er wollte nur noch schnell essen und danach sofort ins Bett.

Aber wenn die Whiskeyflasche schon seinen Namen geflüstert hatte, dann schrien die Metallteile und Werkzeuge am anderen Ende des Zimmers geradezu nach ihm.

Die Teile riefen nach ihm, wollten in einen Wasserfall von Silber und Kupfer geformt werden. Sein Kopf überschlug sich fast vor Eifer, die leeren Räume mit neuen Formen auszufüllen. Zuhause war das so. In der Werkstatt war es anders, dort war Arbeit nur Arbeit. Dort musste er sich an Regeln halten und den Vorgaben folgen, die ihm die Auftraggeber machten. Sicher, es gab Zeiten, in denen Evancho ihm für einzelne Projekte viel Freiraum ließ oder – wie heute früh – auf einen Haufen Metallreste zeigte und Jake aufforderte, etwas daraus zu machen. Aber das war nicht … es war nicht wirklich seine eigene Inspiration. Würde es nie sein. In diesen Arbeiten steckte nur seine Erfahrung als Metallarbeiter, und auf die war er stolz. Sie enthielten aber nicht genug von Jacques Moore, waren nicht persönlich genug.

Zuhause floss nur seine eigene Kreativität in die Skulpturen ein. Seine Hände, sein Verstand und seine Seele waren es, die Feuer und Hammer lenkten und das Metall so bogen und schmiedeten, dass wunderbare neue Formen aus den Abfallstücken entstanden, die keiner mehr brauchte und die ohne ihn auf dem Schrottplatz gelandet wären. Das Dumme war, dass er das Bedürfnis seines Vaters, etwas zu formen und zu dominieren, beinahe verstehen konnte. In Jake brannte die gleiche Sucht – eine Art Besessenheit, die er nur dadurch befriedigen konnte, indem er dem Metall seinen Willen und seine Vision aufzwang.

Sein Vater. Nein, den musste er vergessen. Den musste er für den Rest des Tages vergraben. Und wenn er Glück hatte, würde der alte Mann sich vielleicht sogar aus Jakes Träumen fernhalten und sie nicht in Albträume verwandeln …

Jake wäre beinahe von der Couch aufgestanden, hätte sein Essen und sein Bier einfach auf dem kleinen Tisch stehenlassen, so sehr zog es ihn zu der unvollendeten Skulptur, die nach ihm rief. Beinahe. Er hatte sich schon vorgebeugt, als sein Handy zu singen und vibrieren anfing, um seine Aufmerksamkeit auf sich zu lenken. Es war eine örtliche Nummer aus dem Bereich seiner eigenen Postleitzahl, doch Jake erkannte sie nicht. Sein Puls flatterte besorgt. Er wurde fast nie angerufen. Ab und zu von Evancho, aber meistens nur vom Pflegeheim oder

Ärzten. Unbekannte Telefonnummern bedeuteten automatisch, dass am Horizont dunkle Wolken aufzogen und etwas ankündigten, worauf er nicht vorbereitet war.

„Oder jemand will dir etwas verkaufen. Reiß dich zusammen." Er hielt das Handy ans Ohr und knurrte: „Hallo?"

„Hey, Jake." Blitze fuhren ihm aus dem Handy direkt ins Ohr, die Wirbelsäule hinunter und in den Magen. „Hier ist ..."

„Dallas", krächzte Jake. Er würde seinen Job verlieren, da war er sich sicher. Er hätte den Mund halten sollen ... Verdammt, er hätte das Wasser von Celeste erst gar nicht annehmen und einfach gehen sollen. Er konnte nicht mit Menschen umgehen, konnte nicht mit ihnen reden. Dummerweise konnte sein Verstand nicht verhindern, dass seine Zunge und sein Mund reagierten. „Hey, ähm ... Hey", platzte es aus ihm heraus.

„Tut mir leid, dass ich so spät noch anrufe. Ich habe gerade Celeste nach Hause gebracht und ..."

„Ja. Wegen Celeste ...", unterbrach ihn Jake. „Ich habe sie beschissen behandelt. Ich hätte ..."

„Hey, mach dir keine Sorgen. Wir haben heute einen toten Mann auf dem Dachboden gefunden. Da ist es kein Wunder, dass wir noch etwas durcheinander waren", beruhigte ihn Dallas. „Celeste versteht das. Ich wollte nur wissen, wie es dir geht. Na gut, ich rufe an, weil ich wissen will, ob du morgen wieder zurückkommst und weiterarbeitest, weil ... toter Mann und so."

„Ja. Bei mir ist alles in Ordnung. Ich bin, äh ... gerade nach Hause gekommen und esse. Reste. Pad Thai." Er war höllisch erleichtert, dass er Evancho nicht erklären musste, warum sie einen Auftrag verloren. In seinem Kopf kribbelte es, als ihm einfiel, was das bedeutete. Drei Wochen mit Dallas. Er verdrängte das Gefühl und schnüffelte an der offenen Schachtel mit dem Pad Thai, das mittlerweile Raumtemperatur angenommen hatte. Ein säuerlicher Geruch stieg ihm in die Nase, der alles andere als appetitlich war. „Oder auch nicht. Ich glaube, es ist nicht mehr genießbar."

„Ja? Du hast doch gesagt, dass du in K-town wohnst, ja?" Dallas gab ihm keine Chance, auf die Frage zu antworten. „Ich bin an der Ecke Oakwood und Western. Wollen wir essen gehen? Ich habe mir nur einen Teller Süßkartoffeln mit Celeste geteilt – was heißt, dass ich ungefähr zwei kleine Stückchen abbekommen habe – und bin am Verhungern. Ich lade dich ein."

„Sicher. Ja. Und ich kann dich auch ..."

„Machst du Witze? Hast du die Sache mit dem toten Kerl unterm Müll schon vergessen? Ich bin dir noch was schuldig, Mann." Sein Lachen rollte weich und golden aus dem Handy in Jakes Ohr. „Was hältst du von Tofu House? Oder lieber was anderes? Ich kann dich abholen oder wir treffen und dort."

„Ich kann zu dem Tofu House gegenüber der Kirche auf der Wilshire kommen. Falls dir das recht ist." Er brauchte ungefähr zwei Minuten, um sich umzuziehen und saubere Socken zu finden, dann noch einige Minuten, um die zwei Blocks zu laufen. Mit Dallas essen zu gehen war verrückt. Der Gedanke, mit dem Mann am selben Tisch zu sitzen, ihm so nahe zu sein, war vermutlich das Dämlichste, worauf Jake sich jemals eingelassen hatte. Aber der verrückte Teil seines Verstands schien heute im Angriffsmodus zu sein. Jake ließ keine Einwände mehr gelten. „Fünf Minuten? Zehn?", fragte er.

„Zehn Minuten ist prima. Bis gleich dann." Im Hintergrund heulte eine Sirene und übertönte Dallas' Stimme.

„Wie bitte?" Jake rieb sich übers Ohr, um sein malträtiertes Trommelfell wieder zu beruhigen. „Ich konnte dich nicht hören."

„Ich habe gesagt, dass ich mich freue, dich zu sehen, Jake." Dallas' Stimme wurde leise und rau. „Zehn Minuten, Mann. Oder ich komme und hole dich höchstpersönlich ab."

5

WENN ES etwas gab, das Dallas mehr liebte als gegrilltes Fleisch, kaltes Bier und gute Musik, dann waren das Männer.

Er liebte einfach alles an ihnen. Wie sie sich anfühlten – ob mit glatter Haut oder dem zarten, weichen Kribbeln eines leicht behaarten Bauches. Wie sie rochen – eine Mischung aus Seife und maskulinem Aroma, hier und da mit einem Hauch sauberen, süßen Schweißes von einem heißen, anstrengenden Tag. Wie sie schmeckten – die würzigen Noten, die er auf ihren Körpern fand und die von puderigem Flüstern an einem muskulösen Schenkel bis zur glatten Kühle einer engen Kehle reichten.

Aber was er an Männern am meisten bewunderte, war ihre Art, sich zu bewegen.

Und niemand bewegte sich so wie Jake Moore.

In seinem Gang lag eine unschuldige Anmut, ein seidiges Schleichen, das durch samtweiche Höflichkeit gemildert wurde. Er bewegte sich durch den Raum, immer auf die Anwesenden fixiert und ab und zu stehenbleibend, um ihnen den Vortritt zu lassen. Er bewältigte die Strecke nicht, er glitt durch sie hindurch. Sein ausdrucksstarkes Gesicht machte dabei eine Reihe von Veränderungen durch – von verlegenem Bedauern, als er jemanden mit der Schulter anstieß, bis zu liebenswerter Schüchternheit, als die ältere koreanische Wirtin des Restaurants ihn strahlend begrüßte.

Und als Jake Dallas in einer Ecke am Tisch sitzen sah, lächelte er so sanft und bescheiden, dass seine unsichere Schönheit Dallas beinahe das Herz brach.

An einem bestimmten Punkt in seinem Leben musste Jake Moore von einem Menschen ein Teil seiner Persönlichkeit geraubt worden sein. Der breitschultrige, wunderschöne Mann, der da durch den Raum auf Dallas zukam, hätte viel selbstsicherer auftreten sollen. So wenig Dallas über ihn auch wusste, war er sich doch über eines sicher: Jake hielt sich so sehr zurück, dass es fast schon an Selbstverleugnung grenzte. Jake war zu gefasst, zu steif. Dallas hatte es in Jakes Blick erkannt und fühlte mit ihm. Er hatte diesen Blick schon in ungezählten Gesichtern gesehen – als hätte jemand einer sanften Seele eine harte, knallende Ohrfeige versetzt. Jemand hatte Jake gebrochen, ihm eingeredet, er wäre nichts wert. Man konnte es an der Art hören, wie Jake über sein Handwerk und über seine Begabung sprach. Und dieser Jemand war nicht Evancho. Der alte Ukrainer war des Lobes voll über Jake und hatte Dallas versichert, dass niemand für diese Arbeit so gut geeignet wäre wie *sein* Jake.

Evancho nannte Jake einen Kunsthandwerker, einen Künstler, dessen wunderbare Arbeit selbst Gott zum Weinen brachte.

„Wer hat dich so fertiggemacht, Jake?", fragte sich Dallas leise. „Wer hat deine wunderbare Seele genommen und in Stücke gerissen?"

Trotz des zaghaften Interesses, das in Jakes braunen Augen aufgeflackert war, fand Dallas sich resigniert mit der Möglichkeit ab, nie den Geschmack von Jakes Mund zu erkunden oder Jakes Hände auf der Haut zu fühlen. In diesen bernsteinfarbenen Augen mit ihren grünen Einsprengseln lag zu viel Leid verborgen und es war keineswegs sicher, dass Jake die Mauern jemals überwinden würde, die er um sich herum aufgerichtet hatte.

„Du solltest es trotzdem versuchen, Yates", murmelte er leise vor sich hin und stand auf, als sich Jake dem Tisch näherte. „Du kannst dem Mann wenigstens ein guter Freund sein. Sieht aus, als könnte er einen brauchen, aber ... Verdammt. Gott bewahre mich vor heißen Männern in alten Levis und dünnen T-Shirts."

Es fiel Jake nicht leicht, das gut gefüllte Restaurant zu durchqueren. Das Tofu House hatte rund um die Uhr geöffnet und um elf Uhr nachts war besonders viel los. Am Eingang hatte sich schon eine Schlange gebildet. Die meisten Gäste waren jung. Frauen saßen in Gruppen zusammen und unterhielten sich lebhaft. Dallas beobachtete ihre Reaktionen auf Jake. An mehr als einem Tisch verstummte das Gespräch, wenn er vorbeikam. Die Frauen senkten die Köpfe und fingen kichernd zu flüstern an.

Der Mann war eine höchst gefährliche Mischung aus Sex und Verletzlichkeit. Er bedrohte Dallas' Grenzen, floss über zahlreiche Linien, die Dallas schon vor Jahren in den Sand gezogen hatte. Falls Jake schwul war – was Dallas mittlerweile nicht mehr ausschließen wollte –, dann ließ er es sich zumindest nicht anmerken. Dallas konnte jedenfalls nicht das geringste Interesse spüren. Er wusste nicht, was ihn mehr enttäuschen würde – dass Jake nicht schwul oder nicht an Dallas interessiert war.

Er riskierte einen weiteren Blick auf den näherkommenden Jake und sein Magen krampfte sich zusammen. Nur noch wenige Meter trennten sie. Der Weg wurde von drei Kellnern mit ihren Tabletts blockiert und Jake warf ihm einen resignierten Blick zu – *Was soll man da machen?* –, während vor ihm eine zierliche Kellnerin ungefähr zwanzig Schälchen und Schüsselchen von ihrem Tablett auf einen Tisch stellte.

„Hey, tut mir leid, dass ich mich verspätet habe." Jake setzte sich auf den Stuhl gegenüber und brachte dabei den Tisch zum Wackeln. Die Fläschchen mit Chiliöl, Sojasauce und Essig klirrten in ihrem Ständer und Jake hielt sie schnell fest, damit das Klirren wieder aufhörte. „Sorry. Mist. Ich werfe alles um."

„Das ist mir vorhin auch passiert, als ich mich gesetzt habe." Dallas zeigte auf die in Servietten eingewickelten Bestecke, die auf dem Tisch lagen. „Das ist schon unser zweites Set. Ich bin mit dem Ellbogen an das Wasserglas gestoßen und habe alles überschwemmt. Ich bin schon froh, dass sie keinen Müllbeutel unter mir aufgehängt haben, wie man es bei kleinen Kindern im Hochstuhl macht. Die Kellnerin meinte, wir müssten etwas warten, bis sie wieder an unseren Tisch kommt. Es ist ziemlich viel los hier."

„Ja, die Freitagabende hier sind immer verrückt", murmelte Jake hinter seiner Speisekarte. Seine braunen Haare glänzten rötlich im Licht der LED-Lampen und die Grübchen in seinen Wangen blitzten auf, als er Dallas entschuldigend angrinste, weil er schon wieder mit dem Bein an den Tisch gestoßen war. „Mist. Sorry. Ich habe das Gefühl, das Ding hat Räder oder so."

Einige Minuten später hatte die Kellnerin ihre Bestellung aufgenommen. Sie unterhielten sich über das Wetter und die Unmengen an Schälchen mit unterschiedlichen Gerichten, die auf den Nachbartischen standen. Die erste Verlegenheit hatte sich schon nach wenigen Minute gelegt und Dallas entschied sich, den rosa Elefanten, der zwischen ihnen stand, am Rüssel zu packen und aus dem Weg zu räumen.

„Ich würde dir gern versprechen, dass wir auf dem Dachboden keine Leichen mehr versteckt haben, aber das kann ich nicht. Die Chancen stehen zwar gut, aber du weißt ja, wie es da oben aussieht", fing er an. „Sie schicken morgen Spezialisten mit Schutzanzügen, die uns mit dem Müll helfen. Da es der Tatort eines möglichen Verbrechens mit Überresten von menschlichen Körperflüssigkeiten ist, schickt uns die Polizei eine Firma, die … na ja, die darauf spezialisiert ist, dass Tote an ungewöhnlichen Orten auftauchen können."

„Es war … interessant." Jake goss erst Dallas und dann sich von dem eisgekühlten Gerstenwasser nach. „Ich, äh … bin vor den Bullen gegangen. Wissen sie schon, wer der Tote ist? Oder wie lange er auf dem Dachboden gelegen hat?"

„Ehrlich? Sie wissen noch gar nichts. Ich hoffe, er bleibt kein John Doe." Dallas biss sich auf die Unterlippe und spielte mit seinem Glas. „Niemand verdient es, so unbemerkt zu sterben. Es ist einfach nicht richtig. Die Bullen sagen, sie wollen die Fingerabdrücke überprüfen. Vielleicht haben sie den Mann in ihrer Datei."

„Er war schon recht …" Jake zog ein Gesicht, als hätte er in eine saure Zitrone gebissen. „Du weißt schon … etwas trocken. Macht es das leichter oder schwerer, seine Fingerabdrücke zu nehmen?"

„Sie haben ihre Verfahren, aber frage mich nicht nach Details, weil ich sonst nicht mehr aufhöre. Ich sehe mir so was immer im Fernseher an. Meine Mom meint, ich wäre ein Ghoul. Ich könnte dir über den Mist die Ohren abschwätzen."

„Danach … als die Frau von der Mordkommission mit mir gesprochen hat … ich wusste schon nicht mehr, was ich dort oben wirklich gesehen habe. Ich bin unsicher geworden", gestand Jake. Er hatte große Hände, in denen das kleine Glas mit dem Eiswasser fast verschwand. Dallas beobachtete, wie Jake mit dem Daumen über das Glas fuhr und breite Linien auf der kondensierten Oberfläche hinterließ. „War das wirklich Blut, was wir auf dem Boden und dem Teppich und dem Papier gesehen haben? Es hätte alles Mögliche sein können. Mein Verstand hat mich vielleicht getäuscht und alles … größer und dunkler gemacht."

„Ich will nicht lügen. Es sieht … schlecht aus. Der Kopf des Mannes ist eingeschlagen, aber der Gerichtsmediziner, der sich die Leiche angesehen hat, meinte, das könnte auch nach dem Tod passiert sein. Es hat ziemlich viel Gerümpel auf ihm gelegen, das teilweise sehr schwer war." Es war ein merkwürdiges Gefühl gewesen, Zeuge des Gesprächs zwischen den beiden Polizisten und dem Mann im weißen Schutzanzug zu werden, die über den toten Mann vom Dachboden diskutierten. „Sie wollten wissen, ob sich etwas verändert hätte, seit ich das erste Mal auf dem Dachboden war. Ich konnte ihnen nur sagen, wir hätten bloß einen kurzen Blick auf das Durcheinander geworfen und dann die Tür wieder zugeschlagen. Der einzige Grund, heute wieder dort hochzugehen, waren diese Beschläge, nach denen wir gesucht haben."

„Werden sie dich unterrichten, wenn sie mehr über den Mann erfahren haben?" Jemand lachte laut, ein fröhliches, aufmunterndes Lachen. Jake drehte sich nach dem Geräusch um wie eine Blume den Kopf nach der Sonne dreht. „Ich würde … ihm gerne meinen Respekt erweisen."

„Ja. Die Frau hat versprochen, mich anzurufen. Was mich daran erinnert, dass ich dich fragen wollte, ob du mit mir über Celeste sprechen willst. Oder ob wir sie einfach an der Straßenecke stehen lassen, wo sie sich wohler fühlt." Jake trank gerade von seinem Tee. Er verschluckte sich, fing an zu husten und hielt sich schnell eine Serviette vor den Mund. Dallas wartete geduldig ab, bis der Hustenanfall wieder vorbei war, aber der erwies sich als ziemlich beharrlich. „Tut mir leid. Das nächste Mal warte ich einen günstigeren Zeitpunkt ab. Soll ich dir auf den Rücken klopfen?"

„Nein, nein. Mist. Aber du könntest mich vielleicht in Zukunft vorwarnen, bevor du so was machst." Jake hüstelte noch einmal und trank einen Schluck Tee. Die Schüchternheit war wieder zurückgekehrt und Dallas bereute zutiefst, mit seinem abrupten Themenwechsel dafür verantwortlich zu sein, dass Jake ihn jetzt so wachsam ansah. „Celeste. Hmm … was hat sie dir erzählt?"

„Willst du die unverblümte Wahrheit hören oder soll ich um den heißen Brei herumreden und erst erkunden, wie direkt ich auf den Punkt kommen darf?" Er machte in der Tischmitte Platz für die gegrillten Makrelen, die vor ihnen abgestellt wurden. Sie schwiegen, während die wortkarge Kellnerin kleine Schälchen abstellte und hin- und herschob. Dann verschwand sie so schnell und plötzlich, wie sie aufgetaucht war. Dallas räusperte sich. „Isst man von den Dingern den Kopf mit?"

„Der Kopf ist das beste Stück", erwiderte Jake leise und das seltsame Schnurren in seiner Stimme wurde tiefer. „Und die Flossen. Magst du sie nicht?"

„Stimmt, die knusprigen Teile schmecken am besten", stimmte Dallas ihm zu und beobachtete, wie Jake seinen Fisch in Chilisauce ertränkte. „Was ist dir also lieber? Hart oder weich?"

41

„Hart ist besser." Er zuckte elegant mit den breiten Schultern und zog eine kleine Grimasse. „Ist sie sehr sauer auf mich?"

„Sie ist besorgt. Vermutlich befürchtet sie, dass du auf sie sauer sein könntest", korrigierte Dallas. „Wie lange kennen wir uns jetzt? Seit einem Tag? Wir haben noch nicht herausgefunden, wie offen wir miteinander reden können. Und Celeste kennt dich noch weniger, weil sie einen Teil der Zeit im Café war. Wirklich, unser Mädel kann ein richtiger Teenie sein. Sie ist ... enthusiastisch. Und zu deinem Pech mag sie dich sehr gut leiden. Für sie bedeutet das, sie darf sich überall einmischen. Ich hätte also vollstes Verständnis, falls du auf sie sauer sein solltest, weil sie sich ungebeten in dein Leben eingemischt hat."

„Ich hätte sie nicht so anschnauzen sollen. Das war absolut überflüssig", widersprach Jake ihm leise und nahm wieder sein Glas zwischen beide Hände. „Ich meine ... Ihr kennt wahrscheinlich nur Leute, die mit keiner Wimper gezuckt hätten bei dem, was sie sagte. Und ich bin ihr gleich ins Gesicht gesprungen. Das war nicht richtig von mir. Das war falsch. Ich weiß auch nicht, warum ich mich wie ein Arschloch verhalten habe, aber ... sie hatte es nicht verdient und es tut mir leid."

„Jake, Celeste ist seit vielen Jahren meine beste Freundin und sie trampelt über mich hinweg, wann immer sich ihr die Gelegenheit bietet. Sie hat über dich voreilige Schlüsse gezogen. Celeste muss dich nur fünf Minuten kennen, und schon hält sie sich für deine Freundin und mischt sich überall ein." Dallas kicherte, als Jake losprustete und das Lächeln, das sich in seinem Gesicht ausbreitete, die Schatten vertrieb. „Wenn sie dich das nächste Mal sieht, wird sie sich vermutlich entschuldigen wollen. Falls du mir einen Gefallen tun willst, lässt du sie zappeln, bevor du die Entschuldigung annimmst. Bei mir tut ihr so was nämlich nie leid."

„Um ehrlich zu sein, will ich den Auftrag nicht verlieren. Zum einen, weil mir Evancho dann den Hals umdreht, zum anderen, weil ich mich schon darauf freue, die Fenster zu restaurieren. Du kannst es vielleicht noch nicht sehen, aber ich glaube, dieses Gebäude war früher ein architektonisches Juwel. Das Erdgeschoss beispielsweise ... Ich vermute, dass sich unter den beschissenen Kacheln ein wunderbarer Holzfußboden versteckt." Jake unterdrückte ein Gähnen. Die dunklen Ringe unter seinen Augen waren nicht zu übersehen. „Es wäre schön, wenn es wieder so aussehen könnte wie damals, als es noch neu war."

„Ich sollte versuchen, alte Fotos zu finden. Unser Gespräch darüber hat mich inspiriert. Vielleicht kann ich die alte Atmosphäre wiederherstellen. Das wäre cool." Dallas' Bauch schlug einen glücklichen Purzelbaum, als in Jakes Gesicht die Grübchen auftauchten.

„Das Universitätsarchiv kann dir vielleicht weiterhelfen. Oder die Historische Vereinigung. Ich kenne einige Leute, die solche Bilder besorgen können. Ich arbeite oft mit ihnen zusammen, wenn ich historische Objekte restauriere." Jake fing an, mit den Essstäbchen den Fisch zu zerlegen. Er trennte das Fleisch und die Haut von den Knochen, nahm die Backen zwischen die Stäbchen und dippte sie in die scharfe Sauce, die er sich auf den Teller gegossen hatte, bevor er sich das Fleisch in den Mund schob. „Was?", grummelte er um den Fisch, als ihm auffiel, dass Dallas ihn beobachtete.

„Mein Mund würde brennen, wenn ich auch nur halb so viel von der Soße esse. Und falls du das jemals meinen Verwandten aus Texas verrätst, leugne ich es und nenne dich einen Lügner", gestand Dallas kopfschüttelnd. „Und – nur um dich zu beruhigen – ich würde eher Celeste vor die Tür setzen, als dich zu feuern. Na gut, vielleicht nicht vor die Tür setzen, aber ich würde ihr befehlen, zuhause zu bleiben. Du bist wesentlich nützlicher als sie. Sie muss nur eine Ratte sehen, und schon schreit sie Zeter und Mordio. Dabei ist sie aus New York. Sie sollte Ratten eigentlich gewöhnt sein."

„Wie gesagt, sie hat keinen Grund, sich bei mir zu entschuldigen." Jake zuckte wieder mit den Schultern, war aber schon spürbar entspannter. „Es war in letzter Zeit nur alles ziemlich … beschissen und ich war nicht darauf vorbereitet, von ihr einfach so aus dem Blauen heraus danach gefragt zu werden, ob ich schwul bin. Meine Kollegen in der Werkstatt würden darüber nie reden. Niemals."

Dallas widmete sich jetzt auch seinem Fisch und tröpfelte etwas Pfeffersauce auf das Fleisch. „Keine Männerfreundschaften bei Evancho? Kein Schulterklopfen? Und ich meine das im Scherz, falls man mir das nicht angehört hat."

„Ja, ich habe schon verstanden. Du hast recht. Einige der Kerle sind ziemliche Arschlöcher, aber Evancho ist cool. Er ist sehr nachsichtig und lässt mir viel Spielraum." Jake knabberte genießerisch an den gegrillten Flossen. „Wie ist es bei dir? Hast du noch einen anderen Job als das, war du hier machst?"

„Ah, ich habe einen Abschluss in Betriebswirtschaft und einigen anderen dämlichen Fächern, der mich dazu befähigt, ein Unternehmen in Grund und Boden zu wirtschaften und anschließend zu begründen, warum das passiert ist und ich es nicht verhindern konnte." Dallas kicherte. „Ich kaufe Immobilien, renoviere sie und vermiete sie dann oder nutze sie für eigene Geschäfte. Aber dieses Gebäude ist das erste, das einen historischen Wert hat und mir … persönlich etwas bedeutet. Meistens sind es nur einfache Geschäfts- oder Mietshäuser. Ich habe aber auch einige Clubs in WeHo. Sie werden von Leuten geführt, die ihr Geschäft verstehen. So werden wir es hier auch machen. Sobald Bombshells & Beauties in seiner ganzen Pracht erstrahlt, wird ein Manager den Club übernehmen. Vielleicht kommt ja sogar Celeste aus dem Ruhestand zurück und arbeitet zur Abwechslung mal wieder richtig."

„Wenn du den alten Stuckrahmen überm Eingang wiederverwenden willst, ist der Name zu lang. So viele Buchstaben bringst du da nicht unter." Jake bot Dallas die gesalzenen Sojasprossen an und bediente sich dann selbst aus der kleinen Schüssel. „Na gut, man könnte kleine Buchstaben nehmen, aber das kann dann niemand mehr lesen."

„Stimmt. Daran hatte ich noch nicht gedacht." Dallas nahm sich kleine Portionen aus den vielen Schälchen mit Beilagen, die Jake ihm anbot. Es war eine altmodische Geste der Höflichkeit, die Jake offensichtlich vollkommen unbewusst ausführte, denn er dachte immer noch mit gerunzelter Stirn über das Problem mit der Beschriftung für den Club nach. „Es ist nur ein Arbeitsname. Vielleicht nennen wir ihn auch nur Bombshells. Noch ist nichts in Stein gemeißelt. Oder in Neonröhren."

Die Kellnerin brachte den Hauptgang. Er bestand aus Bergen köstlich gegrillter Schweinerippchen und Reis, der in einer Metallschüssel serviert wurde. Das Klappern der Essstäbchen mischte sich unter die Gespräche, die an den Tischen geführt wurden. Dallas beobachtete Jake beim Essen.

„Es ist ein komisches Gefühl, beim Essen beobachtet zu werden", sagte Jake zwischen zwei Bissen, ohne von seinem Teller hochzuschauen. „Nicht so unheimlich, wie einen Toten auf den Dachboden zu finden, aber trotzdem …"

„Die meisten Leute, mit denen ich hier gegessen habe, nehmen ihr Essen auseinander. Sie essen beim Fisch nicht die Flossen mit oder die Augen …" Dallas klopfte mit dem Stäbchen auf einen abgenagten Rippenknochen. „Und sie lassen viel Fleisch an den Knochen. Es tut gut, mit jemandem hier zu sein, der einfach nur … isst. Machst du das mit Hähnchenflügeln genauso? Alles aufessen?"

„Kann man die auch anders essen?", knurrte Jake und nahm sich von dem Kimchi. „Vielleicht kommt es daher, arm aufgewachsen zu sein? Dann kann man sich nicht leisten, etwas zu verschwenden."

„Und manchmal weiß man nicht, wann die nächste warme Mahlzeit auf den Tisch kommt", sagte Dallas. „Wir waren … Ich weiß nicht, ob wir arm waren. Aber es gab oft Nudeln mit Käse aus der Packung, als ich noch ein kleines Kind war. Natürlich kann es auch daran gelegen haben, dass meine Mom nachts arbeiten musste und mein Dad ein fürchterlicher Koch ist. Dann starb mein Großvater – der Vater meiner Mom – und … Na ja, er war stocksauer, weil sie einen armen Jungen geheiratet hat, den sie auf dem College kennenlernte. Doch er hat in seinem Testament trotzdem alles fair aufgeteilt. Öl. Land. Alles. Danach wurde unser Leben besser. Dad konnte endlich sein Studium abschließen und Mom zuhause bleiben, um die Hühner und uns aufzuziehen. Und ihre Mini-Revolutionen anzuzetteln. Sie ist so eine Art … Batik-Hippie-Aktivistin, die Kuchenbasare organisiert."

„Was macht dein Dad?"

„Er ist Raketentechniker." Dallas lachte, als er Jakes ungläubiges Gesicht sah. „Wirklich. Und er liebt seinen Job. Hat aber schon seit Jahren nichts mehr in die Luft gejagt. Ich glaube, er verliert das Gespür dafür. Er ist eine öffentliche Bedrohung und Mom … Mom rettet alles. Wale, Kätzchen, einäugige Jaguare und was immer du dir noch vorstellen kannst. Auf unserer Ranch gibt es alles. Fünf Millionen verdammte Hühner, Enten, Schweine und Kühe. Und dann fahren wir in den Supermarkt, um Fleisch zu kaufen. Das sind meine Eltern. Was ist mit deinen?"

„Mom … ist tot." Jake schluckte und Dallas konnte sich denken, dass hinter diesen beiden Worten eine Geschichte steckte. Dann holte Jake Luft und erzählte weiter: „Dad war auch Schweißer. Nicht wie ich, sondern Schiffbauer und andere große Sachen. Er ist schon seit Jahren schwer krank. Die Ärzte meinen, er hätte nicht mehr lange zu leben. Jetzt ist er in einem Hospiz untergebracht. Ich besuche ihn dort nach der Arbeit."

„Sterben ist fürchterlich."

„Leben ist schlimmer. Der alte Mann ist … nicht sehr beliebt beim Pflegepersonal. Er braucht Pflege, aber … er hat Demenz. Dadurch ist er noch … unerträglicher geworden, und er war vor seiner Krankheit schon nicht sehr umgänglich." Jakes Murmeln wurde leiser und leiser. Dallas musste sich Mühe geben, ihn noch zu verstehen. „Es ist wie ein verdammter Todesmarsch, bei dem die Ziellinie immer wieder nach hinten verlegt wird."

Die Unterhaltung stockte. Es war kein sehr angenehmes Gefühl, aber auch nicht sonderlich irritierend. Dallas bestellte Fischküchlein und Chilipickles nach, während Jake seinen scharf gewürzten Fisch aß. Die Kellnerin brachte Dallas' Bestellung nach wenigen Minuten vorbei und sagte ihnen, sie sollten nach ihr rufen, falls sie noch Wünsche hätten, weil sie sich jetzt um einen Tisch mit zehn Personen kümmern müsste.

„Normalerweise versuchen sie, mich aus der Tür zu schieben." Jake nickte der Wirtin zu. „Nicht sie. Sie gibt mir immer Extraportionen mit, wenn ich zum Abholen bestelle. Als ich das letzte Mal von hier nach Hause gekommen bin, hatte sie mir sechs Fische in Plastik eingewickelt in die Tüte gesteckt. Und ungefähr zwei Pfund Kimchi."

„Sie ist sehr großzügig." Dieses Mal war Dallas schneller. Er nahm ein Schälchen mit Beilagen und bot es Jake an, damit der sich zuerst bedienen konnte. Jake zögerte kurz, als wüsste er nicht, was er tun sollte. Dann nahm er sich schnell von dem Panchan. „Wenn du noch Hunger hast, bediene dich nur. Ich habe dich eingeladen, ja?"

„Nein danke, ich bin satt", erwiderte Jake genau in dem Moment, als eine jüngere Kellnerin ihnen noch einen Teller mit gegrillten Makrelen auf den Tisch stellte. „Na gut. Es scheint noch mehr Fisch zu geben. Bediene dich."

Dallas ignorierte Jakes Protest und legte ihm den größten Fisch auf den Teller. Dann nahm er sich selbst. Das Fleisch war zart, würzig und nicht übermäßig gesalzen. Sein Magen protestierte leise, als er sich von der scharfen Sauce auf den Fisch träufelte.

„Darf ich dich etwas fragen?", wollte Jake wissen, während Dallas ihm die Sauce über den Tisch reichte.

„Schieß los. Ich bin ein offenes Buch", versicherte ihm Dallas. „Es gibt nichts, was ich nicht schon gehört, getan oder gesagt hätte."

„Celeste … was sie gesagt hat." Jake schnippelte etwas Fisch in seine Reisschüssel und vermischte das Fleisch mit den weißen Körnern. „Woher wusste sie es? Über mich, meine ich. Dass ich … so bin."

6

„WILLST DU hier darüber reden?", fragte Dallas leise. Er war über dem Stimmenwirrwarr und dem Klappern der Teller kaum zu verstehen. „Wir können auch woandershin gehen."

Er wollte über den Tisch nach Jakes Hand greifen, wollte ihn mit seiner Berührung beruhigen. Es war nur menschlich und Dallas hatte das schon hunderte Male getan, ob mit Freunden oder Fremden. Aber bei Jake hielt er sich zurück. Jake Moore zitterte und bebte innerlich, so zerbrechlich wie antikes Glas. Die Emotionen und der Stress waren zu viel für ihn.

„Ich will am liebsten gar nicht darüber reden." Die Zerbrechlichkeit hatte jetzt auch sein Gesicht erreicht. Sein Mund war angespannt und die Haut spannte sich viel zu straff über seine Backenknochen. Kopfschüttelnd sah er sich um – überallhin, nur nicht auf Dallas – und schnappte nach Luft. „Es war dumm von mir, es angesprochen zu haben. Vergiss es einfach und …"

„Jake …" Dallas verkniff sich noch rechtzeitig das ‚mein Süßer', das er beinahe an den Namen angehängt hätte. „Mist. Hör mir doch zu, Mann."

Alte Gewohnheiten ließen sich nur schwer abwerfen, besonders dann, wenn man plötzlich eine Welt betrat, die man schon lange hinter sich gelassen hatte. Eine Welt, in der die Menschen sich nicht berührten oder trösteten, weil sie ständig befürchten mussten, dass es als sexuelle Geste interpretiert werden könnte. Dallas ballte unterm Tisch frustriert die Fäuste. Er war sich sicher, dass Jake es als ein Anzeichen von Aggression missverstehen würde, wenn er es sehen könnte.

„Pass auf. Du und ich … wir haben heute ein Erlebnis geteilt, wie es nur wenigen Menschen jemals passiert", begann er behutsam. „Wir sind über einen Mann gestolpert, der ein besseres Ende verdient gehabt hätte. Manchmal führen solche Erlebnisse dazu, dass man ins Grübeln kommt. Was wäre wenn? Und das ist auch gut so. Es ist vollkommen in Ordnung. Und es heißt noch lange nicht, dass du jeden dieser Gedanken auch zu Ende denken musst.

Es bedeutet nicht mehr, als dass wir beide vielleicht Freunde sein könnten. Du musst nicht deine ganze Last bei mir abladen. Aber um deine ursprüngliche Frage zu beantworten … Nein, ich weiß nicht, was Celeste gesehen hat oder zu sehen meinte." Die Unterhaltung an den Nachbartischen wurde lauter, als eine Gruppe junger Männer ins Restaurant kam. Jake zuckte zusammen und Dallas steckte einige Geldscheine in die Mappe, die ihnen die Kellnerin vor einigen Minuten gebracht hatte. „Und ich glaube wirklich, wir sollten dieses Gespräch nicht hier führen, sondern an einem Ort, an dem du mir jederzeit sagen kannst, wenn ich dich nerve. Wobei ich es zu schätzen wüsste, wenn du mir dafür nicht gleich einen Kinnhaken versetzt."

„Man ... man schlägt keine anderen Menschen. Das ist ...", murmelte Jake.

„Mist. Ich hoffe, du hast dich noch nie von einem Mann schlagen lassen."

Jakes entsetzte Miene war schon fast komisch. Doch dann erkannte Dallas den Schmerz in Jakes Augen. Dieses Mal fasste er wirklich über den Tisch und legte seine Hand zu Jakes, die Finger nahe genug, um Jakes Körperwärme zu spüren, aber weit genug entfernt, um ihn nicht zu berühren.

„Nein, das habe ich nicht. Und das sollte auch niemand tun. Na gut, manche Leute stehen darauf. Aber ich? Wirklich nicht." Er zog eine Grimasse, als er sich vorstellte, mit einem Paddel oder Gürtel versohlt zu werden. „Ich konnte es als Kind schon nicht ertragen, wenn meine Mom nur mit mir geschimpft hat. Und da sollte ich einen Mann fragen, ob er mich schlägt? Oh nein. Soll ich der Kellnerin sagen, dass wir unser Essen einpacken und mitnehmen wollen? Wir könnten noch irgendwo einen Kaffee trinken. Wenn du nicht willst, müssen wir nicht darüber reden, ja?"

„Ich bin müde und ..."

„Dann bringe ich dich nach Hause und wir sehen uns am Montag", erwiderte Dallas. „Kein Problem. Pass auf, Jake – ich mag dich. Du bist ein guter Kerl und wie es sich anhört, könntest du einen guten Freund brauchen. Das ist alles. Nicht mehr. Wenn du darüber reden willst, bin ich da. Ein Bier trinken? Kann ich auch. Ich habe nur das Gefühl, dein Leben ist momentan nicht das einfachste und du bist ... kurz vorm Platzen."

„Ja. Ich glaube ... Ja, das bin ich", flüsterte Jake leise. Seine Worte gingen im Lärm des Restaurants fast unter und er knabberte nachdenklich an der Unterlippe. Dallas hoffte nur, es wäre nicht sein Freundschaftsangebot, über das Jake so lange nachdenken musste. „Koffeinfreier Kaffee wäre okay. Ich muss heute schlafen. Samstags braucht mein Dad die meiste ... Hilfe, dort wo er lebt. Ich muss wach genug sein, um sofort hinfahren zu können, wenn ich benachrichtigt werde."

„Kein Problem. Wir hatten heute beide einen langen Tag." Dallas suchte die Kellnerin und machte mit den Händen eine Geste – wie eine Muschel, die sich öffnete und schloss. Die Kellnerin nickte ihm zu und holte einige Styroporbehälter hinter der Theke. „Wollen wir alles einpacken? Da sind noch mindestens drei Makrelen auf dem Teller. Du musst wirklich beliebt sein."

„Nur, wenn du sie nicht willst." Jake zog den Kopf ein, als ihm die Kellnerin den Arm über die Schulter legte und ihnen die Behälter auf den Tisch stellte. „Vergiss das Angeln lernen. Wenn dir jemand einen Fisch schenkt, dann nimmst du ihn an und isst ihn eben morgen."

SIE GINGEN schweigend einige Blocks die Straße entlang. Jake kämpfte mit seinen inneren Dämonen, die ihn in den Sumpf zurückziehen wollten, der in ihm brodelte.

Die Behälter mit den Resten hatten sie in Dallas' Wagen gebracht und sich anschließend auf den Weg zu einem Café gemacht, von dem Jake wusste, dass es um diese Zeit noch geöffnet war. Dort besorgten sie sich zwei große Becher Eiskaffee Latte zum Mitnehmen. Jake fand sich unvermittelt Schulter an Schulter mit einem Mann, von dem er mehr wollte. Er wollte von Dallas Dinge, die er in seinem Leben noch nie gehabt hatte und wahrscheinlich nie haben würde. Sein Bedauern darüber wuchs von Schritt zu Schritt.

Koreatown an einem Freitagabend war Geschäftigkeit, ohne aufdringlich zu sein. Auf den Bürgersteigen und Parkplätzen standen kleine Menschengruppen und unterhielten sich. Glänzende, flackernde Leuchtreklamen erhellten die Straßen und lockten potenzielle Kunden an. Die meisten Türen standen offen, aber es gab auch diskretere Etablissements, vor deren geschlossenen Türen grimmig blickende, große Männer in schwarzen Anzügen standen. Einer von ihnen zog die Augenbrauen hoch und legte die Hand an den Türgriff, als sie sich ihm näherten. Als Dallas den Kopf schüttelte, ließ der Mann die Hand wieder fallen.

Ein tief liegender Toyota fuhr vorbei, dessen Fensterscheiben ratterten von den dröhnenden Bässen, die aus den Lautsprechern dröhnten. Hinterm Steuer saß ein koreanischer Teenager, der schnell den Blick abwandte, als Jake in seine Richtung sah. Der Toyota hielt in einer Linkskurve an, um einige ältere Frauen die Straße überqueren zu lassen. Sie winkten dem Fahrer dankend zu, bevor sie weitereilten. Die Frauen hielten gefüllte Plastiktüten an sich gedrückt, die bei jedem Schritt auf und ab wippten. Sie huschten rechts und links an Dallas und Jake vorbei wie ein bunter Vogelschwarm auf dem grauen Beton des Gehwegs.

„Dort ist ein … Es ist kein Park, aber ein Platz, an dem man sich hinsetzen kann. Wenn du willst. Gleich dort vorne rechts." Jake wusste nicht, wie er den Rasenplatz mit den Sitzbänken nennen sollte, der sich vor einem Bankgebäude befand, das nicht direkt an die Straße gebaut war. Es war eine Art erhöhter Vorgarten, der von beiden Seiten über flache Rampen betreten werden konnte. Jake war schon oft tagsüber hier gewesen, hatte sich an einem der Imbisswagen sein Mittagessen gekauft und sich zum Essen auf eine der Bänke gesetzt. „Es ist hell und man wird nicht gestört."

„Hört sich gut an." Dallas nickte und zeigte auf ein koreanisches BBQ-Restaurant, vor dem sich Leute drängten und auf Einlass warteten. „Wir haben gerade erst gegessen, aber der Geruch macht mir schon wieder Appetit."

„Ja, es ist gut. Evancho hat uns nach der Arbeit einmal dorthin zum Essen eingeladen. Um zu feiern." Jakes Magen zog sich bei dem Gedanken an mehr Essen zusammen. Seine Nerven lagen blank, wundgescheuert von den Sorgen, die er im Kopf wälzte. „Wir müssen hier über die Straße gehen."

Sie rannten schnell über die Straße, bevor die Ampel an der nächsten Kreuzung wieder auf grün schaltete. Jakes lange Beine ließen den Asphalt schnell hinter sich und er kam kurz vor Dallas auf der anderen Straßenseite an. Auf dem Bürgersteig glitzerten Glasscherben hellblau im Licht der Leuchtreklame eines

Schönheitsstudios. Es war das gleiche Hellblau wie Dallas' Augen. Jakes Herz pochte wild und hätte gleich darauf beinahe ausgesetzt, als ein SUV mit überhöhter Geschwindigkeit um die Ecke geschossen kam und mitten auf die Kreuzung fuhr. Jake packte Dallas gerade noch rechtzeitig am Arm und zog ihn auf den Bürgersteig. Der Fahrtwind des Autos blies ihnen die Abgase und den Gestank des überhitzten Asphalts ins Gesicht.

„Alles in Ordnung", sagte Dallas und hob den Träger mit dem Kaffee in einem spöttischen Gruß an den SUV. „Verdammt, das war knapp. Aber die Lattes sind in Sicherheit und die Menge tobt vor Begeisterung über den selbstlosen Einsatz." Er stieß Jake mit der Schulter an.

„Du spinnst. Aber das weißt du selbst, oder?" Der Kontakt brannte, und doch wollte Jake ihn nicht aufgeben. Er hielt Dallas weiter am Arm, spürte die sehnigen Muskeln, die sich unter seinen Fingern bewegten. Er sollte Dallas wirklich loslassen, nur schien seine Hand das anders zu sehen. Loslassen … schmerzte. Widerstrebend ließ Jake schließlich die Hand fallen und nahm Dallas den Träger mit den Bechern ab. Dann ging er die Rampe zum Rasen hoch. Die große Uhr an der Außenwand der Bank zeigte tickend bis auf die Sekunde die Zeit an. „Mist, es ist schon spät."

„Wollen wir zurückgehen? Mir macht es nichts aus."

Jake wusste nicht, wie er Dallas' Frage verstehen sollte. Wörtlich verstanden, bedeutete sie nur, dass Dallas ihm genug Schlaf gönnen wollte, um morgen seinem Vater gewachsen zu sein. Aber eine leise, boshafte Stimme in Jakes Kopf wisperte ihm zu, dass Dallas ihn loswerden wollte.

„Nein, schon gut. Alles bestens." Und das wäre es auch, selbst wenn er nur eine Viertelstunde Schlaf bekam. „Außerdem sind wir doch jetzt hier."

Dallas hatte etwas Seltsames in ihm geweckt, das Jake nicht mehr verdrängen und ungeschehen machen konnte. Es hatte schon an dem Tag begonnen, als er Dallas das erste Mal sah. Damals, als Dallas aus dem Auto stieg, um sich das alte Gebäude auf der anderen Straßenseite der Werkstatt anzusehen. Und danach ging alles noch mehr den Bach runter, als Jake die alten Fenster inspizierte und sah, wie Dallas jede seiner Bewegungen beobachtete.

Überraschenderweise waren die Bänke, die auf dem Rasen standen, nicht nur sauber, sondern auch angenehm kühl. Die Hitze hielt sich heute besonders lange in den Straßen, eingefangen und nach unten gedrückt von der dünnen Wolkendecke über der Stadt. Der Himmel war typisch für Los Angeles im Spätsommer – grau mit einem Stich Zitronengelb. Einige besonders hartnäckige Sterne blitzten hier und da durch Lücken in der Wolkendecke. Der Vorgarten, der ungefähr einen Meter über dem Niveau der Straße lag, war wie ein eingeebneter Hügel geformt, der sich vor dem Eingang des hohen Bankgebäudes wieder absenkte. Aus einem großen Springbrunnen tröpfelte ein dünner Wasserstrahl, der zwar die Wasserrosen im Becken wässerte, aber keinerlei Abkühlung brachte.

„Hier kann man tagsüber bestimmt prima sitzen, um die Leute zu beobachten", meinte Dallas, als er sich neben Jake auf die Bank setzte. „Na gut, im Sommer vielleicht nicht gerade. Dann wird man gegart."

„Tagsüber stehen hier Tische und Sonnenschirme." Jake reichte ihm einen Becher mit eisgekühlter Latte. „Um die Mittagszeit kommen viele Imbisswagen hierher und es ist viel los."

„Verdammt, nach diesem Tag bin ich froh, einfach nur hier sitzen zu können und durchzuatmen." Dallas trank einen Schluck Eiskaffee und stöhnte genießerisch. In Jakes Bauch flatterten die Schmetterlinge. „Und du wohnst hier in der Nähe?", erkundigte sich Dallas.

„Ja. Ungefähr einen Block nördlich vom Tofu House. Ich hätte dich zum Kaffee bei mir eingeladen, aber mein Kühlschrank ist leer."

„Bis auf ungenießbares Pad Thai."

„Mann, das ist nicht mehr im Kühlschrank, das ist im Mülleimer." Er rümpfte die Nase, als er an den sauren Geruch der Nudeln dachte. „Es war sowieso nicht sonderlich gut. Aber was will man bei einem schnellen Essen schon erwarten. Der Fisch hält sich doch im Auto, oder?"

„Ja. Wir bleiben ja nicht lange. Außerdem ist der Fisch nicht mit Mayo oder anderen leicht verderblichen Zutaten zubereitet." Dallas lachte. „Mist. Die schlimmste Lebensmittelvergiftung, die ich jemals erlebt habe, verdanke ich meiner Schwester. Tori hat den Kartoffelsalat stundenlang auf dem Tisch stehenlassen und dann wieder in den Kühlschrank gestellt, bevor wir nach Hause gekommen sind. Mir, meiner Mom und meinem Dad war danach kotzübel. Nur Austin hat sich gewundert, was mit uns los war. Das Arschloch kann fünf Wochen alte Milch trinken und nichts passiert. Meine Mom nennt ihn unseren Müllschlucker."

„Es muss seltsam sein, Brüder und Schwestern zu haben." Nach seiner Geburt gab es keine Chance mehr für Jake, Geschwister zu bekommen. Er hatte sich darüber nie Gedanken gemacht. Es wäre auch nicht gut gewesen, wenn es noch einen Menschen gegeben hätte, den sein Vater gegen ihn oder seine Mutter ausspielen konnte. Jake beugte sich vor und stützte sich mit den Händen am Rand der Bank ab. „Ich kann mir kaum vorstellen, wie es ist, mit anderen Kindern im Haus aufzuwachsen. Ich war immer allein."

„So schlimm war es nicht. Austin war ein Arschloch, aber so sind ältere Brüder eben. Und Tori war ein freches Gör. Was wir mit ihr angestellt haben … Es wundert mich manchmal, dass meine Mom uns nicht das Fell über die Ohren gezogen und uns an die Kojoten verfüttert hat." Dallas schaute über die Straße, wo die Menschen vor den Restaurants standen. „Es ist nicht so, dass Tori ein Engel gewesen wäre. Sie hat uns bei jeder sich bietenden Gelegenheit unter den Bus geworfen. Sie ist Dads Liebling. Er streitet es zwar ab, aber es ist so. Sie ist die jüngste und … ein Mädchen. Ich kann mir nicht vorstellen, als Einzelkind aufzuwachsen. Wem hätte ich dann die Schuld für meine Streiche in die Schuhe schieben sollen? Wie ist es mit dir? Hast du schon immer hier gelebt?"

„Nein." Er zuckte mit den Schultern. Die Unterhaltung wühlte unangenehme Erinnerungen auf an eine Kindheit, die er lieber hinter sich lassen wollte. „Mein Dad ist ständig mit uns umgezogen. Aber ich bin in L.A. zur Oberschule gegangen. Damals hat er sich bei einem Job verletzt und konnte nicht mehr arbeiten. Wir haben hier billig gewohnt. Meine Mom hat als Putzfrau angefangen und etwas Geld verdient."

„Das habe ich während meiner Zeit auf dem College auch gemacht." Dallas nickte, als Jake ihm einen ungläubigen Blick zuwarf. „Hey, meine Eltern haben für den größten Teil der Ausbildung bezahlt, aber das Taschengeld? Musste ich mir selbst verdienen. Ich hatte eine kurze Affäre mit einem Kerl, der eine Reinigungsfirma betrieb. Bei Gott, ich schwöre dir, ich würde lieber auf der Ranch meiner Eltern arbeiten, als noch ein einziges Klo in einem Studentinnen-Wohnheim zu putzen. Wie alt warst du, als dein Vater den Unfall hatte?"

„Ich war ... vierzehn, glaube ich." Diese Jahre waren verschwommen hinter einem Nebel ständig wechselnder Motelzimmer, die in den frühen Morgenstunden geräumt werden mussten, und dem heruntergekommenen Wohnwagen, den ein Freund seines Vaters ihnen geliehen hatte. Es war auch die Zeit gewesen, in der Jake zum ersten Mal Männer auffielen und sein junger, hormongetriebener Körper von unkontrollierbarem Verlangen heimgesucht wurde, wenn er einen schwitzenden Bauarbeiter mit nacktem Oberkörper sah, der unter der heißen Sonne Kaliforniens arbeitete. „Dad hat kleinere Jobs in der Autowerkstatt seines Freundes übernommen. Schwarzarbeit. Ich habe ihm lange ausgeholfen, dann ... bin ich einige Zeit aufs College gegangen. Bin wieder nach Hause gekommen, als er den ersten Schlaganfall hatte. Danach ... wurde es schlimmer und ich bin geblieben."

Er war nach einigen Monaten auf dem College nach Hause gekommen und fand seine Mutter, die sich fast zu Tode gearbeitet hatte, blutig geschlagen vor, von dem Mann, der behauptete, sie zu lieben. Sie waren wieder in ihre alte Routine zurückgefallen – ein immer noch zu schwacher Jake, der sich dem Willen seines Vaters beugte, um seine Mutter zu schützen und eine Mutter, die immer wieder versprach, sich mehr Mühe zu geben und härter zu arbeiten für einen Mann, der ihnen beiden nur Schmerzen zufügte.

Es gab Tage, an denen es morgens hinter den Backsteinmauern so kalt war, dass die Knöchel seiner Hand knackten und so steif waren, dass er von dem Schmerz aufwachte. Zeiten, in denen er schreiend aufwachte, weil er im Traum nicht schnell genug erwachsen wurde, um dem dunklen Schatten zu entkommen, der in seiner Schlafzimmertür stand. Es fiel Jake schwer, dieses bedrohliche Monster, das ihn ein Leben lang terrorisiert hatte, in dem eingesunkenen Albatros von einem Mann wiederzuerkennen, den er jetzt am Hals hängen hatte.

„Alles okay, Jake?", fragte Dallas leise.

Sein Gesicht war feucht und Jake konnte sich keinen Grund dafür vorstellen. Er wischte sich über die Wange und rieb sich dabei eine salzige Träne auf die Lippen. Er weinte. Jake hätte nicht gedacht, dass er noch Tränen in sich hatte. Es musste an Dallas liegen – an der unkomplizierten Wärme, mit der Dallas in ein Leid eintauchte, das Jake schon vor Jahren tief in sich vergraben hatte. Er wollte nicht mehr an seine Mom denken oder das eingetrocknete Blut auf dem Küchenfußboden, das er in dieser Nacht vorgefunden hatte, als er wieder nach Hause kam.

Die gusseiserne Bratpfanne war von dem Haken an der Wand gefallen. Das hatte sein Dad den Bullen gesagt. Seine Mutter war klein und die Pfanne hing zu hoch. Sein Vater hatte sie zu spät gefunden, um ihr noch helfen zu können. Wäre nur ihr Sohn im Haus gewesen, anstatt seine Eltern zu verlassen, als sie ihn am meisten brauchten. Jake hatte die missbilligenden Blicke der Polizisten fast körperlich auf sich gerichtet gespürt. Er hatte sich die Zunge blutig gebissen, um den alten Mann nicht anzuschreien, der mit dem System spielte und es austrickste, in dem er einfach auf alte Klischees und Vorurteile zurückgriff.

Jake hatte sie im Stich gelassen, hatte die kleine, stille Frau im Stich gelassen, die ohne zu jammern die Fäuste seines Vaters ertrug, wenn es besonders schlimm wurde. Es war einer der Albträume, aus denen er nie erwachte – ein so realistischer Terror, der seine Klauen so tief in ihn geschlagen hatte, dass Jake sie nicht mehr abschütteln konnte. Jake schuldete ihr alles, auch wenn er sich dafür selbst verleugnen musste. Er war es schließlich, der für den Tod seiner Mutter verantwortlich war.

„Ja, alles okay." Wenn es einen perfekten Moment gab, den Lauf einer Pistole im Mund zu schmecken, dann hätte es eigentlich dieser sein sollen. Doch Dallas fuhr ihm sanft mit den Fingern übers Knie und diese unscheinbare Berührung änderte alles. Jake sehnte sich nach einer Berührung, einem Arm, der sich um seine Schultern legte oder vielleicht sogar einer kurzen Umarmung, die sein Herz wieder zum Schlagen brachte. „Verdammter Mist. Sorry, ich …", stammelte er und wischte sich wieder mit der Hand übers Gesicht.

„Entschuldige dich nicht dafür, dass du weinst. Nur wenn du nichts fühlen würdest, wäre das ein Grund für eine Entschuldigung." Die Bank schien geschrumpft zu sein, denn noch vor wenigen Minuten war genug Platz zwischen ihm und Dallas gewesen, um frei zu atmen. Jetzt bekam Jake auf einmal keine Luft mehr und spürte einen merkwürdigen Druck auf der Brust. Dallas bewegte sich an seiner Seite und Jake fürchtete schon, dass er ihm den Arm um die Schultern legen würde. Aber Dallas drehte sich nur zu ihm um und ihre Knie stießen zusammen. „Vermisst du deine Mom? Wann ist sie gestorben?"

„Vor Jahren", schnaubte er grimmig. „Ich … ich konnte mich nicht von ihr verabschieden. Sie war schon tot, als ich ins Krankenhaus kam. Alles, was ich noch von ihr habe, ist … er. Und ich schwöre bei Gott – ich weiß nicht, was ich tun soll, wenn er auch noch stirbt."

„Es ist schwer, wenn man seinen Eltern nahesteht." Dallas stellte die Becher auf den Boden unter die Bank. „Wenn meine Mom oder mein Dad sterben … Ich kann mir gar nicht vorstellen, wie ein Leben ohne sie aussehen wird. Es wird schlimm werden, das weiß ich jetzt schon. Dein Dad ... Mist, ich kann es mir wirklich nicht vorstellen."

„Siehst du, die Sache ist die ... Ich werde ihn nicht vermissen." Jake schüttelte den Kopf und hoffte, den Druck damit etwas zu lockern, der auf ihm lastete, aber ihm wurde nur schwindelig davon. „Ich habe seit Jahren nichts getan, als mich um ihn zu kümmern. Alles hat sich um ihn gedreht, bis von mir selbst nichts mehr übrig war. Oh, es stimmt. Sein Tod wird mich hart treffen. Aber nur deshalb, weil ich nicht weiß, was ich damit anfangen soll, endlich ... frei zu sein."

7

Vierzehn Tage.

Es waren schon zwei Wochen vergangen, seit Jakes Gefühle die dicke Membran aus Höflichkeit und Ruhe durchstoßen hatten, die er als Schutzschild um sich errichtet hatte. Aber genauso schnell zogen sie sich auch wieder zurück. Dallas wurde davon regelrecht schwindelig. Einige Tränen waren glitzernd über Jake Moores Wangen gelaufen und wieder verschwunden, bevor Dallas viel mehr tun konnte, als Worte des Mitgefühls zu äußern.

Aber Jake tauchte jeden Morgen pünktlich zur Arbeit auf, eine freundliche und wunderschöne Erinnerung daran, dass Dallas nicht alles haben konnte, was er sich im Leben wünschte.

„Du schmachtest den Jungen schlimmer an als ich eine Tafel Schokolade", grummelte ihm Celeste ins Ohr und riss ihn aus seinen Gedanken. „Ehrlich ... du solltest etwas unternehmen. Egal was. Such dir einen Mann für eine Nacht. Kauf dir so ein Fleshjack-Dingsbums. Lege dir einen Hund zu oder – noch besser – eine Katze. Die macht weniger Arbeit und wenn du vor Langeweile und Liebesleid stirbst, erbe ich wenigstens was, das mir gefällt."

„Du erbst den Teufel von mir", grummelte Dallas zurück. „Nicht ein verdammtes Glas. Noch nicht einmal einen Untersetzer. Wolltest du nicht ein Badezimmer streichen? Du weißt schon ... das, mit dem du angefangen hast, als du noch Haare auf der Brust hattest."

„Ich mache gerade Pause", schniefte sie herrisch. „Außerdem arbeite ich sehr sorgfältig. Du solltest mein Genie nicht im Keim ersticken."

„Die verdammte Sixtinische Kapelle war schneller fertig als dieses dämliche Badezimmer." Er klebte ein blaues Tape an die Kante des Spiegels, der die Bar von der früheren Küche trennte. Dann warf er einen hastigen Blick auf Jake, der an einem der vorderen Fenster arbeitete, und zischte Celeste zu: „Und außerdem schmachte ich nicht. Er ist nicht ... Pass auf. Er braucht einen Freund, kein geiles Arschloch, das ihn anbaggert. Und deinen Scheiß braucht er auch nicht, Süße. Davon hat er schon genug. Du wirst also sehr, sehr nett zu ihm sein."

Die Hitzewelle brach an diesem Morgen, weil sich der Luftdruck änderte und über der Stadt kalte Meeresluft aus Westen mit der erdrückenden Warmluft kollidierte. Nach einem kurzen, heftigen Regenschauer dampften die Straßen und es roch ekelhaft nach Asphalt. Die Temperatur sank auf einen Wert knapp unterhalb des Höllenfeuers und Dallas trauerte, weil Jake heute sein Tank-Top durch ein T-Shirt ersetzt hatte.

Nachdem Jake die letzte Woche damit verbracht hatte, die Eisenstangen zu entfernen, die überall im Gebäude angebracht waren, demontierte er jetzt die Gitter vor den Fenstern. Er war frustriert über die Verzögerungen und hätte die verdammten Dinger auf der Außenseite am liebsten abgefackelt, um sofort mit der Restaurierung der Fenster zu beginnen. Sein Boss, Evancho, war einige Male vorbeigekommen und hatte ihn von der Arbeit abgezogen, weil es zu heiß war. Als Jake protestierte, hatte Evancho nur gegrunzt und ihm befohlen, zurück in die Werkstatt zu gehen, wo es kühler war.

Es wollte auch in SoCal einiges heißen, wenn eine Metallwerkstatt kühler war als ein normaler Nachmittag draußen. Dallas hatte sich damit abgefunden, mittags mit der Arbeit aufzuhören und anschließend mit Jake unter dem großen Baum auf dem Parkplatz für eine Stunde Mittagspause zu machen. Obwohl die Luft so heiß war, dass jeder Atemzug die Lunge verbrannte, genoss es Dallas, auf der Ladefläche von Jakes altem Chevy zu sitzen und mit ihm zu essen. Sie machten das mittlerweile regelmäßig und verbrachten die Zeit damit, vor allem über Belanglosigkeiten zu reden, wie beispielsweise ihre Lieblingsfilme und die weltbewegende Frage, welcher Superheld der beste war.

Manchmal kamen auch ernste Themen zur Sprache. Es fiel Dallas schwer, nicht nachzubohren, wenn Jake an seiner Seite plötzlich schweigsam wurde. Aber mit einem sanften Stoß in die Rippen und einem freundlichen Wort vertrieb er Jakes düstere Miene wieder. Trotzdem waren solche Momente wie Schlaglöcher im Gesprächsfluss und Dallas hoffte, sie irgendwann glätten zu können.

„Aber er hat so was", sagte Celeste jetzt. „Ist dir sein Arsch aufgefallen? Wie …"

„Cee, ich liebe dich tief und innig, sogar fast noch mehr als Schokoladenplätzchen, aber ich bitte dich jetzt zum letzten Mal, damit aufzuhören. Jake ist nicht …" Dallas holte tief Luft, um die irrationale Wut zu unterdrücken, die in ihm zu brodeln begann. Er hatte nicht das Recht, Jake so für sich zu vereinnahmen, doch Celeste ging ihm auf die Nerven mit ihrem ständigen Anstarren. „Pass bitte auf. Hör einfach damit auf, um der Liebe Gottes und sämtlicher Fertiggerichte willen. Hör auf."

„Oh, mein Süßer", stöhnte sie leise. „Dich hat es ja so verdammt erwischt."

Dallas war gefangen zwischen seinem inneren Wunsch nach Selbstbetrug und der Angewohnheit, Celeste gegenüber immer ehrlich gewesen zu sein. Er entschied sich für den einzigen Ausweg, der ihm noch blieb.

„Halt den Mund, Celeste."

Celestes lautes Lachen war noch zu hören, als sie schon längst wieder in das Badezimmer zurückflaniert war, das sie angeblich renovierte.

„Alles okay mit ihr?" Jake drängte sich durch den Spalt der Eingangstür ins Haus und wäre beinahe zwischen Tür und Wand eingeklemmt worden. „Von draußen hat sie sich angehört wie eine Hyäne."

„Von drinnen auch." Dallas schüttelte die Hand aus, weil ihm die Finger eingeschlafen waren von den tausenden Metern Klebeband, die er schon verlegt hatte. „Kannst du mir bitte erklären, warum ich das alles auf mich nehme?"

„Weil es billiger ist und die guten Malerbetriebe alle bis Oktober ausgebucht sind?" In diesem Augenblick ertönte aus Dallas' Handy, das auf der Bar lag, ein Gitarrenriff. „Mist. Ist es schon wieder Mittag?"

„Ja. Verdammt. Hey, was hast du zum Essen mitgebracht?" Nachdem er tagelang zugesehen hatte, wie Jake Brote mit Erdnussbutter und Marmelade aß, hoffte Dallas auf etwas Abwechslung. „Sag mir nicht, dass es wieder das Übliche ist."

„Doch. Warum?" Dallas musste grinsen, als er den misstrauischen Ausdruck in Jakes Gesicht sah. „Na und? Es ist billig."

„Weil es sich hält. Komm, heute gebe ich das Essen aus." Dallas winkte ab, als Jake die Stirn runzelte und Einspruch erheben wollte. „Mann, du arbeitest schon seit fast zwei Wochen in dieser Bruthitze, ohne auch nur einmal Pause zu machen. Heute bist du auch den ganzen Tag hier. Da kann ich dich wenigstens zum Essen einladen. Und zwar an einen Ort mit Klimaanlage. Ich frage kurz Celeste …"

„Celeste hat einen Termin beim Frisör", rief es aus dem Badezimmer. „Und ich komme danach nicht zurück. Ich lasse die Haare bleichen und versuche es dieses Mal mit dunkelrot."

„Ist sie nicht schon blond?" Jake sah Dallas fragend an. „Oder? Ich dachte, das wäre blond."

„Perücken", flüsterte Dallas. „Ihre Haare müssen erst wieder nachwachsen nach einem traurigen Unfall mit dem Lockenwickler. Ich habe ihre echten Haare seit Monaten nicht zu Gesicht bekommen. Man weiß bei ihr nie, was als nächstes kommt. Sie ist wie ein Überraschungsei."

„Was ist ein Überraschungsei?" Jake lächelte strahlend, als Celeste zu ihnen ins Zimmer kam. Als sie ihn auf die staubverschmierte Wange küsste, zog er eine übertriebene Grimasse. „Und was ist mit deinen Haaren los?"

Celeste tätschelte ihm die Wange. „Mein Gott, sei froh, dass du so gut aussiehst" murmelte sie. „Ich komme morgen zurück, um das Badezimmer fertig zu streichen. Wartet nicht auf mich."

„Wir leben nicht zusammen, du Depp." Dallas sah seiner besten Freundin nach, als sie mit schwingenden Hüften das Haus verließ. Dann seufzte er. „Sie hat nicht einen einzigen Farbklecks an den Händen oder sonst wo. Wollen wir wetten, dass die Wände im Badezimmer noch haargenau so aussehen wie heute früh, als wir gekommen sind?"

„Scheißwette. Darauf lasse ich mich nicht ein", meinte Jake. „Und was hast du eigentlich gegen Erdnussbutter und Marmelade?"

„Nichts. Wenn man fünf Jahre alt ist." Dallas klopfte den Staub aus seiner Jeans und warf Jake ein Handtuch zu. „Wisch dir das Gesicht ab und bringe dein Werkzeug ins Haus, Moore. Heute gehen wir Rippchen essen."

„Dafür versetzt mir Evancho einen Tritt in den Hintern", grummelte Jake auf dem Beifahrersitz. „Ich habe eine Stunde Mittagspause und du willst nach La Brea fahren?"

„Ich habe ihm schon gesagt, dass wir länger bleiben. Und weißt du, was er mir geantwortet hat?" Dallas sah ihn von der Seite an und musste über die griesgrämige Miene seines Freundes grinsen. „Willst du raten?"

„Vermutlich hat er gesagt, dass es ihm scheißegal ist, wie lange wir bleiben, weil du mich für den Auftrag bezahlst und nicht nach der tatsächlichen Arbeitszeit." Jake warf einen kurzen Blick auf sein Handy und steckte es wieder weg. „Evancho hat offensichtlich einen Narren an dir gefressen. Bei jedem anderen wäre er ausgerastet."

Der kräftige Ukrainer, für den Jake arbeitete, war ein absoluter Softie, wenn es um seinen braunäugigen Arbeiter mit den Grübchen ging. Dallas musste nur erwähnen, dass er eine verlängerte Mittagspause nehmen und Jake ein gutes Essen spendieren wollte, da schob Evancho sie praktisch ins Auto und winkte ihnen nach, als wären sie auf dem Weg in die Flitterwochen. Diese Wirkung wurde allerdings sofort wieder ruiniert, als der alte Mann zu fluchen anfing, weil einer der anderen Arbeiter die Werkzeuge nicht sorgfältig behandeln würde. Dallas trat hastig den Rückzug an.

Er kam sich vor, als hätte er den alten Mann um die Erlaubnis gebeten, mit dessen Sohn auszugehen.

Nicht, dass er das Jake gegenüber erwähnt hätte, aber so war es.

Dallas parkte vor dem kleinen Restaurant. „Hier sind wir. Ich hole das Essen, dann können wir uns nach hinten ins Freie setzten. Dort ist ein Park mit Bäumen und so. Besser als drinnen. Da ist es mittags nämlich wie im Glutofen. Du kannst vorgehen und uns einen Tisch freihalten." Jake kicherte und Dallas drehte sich überrascht zu ihm um. „Was ist denn?"

„Celeste hat mich schon davor gewarnt, dass du gerne kommandierst", erwiderte Jake und schnallte den Sicherheitsgurt ab. „Sie hatte recht."

„Du hast deinen Auftrag. Vorwärts jetzt, erobere uns einen Tisch." Dallas ging um den Tesla herum und stieß triumphierend die Faust in die Luft. „Lass dir von den Moms nichts vormachen", rief er Jake nach, der schon ums Haus nach hinten ging. „Es tut den Kindern gut, ab und zu auf dem Rasen zu sitzen. Es ist charakterbildend. Wirf sie in den Dreck, wo sie hingehören!"

„Weißt du …", sagte die ältere Frau hinter dem Ausgabeschalter kopfschüttelnd, als Dallas auf sie zukam. Ihre hochgebundenen, schwarz gefärbten Haare waren an den Wurzeln silbern nachgewachsen. „Mit dir ist etwas nicht in Ordnung, mein Junge. Ganz ehrlich. Wie kannst du deinen Mann nur so anbrüllen."

„Er ist nicht mein Mann, Lana." Dallas lehnte sich auf die Metallbrüstung vor der Durchreiche, dankbar für das kühle Wetter. „Wie geht es dir, meine Süße?"

„Bestens. Deine Bestellung ist schon fertig." Ihrem Blick war die lebenslange Erfahrung in der Bewältigung alltäglicher Probleme und im Umgang mit Kindern anzusehen. „Und wenn das nicht dein Mann ist, solltest du vielleicht nicht ganz so verliebt grinsen. So, wie du deine Zähne zeigst, dachte ich, ihr würdet schon die Ringe aussuchen."

„Das wird nie passieren." Dallas zog sein Portemonnaie aus der Tasche. „Er ist … kompliziert."

„Nicht so kompliziert, dass ich nicht seine Grübchen sehen konnte, als er sich zu dir umgedreht hat." Lana schürzte missbilligend die Lippen. „Ich weiß auch nicht, was mit euch Jungs heutzutage los ist. Wenn man zu meiner Zeit verschossen war, hat man sich kennengelernt und sein Leben zusammen begonnen. Vollkommen unkompliziert, das Ganze. Und ich sage dir, mein Sohn … So wie ihr euch anschaut? Akzeptiert es endlich und macht weiter. Das erleichtert das Leben ungemein. So. Wie wäre es, wenn du mir jetzt zwei Zwanziger für diesen Berg Essen hier gibst? Ich lege noch zwei Stück Kuchen dazu. Vielleicht färbt die Süßigkeit ja ab."

„Schaden kann es nicht, meine Liebe. Ich brauche alle Hilfe, die ich bekommen kann." Dallas gab ihr das Geld und schaute ans Ende des Gebäudes, wo er Jake zuletzt gesehen hatte. „Meinst du wirklich? Meinst du, er steht auf mich?"

„Mein Schatz, er sieht dich so an, wie du diesen Kuchen", sagte Lana und schob ihm die Tüten mit dem Essen zu. „Aber tu mir den Gefallen, mich zur Hochzeit einzuladen, wenn ihr euch endlich berappelt habt. Ich gebe euch Rabatt aufs Buffet."

„DER KUCHEN ist blau." Jake musterte misstrauisch die beiden mehrschichtigen Monstrositäten, die in Styroporbehältern vor ihnen auf dem Tisch lagen, als wären sie in eine zu kleine Gefängniszelle gesperrt. „Warum ist er … blau?"

„Weil er nicht rot ist." Dallas öffnete einen der großen Behälter und der Geruch von BBQ-Sauce stieg Jake in die Nase. „Halt einfach den Mund und probiere das hier. Ich habe eine Combo-Platte bestellt mir Rippchen, Rinderbrust und Gemüse. Dazu gibt es noch Nudeln mit Käse."

„Und blauen Kuchen." Jake schnüffelte an dem Nachtisch, konnte aber nichts Auffälliges feststellen, weil der Geruch des Grillfleischs alles überdeckte.

„Iss einfach." Dallas schob ihm einen Stapel Servietten und eine Plastikgabel zu und hielt sie ihm unter die Nase, als Jake nicht sofort zugriff. „Ich schwöre bei Gott … du bist manchmal wie ein fünfjähriges Kind."

„Spielst du damit schon wieder auf die Erdnussbutter mit Marmelade an?"

„Jawoll", erwiderte Dallas. „Willst du etwa behaupten, das hier wäre nicht besser?"

Nach dem ersten Bissen Rindfleisch mit Sauce stimmte Jake ihm zu. Er hatte ungefähr die Hälfte des Fleischs geschafft und nagte gerade einen Knochen ab, da fiel sein Blick zum ersten Mal auf das Brot, das in einer weißen Papiertüte steckte. Dallas ließ sich durch das Essen nicht vom Reden abhalten. Meistens waren es Kommentare über die anderen Besucher des Parks, deren Erziehungsmethoden und – seltsamerweise – Turnschuhe nicht immer auf seine Zustimmung stießen.

Jake war schon halb gesättigt und saß Dallas gegenüber an dem Tisch im Park, im kühlen Schatten eines Baumes. Eigentlich keine schlechte Art, die Mittagspause zu verbringen. Mit etwas Glück waren sie vor zwei Uhr zurück und er konnte die Kabinen in der Herrentoilette noch trennen, die irgendein Idiot zusammengeschweißt hatte. Dallas hatte schon darüber gesprochen und meinte, es müsste erledigt werden, bevor die Wände gestrichen werden konnten.

Der Park bestand aus flachen grünen Hügeln und lag mitten in der grauen Bebauung mit ihren Glasfassaden. Auf einem kleinen Spielplatz tobten Kinder. Ab und zu wurde ihr Lachen durch Schreien unterbrochen, weil ein Junge namens Andy die anderen Kinder nicht rutschen lassen wollte.

„Wir sollten sie von den Schaukeln werfen und herausfinden, wer von uns höher kommt", murmelte Dallas mit vollem Mund und schüttelte Jakes Arm. „Ich wette, du hast keine Chance gegen mich."

Dallas grinste. Jake hatte schon gelernt, dass Dallas nur selten lächelte, aber wenn, dann war es ein wunderbares, strahlendes und offenes Lächeln. Meistens jedoch grinste und feixte er und sagte die verrücktesten Dinge, um die Leute auf den Arm zu nehmen. Die Zeit mit Dallas zu verbringen, bedeutete ein Feuerwerk an Grinsen, scharfzüngigen Bemerkungen und oft überschwänglichen Kommentaren. Auch Berührungen gehörten dazu. Dallas klopfte seinen Gesprächspartnern mit den Fingern an den Arm, wenn er ihre Aufmerksamkeit auf etwas lenken wollte. Er fuhr ihnen mit der Hand über die Schulter, wenn er sein Mitgefühl über einen beschissenen Tag ausdrückte. Nichts an diesen Berührungen war sexuell. Dallas berührte jeden, als würde er mit ihm Fangen spielen und sich dadurch selbst in der Welt verankern.

Jake versuchte, diese Berührungen nicht zu überinterpretieren und mehr in sie hineinzulesen, als sie tatsächlich bedeuteten. Aber für ihn waren sie ein Zeichen der wachsenden Freundschaft mit einem verspielten, fröhlichen Mann, der in Jakes Seele ein Verlangen weckte, das er kaum noch unterdrücken konnte.

„Hast du was gegen Kinder?", fragte er lachend. „Erst sollen sie auf dem Rasen essen, dann willst du sie von den Schaukeln werfen."

„Die kleinen Bastarde müssen lernen, wie es im wahren Leben zugeht." Er fuchtelte mit seiner Gabel voller Nudeln und zeigte auf den Spielplatz. Die Nudeln schwankten gefährlich. „Wenn du schaukeln willst, musst du dir deine Schaukel ehrlich erkämpfen. Gegen alle Widersacher verteidigen. Und hör jetzt endlich auf, mit der Tüte zu spielen. Warum isst du nicht einfach ein Stück Brot? In der anderen Tüte ist auch noch Butter. Echte Butter. Nicht so ein dämlicher, gesunder Ersatzkram. Lana würde nichts servieren, was dir nicht die Arterien verstopft. Und jetzt iss schon, damit ich weiter über die Kinder lästern kann."

Die Innenseite der Tüte war mit Alufolie beschichtet, um das Brot warm zu halten. Es duftete köstlich und weckte in Jake Kindheitserinnerungen an seine Mutter, wie sie das frische Brot aus dem Backofen holte und ihn ermahnte, nicht zu nahe an die Ofenklappe zu kommen, weil er sich sonst verbrennen würde. Lanas Brot hatte eine dicke, knusprige Kruste und ein lockeres, weißes Inneres. Jake nahm sich zwei Scheiben und bestrich sie dick mit Butter. Er stöhnte, als er den ersten Bissen nahm. Die sahnige, salzige Butter zerschmolz auf dem warmen Brot. Jake fiel erst jetzt auf, wie sehr er diesen Geschmack vermisst hatte. Wenn ihm Dallas nicht die Tüte zugeschoben hätte, könnte Jake jetzt weder seine fast vergessenen Erinnerungen noch dieses köstliche Brot genießen.

„Okay, ich gebe es zu. Ich hatte noch nie so guten Sex, um ein Gesicht zu machen wie du jetzt", riss Dallas ihn aus seinen Gedanken. „Was hat Lana nur mit dem Brot gemacht?"

„Meine Mom hat früher das gleiche Brot gebacken. Es ist … Verdammt, es ist so lange her, seit ich das letzte Mal daran gedacht habe." Er wusste nicht, wieso er es vergessen hatte … Seine Mutter, die samstags schon vor Sonnenaufgang mit ihren kleinen Händen den Teig knetete und auf den mit Mehl bestreuten Holzbrettchen Brot formte. Ihre nackten Arme waren mit weißen Flecken übersät. „Ich glaube, damals waren wir noch in Montreal. Keine Ahnung. Ich war jedenfalls noch sehr klein. Es war lange vor Dads … Unfall. Sie hat mich mitgenommen zur städtischen Tafel, wo sie Mehl und Zucker und die anderen Zutaten umsonst bekam.

Sie sagte, die meisten Menschen würden nicht mehr selbst kochen oder backen. Deshalb konnte sie immer mehr davon mitnehmen. Es wollte sonst niemand. Wir sind mit einem großen Eimer voller Zutaten nach Hause gekommen. Mom hat daraus Brot gebacken. Tonnen von Brot. Sie hat es verkauft. Ich weiß nicht, woher die Leute wussten, wann sie gebacken hatte. Aber wenn wir mit dem Brot die Straße entlanggingen, sind sie alle aus ihren Häusern gekommen." Er lachte leise bei der Erinnerung an die lange, schmale Straße, die sie zweimal entlanglaufen mussten – einmal auf jeder Straßenseite. Jake trug seinen eigenen kleinen Brotkorb und musste sich anstrengen, um mit seiner Mutter Schritt zu halten. „Ich muss vier oder fünf Jahre alt gewesen sein. Ich habe sie bei der Arbeit so lange genervt, bis sie mir einen kleinen Brocken Teig gab, mit dem ich mein eigenes Brot formen und mir einbilden konnte, ihr zu helfen. Am besten war, dass sie immer einen Laib für uns aufgespart hat. Davon hat sie mir Stücke abgeschnitten und dick mit Butter bestrichen."

Er hob das halbgegessene Brot hoch. „Und genau so schmeckt es jetzt", sagte er leise. „Wie Mamans Brot. Wie ein Stück Liebe, das sie mir von woher auch immer geschickt hat."

Dallas' Hand legte sich warm auf seinen Arm und drückte zu. Jake blinzelte die Tränen weg, die ihm in die Augen traten. Er konnte nicht zu heulen anfangen, nicht hier, mitten im Park und vor Dallas. Nicht schon wieder. Seine Gefühle wollten sich nicht abschütteln lassen; sie klebten an ihm und verwirrten ihm die Sinne. Etwas dehnte sich in ihm aus, eine Wutblase, die sich mit seinen Sorgen vereinte und mit etwas, für das Jake keinen Namen fand. Dallas' Hand bewegte sich und seine sanften Worte – so unsinnig sie auch sein mochten – waren Trost und Gegengewicht zu Jakes rohen, blutenden Erinnerungen.

„Es ist so verdammt dumm, weißt du?", sagte Jake kopfschüttelnd und wäre am liebsten über den Tisch geklettert, damit Dallas ihn umarmen und an sich drücken konnte, bis sich dieser giftige Sturm, der in ihm tobte, wieder gelegt hatte. „Ich rege mich hier auf, und das alles nur wegen eines Stücks Brot."

„Das ist ganz und gar nicht dumm, Mann." Dallas' weiche Stimme hüllte ihn ein und besänftigte seine aufgekratzten Gefühle wie eine Heilsalbe aus Honig. „Meine Mom konnte noch nicht einmal Pop-Tarts toasten, ohne sie zu verbrennen. Seitdem schmecken sie mir nur verbrannt. Gewohnheit eben. Es sind diese Dinge ... diese kleinen, manchmal verrückten Dinge, die uns die Kraft geben, nicht aufzugeben."

Dallas' Hände fühlten sich so gut an. Sie weckten eine Reihe verwirrender, widersprüchlicher Gefühle in Jake, die er so gerne freigelassen hätte. Er streichelte Dallas mit den Fingerspitzen über den Arm. Es war eine unbewusste Geste, aber sie hinterließ eine Feuerspur und brannte die ersten Löcher in Jakes Kontrolle.

„Hast du schon mit jemandem darüber gesprochen?" Dallas neigte den Kopf und zwang Jake, ihm in die blauen Augen zu sehen. „Vielleicht könnte dir eine Therapie helfen, J. Du hast eine unglückliche Seite an dir und es ist vollkommen in Ordnung, sich damit helfen zu lassen."

„Keine Therapie. Nie wieder. Nicht nach dieser Therapie, zu der sie mich geschickt haben, weil ich schwul ..."

Jake erbrach das Brot.

Es kam aus ihm herausgeschossen wie eine Mischung aus Galle und Angst, die ihm die Kehle verbrannte. Er nahm nichts mehr wahr außer der Panik, die ihn in ihren grauen Wirbeln zu ersticken drohte. Und gerade, als er es schaffte, wieder Luft zu holen, als er darum kämpfte, diese Panik zu besiegen, rebellierte sein Magen wieder und es ging von vorne los.

Jake krallte sich keuchend an der Tischkante fest. Er musste hier weg, aber ... wohin? Es gab keinen Ort, an den er fliehen konnte, keinen Ort, an dem ihn diese Worte nicht heimsuchen würden. Ein wimmerndes, jammerndes Geräusch kam leise aus seiner wunden Kehle, fast nur ein Lufthauch, der die schrecklichen Erinnerungen in einem Klagelied freiließ.

„Hey, J, es ist ja gut. Alles ist gut." Dallas saß plötzlich neben ihm – hinter ihm, denn Jake saß jetzt seitlich, die Bank zwischen den Beinen – und rieb ihm beruhigend über den Rücken. Er lehnte sich an Jake, drückte sich an ihn und legte die Arme um ihn, bis Jake sich ... wieder sicher fühlte. „Ich weiß, Kumpel. Ich weiß. Aber es ist alles gut."

„Ich hätte nicht …", keuchte Jake. „Verdammt. Ich kann nicht … niemand in der Werkstatt. Mein Dad … niemand darf es wissen. Nicht … Mist."

„Niemand außer uns beiden weiß es. Es bleibt unter uns." Mehr Honig. Mehr Salbe auf den grausamen Schrecken, der sich in Jakes Kopf festgesetzt hatte. „Du sagst mir, was ich für dich tun kann. Was immer du willst, Jake. Wir lassen das alles hier zurück und nichts ändert sich. Aber wenn du einen Freund brauchst, bis du weißt, was du tun willst … Das können wir auch sein. Freunde. Was immer du brauchst, ja? Niemand zwingt dich zu etwas, wenn du es nicht willst. Okay, Jake? Ich am allerwenigsten. Ich bin dein Freund, trotz Erdnussbutter und Marmelade. Was immer du brauchst."

„Ich kann einfach nicht … Ich bin so müde." Der Schock saß immer noch in ihm, siedend und brodelnd, ein Kessel voller Scham und Schuld, der nur darauf wartete, ausgetrunken zu werden. Aber die Flammen zogen sich zurück und die giftigen Dämpfe wurden vertrieben durch Dallas' tröstendes Gewicht an Jakes Rücken. „Ich bin einfach nur müde, Dal. Ich will nur … ich sein. Ich bin es leid, immer nur wegzulaufen. Aber da ist so viel alte Scheiße, mit der ich nicht zurechtkomme. Jetzt nicht. Ich will … Mist … ich kann nicht … aber ich will. Mit dir. Ich brauche jemanden, der alles weiß. Der es weiß und mich nicht damit verletzt."

„Dann wird es so sein. Du hast mich, Jake. Egal, wie lange es dauert. Du hast mich." Dallas lehnte sich wieder vor und zog ihn fester an sich. Sein Atem blies warm über Jakes Wange. Er roch so süß nach BBQ-Sauce und Eistee. „Niemand wird dich verletzen. Ich bringe jeden eigenhändig um, der es auch nur versucht."

8

DIE KALTEN Bierflaschen klirrten wie ein heller Kontrast zu dem dumpfen Geräusch von Dallas' Schritten auf dem feuchten, dichten Rasen, der sich weich und samtig unter seinen Füßen anfühlte. In den frischen Geruch des Grases mischte sich hier und da der süße Duft der Blumen, die in kleinen Gruppen auf der Wiese verteilt wuchsen. Die Stadt schien weit entfernt. Ihr Lärm wurde durch die dichten Büsche gedämpft, die an der Umzäunung des Friedhofs wuchsen. Nur ab und zu drang ein Geräuschfetzen in diese Oase der Ruhe ein.

Dallas war dankbar für die alte Steinbank, die am Rand des Rasens im Schatten eines großen Baumes stand. Sie machte alles ... leichter und ruhiger. Dallas ließ sich seufzend auf den kalten Stein sinken. Er war die körperliche Arbeit nicht mehr gewöhnt und fühlte jeden Muskel und Knochen im Leib. Sich vorzubeugen stellte sich als Fehler heraus. Seit seinem letzten Besuch hatte sich die Verankerung der Steinbank gelöst, sodass sie jetzt leicht nach vorne kippte. Es passierte zwar nichts, aber Dallas bekam trotzdem einen ziemlichen Schreck.

„Guter Gott. Das hätte mir gerade noch gefehlt. Erklären zu müssen, warum ich ..." Er unterbrach sich und las die Widmung auf der Bank. „... Joyce Whitamakers Bank zerstört habe. Und ich habe ihr noch kein einziges Mal gedankt, obwohl ich so oft hier sitze." Er öffnete eine der Bierflaschen und lächelte, als es zischte und die kalte Luft aus der Flasche entwich. Dann prostete er einer vorüberziehenden Wolke zu. „Vielen Dank, Joyce. Du hast mir die Zeit hier sehr viel bequemer gemacht."

Er beugte sich – dieses Mal vorsichtiger – wieder vor und stellte zwei der Flaschen auf das weiche Gras zu seinen Füßen. Auf dem Gras lag Laub – hier lag immer Laub –, ausgedörrt von der heißen Sonne und feucht von den Strahlen des Rasensprengers, mit dem das Gras gewässert wurde.

Dallas wischte einige Blätter und Erdbrocken zur Seite und klopfte auf den schwarzen Grabstein vor der Bank. „Hallo, Kevin", sagte er leise.

Sie waren über ein Jahr lang beiläufige, aber exklusive Geliebte, waren sogar auf dem besten Weg in eine ernsthafte Beziehung gewesen, als Kevin ihm am Valentinstag gestand, verheiratet zu sein. Eine Stunde später hatte er Dallas sein Herz ausgeschüttet und nicht nur die blonde Frau namens Renee eingestanden, sondern auch vier kleine Kevins unterschiedlichen Alters. Dallas verbrachte den Rest des Abends erst abgestumpft, dann betrunken. Und als er genug Tequila in sich hatte, hörte er sich nachts um drei Uhr auf dem Anrufbeantworter an, wie Kevin sich dafür entschuldigte, ihn verletzt zu haben ... ihn hinters Licht geführt zu haben ... die Beziehung beenden und zu seiner Familie zurückkehren zu müssen, um noch einmal zu versuchen, normal zu werden.

Sieben Monate später erhielt Dallas einen Anruf von einer Frau, die ihm mit leiser Stimme erklärte, sie wäre alle von Kevins Telefonnummern durchgegangen. Sie wollte allen, die Kevin gekannt hatte, mitteilen, dass er nach einer Handvoll Schlaftabletten und einer halben Flasche Bourbon nicht mehr aufgewacht sei.

„Hey, das sieht ja aus, als hätte Andrew die Ns jetzt endlich gemeistert." An den Grabstein waren einige Klarsichthüllen geklebt. Sie enthielten einen Rechtschreibtest, einen Aufsatz über Batterien und eine Buntstiftzeichnung, die entweder einen Pikachu oder eine Ente darstellen sollte, die unter einem ernsten Fall von scheißgelben Federn litt. „Und ich muss dir sagen ... so sehr du deine Kinder auch liebst, dein Stevie hat nicht die geringste künstlerische Ader."

Die Nelken in der weißen Vase am Grabstein waren schon verblüht und wurden an den Rändern braun, aber das lag vermutlich mehr an der Hitzewelle, die über die Stadt hereingebrochen war, als an Vernachlässigung. Soweit Dallas erkennen konnte, kam Renee ziemlich oft auf den Friedhof. Jedenfalls lag ihr letzter Besuch nie sehr lange zurück, wenn Dallas einen seiner unregelmäßigen Spaziergänge hierher machte. Er war sich auch sicher, dass das Bier, das er hier zurückließ, von den Friedhofsgärtnern eingesammelt wurde, sodass Kevins Frau es nie zu Gesicht bekam und sich fragen konnte, wer ihrem toten Ehemann Alkohol aufs Grab stellte. Für Dallas war es zu einem Ritual geworden, einer Erinnerung an gemeinsame Zeiten, als sie sich über die Vor- und Nachteile von Stout und Indian Pale Ale stritten.

Dallas nahm einen Schluck aus seiner Flasche und hätte sich beinahe an dem Schaum verschluckt. „Gott, ich mag dieses Ale noch nicht einmal. Warum trinke ich die Brühe eigentlich? Oh, und ich soll dir Grüße von Celeste ausrichten, obwohl ... ich habe ihr nie gesagt, dass du jetzt hier liegst. Und wenn ich es jetzt noch tun würde, käme sie sich vermutlich beschissen vor, weil sie dich ... Mist. Wie komme ich da nur wieder raus? Ich werde es ihr sagen. Ich verspreche es."

Ein Sonnenstrahl fiel auf Kevins Grabstein und ließ die Glimmereinschlüsse in dem schwarzen Granit aufblitzen. Dallas stützte sich mit den Ellbogen auf die Knie und klemmte die Bierflasche zwischen die Beine. Er musste an sein Versprechen denken, immer für Kevin da zu sein, trotz allem, was zwischen ihnen geschehen war. Und Kevin hatte ihm versichert, jederzeit anrufen zu können.

Dallas hatte nie angerufen.

Und jetzt unterhielt er sich mit einem schwarzen Stein, an dem Hausaufgaben klebten und Briefe an einen Daddy, der nie wieder nach Hause kommen würde.

„Es ist viel passiert, seit ich das letzte Mal hier war, Kev." Dallas popelte am Etikett der Bierflasche und zog die oberste Papierschicht ab. „Da ist dieser Mann ... den ich kennengelernt habe. Katholisch, glaube ich. Was ist nur mit mir und den katholischen Jungs, hä? Ich könnte jetzt so viele Witze darüber machen, aber ... du wärst nur sauer auf mich, wenn ich jetzt über Priester spreche."

Kevin hatte auf Priesterwitze allergisch reagiert. Trotzdem hatte Dallas sie immer wieder erzählt, weil er sehen wollte, ob er den Mann nicht wenigstens einmal damit zum Lachen bringen konnte.

„Er heißt Jake. Na ja, eigentlich heißt er Jacques. Seine Mom war Kanadierin und man hört es ihm manchmal noch an. Vor allem dann, wenn er über sie spricht. Das Problem ist, dass … er Probleme hat. Verdammt ernste Probleme, und manchmal sehe ich ihn an und würde am liebsten … ich würde ihn am liebsten in die Arme nehmen. Ihn trösten, damit alles wieder gut wird." Dallas trank noch einen Schluck Bier. Es war nicht besser geworden. „Weißt du, die meisten Leute würden vielleicht denken, ich käme nur hierher, weil ich … na ja, weil ich dich liebe. Was ja auch beinahe passiert wäre. Aber so weit sind wir nie gekommen, nicht wahr?"

Ein Auto fuhr vorbei. Die beiden Insassinnen, zwei ältere, streng blickende Damen, sahen stur geradeaus auf die gewundene Straße, die durch den Friedhof führte. Dallas sah ihnen nach und fragte sich, wie oft sie wohl schon in ihrer stillen Wut hierhergekommen waren. Ein Mann auf einem Rasenmäher kam über die sanfte Kuppe gefahren, die einige hundert Meter entfernt lag. Er bog vom Weg auf den Rasen ab und klappte die Scherenblätter aus. Es war ein friedvoller, träger Nachmittag. Die Rasensprenger machten die Hitze erträglich und der Baum – Joyce' Baum – spendete angenehm kühlen Schatten.

„Weißt du, Kev, vor anderthalb Wochen hat mir dieser Mann – dieser süße, wunderbare Mann – gestanden, schwul zu sein. Und er hat Angst und hasst es, nicht normal zu sein. Er hasst es so sehr, weil … Ich glaube, er hasst es aus den gleichen Gründen, aus denen du es gehasst hast. Jemand hat ihm das Gefühl gegeben, schmutzig zu sein, krank und verdorben. Und das macht mich so unglaublich wütend." Das Bier schmeckte langsam besser – ein untrügliches Zeichen, dass er nicht mehr trinken sollte, wenn er nicht erst eine Dusche unterm Rasensprenger nehmen wollte, bevor er sich wieder ins Auto setzte. „Ich sehe den gleichen Schmerz in seinen Augen wie in deinen, als du mir von deiner Ehe erzählt hast und dass du jetzt wieder ein guter Familienvater werden müsstest. Gott, ich wollte dir so gern helfen. Dich retten. Ich wollte dir sagen, dass du nicht zurückgehen sollst, weil …"

„Deshalb." Er schlug auf den Grabstein, hart und laut. Seine Hand brannte von dem Schlag. „Ich kann es in ihm spüren und ich bin in dieses verdammte Arschloch verliebt. Und ich kann nicht …"

Ein Schluchzer erschütterte seine Brust und sein Herz fing wild zu pochen an, als er so plötzlich und fast nebenbei seine Gefühle für Jake realisierte. Dallas war fassungslos. Er kam sich vor wie ein verlorener Fall auf einer Kamikazemission in die Dunkelheit, die er vielleicht nicht überleben würde. Aber er wollte sich tief in Jake verlieren und nicht aufgeben, bevor das Gift nicht neutralisiert war, das Jakes Familie ihm eingetrichtert hatte.

„Ich wollte mich nicht in ihn verlieben. Verdammt, Kev ... ich war noch nie verliebt. Und die Sache mit Jake? Ich kann sie nicht glauben. Ich hinterfrage sie, weil ... wer weiß schon, was Liebe wirklich ist?" Dallas seufzte und rieb sich übers Gesicht, als wollte er die Zweifel wegwischen, die ihm unter der Haut saßen. „Ich glaube, deshalb bin ich heute zu dir gekommen. Um mit dir zu reden. Weil du etwas getan hast, obwohl du es nicht wolltest, weil du deine Kinder geliebt hast. Verdammt, du hast deine Kinder so sehr geliebt, aber es wollte nicht aufhören, bis du ...

Ich will doch nur, dass es ihm wieder besser geht. Dass er heilt. Wirklich. Selbst wenn er mich nie auch nur ansieht, wenn er mich nie will ... Lana meint übrigens, er will mich, aber sie ist ... na ja. Sie redet meistens nur Unsinn. Und ich will, dass ... er wieder leben kann." Dallas schüttelte den Kopf. Seine Kehle war wie zugeschnürt. „Wirklich, Kev. Ich will nur, dass er wieder leben kann. Weil ... weil er in seinem Innersten ein so guter Mensch ist. Er ist so wunderbar, dass ich jedes Mal weinen möchte, wenn seine Seele zuckt.

Das ist also alles seit meinem letzten Besuch passiert, Kev. Ich bin in einem vollkommen verrückten Wunderland gelandet und mein verrückter Hutmacher ist innerlich zerrissen." Er drehte den Kopf nach dem Rasenmäher um, der langsam näherkam. „Ich muss einen Weg finden, das in Ordnung zu bringen. Damit Jake nicht so endet wie du, Kev. Ich kann nicht noch ein zweites Grab besuchen und mit dem verdammten Grabstein reden. Das könnte ich nicht überleben, und dann wären wir alle hier versammelt, beim schlechtesten Krocketspiel aller Zeiten."

Der Gärtner wendete und fuhr mit seinem Rasenmäher zwischen zwei Grabreihen, die noch ein Stück von Kevins Grab entfernt lagen. Er hatte das Grab und Dallas bisher gemieden. Das machte er jedes Mal so, wenn Dallas hier war, um Kevin zu besuchen. Der Mann nickte Dallas zu, richtete seinen Rasenmäher gerade aus und fuhr los. Als er vor Dallas' Bank war, hielt er an und zog die Ohrenschützer ab.

„Hey, bist du der Kerl, der immer das Bier auf dem Grab lässt?", rief er laut genug, um das Motorengeräusch zu übertönen. Die hochgeklappten Scherenblätter vibrierten im Takt des Motors.

„Ja", antworte Dallas und hielt seine Bierflasche hoch. „Und bist du der Kerl, der sie immer mitnimmt?"

„Vielleicht." Der Mann grinste breit. „Kannst du mir einen Gefallen tun? Wie wäre es, wenn du das nächste Mal einfach ein normales Bier mitbringst? Weil er es sowieso nicht mehr trinken kann und das Zeug, das du ihm bringst, schmeckt absolut beschissen."

JAKE LIEß die Schultern kreisen, als die Verspannung, die er schon seit einiger Zeit zwischen den Schulterblättern spürte, sich auf die Wirbelsäule ausdehnte. Seine Augen waren müde, weil er schon seit Stunden in die blitzenden Funken schaute.

Wenigstens schienen die geschmiedeten Aluminium- und Kupferteile zu halten. Es war manchmal schwierig, unterschiedliche Metalle zu verlöten. Er klopfte die Metallreste ab und sah ihnen nach, wie sie auf den Boden fielen.

Er hatte die Schiebetüren der Werkstatt offen gelassen in der Hoffnung, dass ab und zu eine frische Brise in das überhitzte Gebäude blies. Als es Abend wurde, ließ der Straßenlärm nach. Nur noch gelegentlich fuhr ein Auto draußen vorbei und auch die Fußgänger waren weniger geworden. Es wurde langsam dunkel und mehr und mehr der benachbarten Geschäfte schlossen ihre Pforten. Nur aus dem Café an der Straßenecke, das vierundzwanzig Stunden geöffnet hatte, war gelegentlich Stühlerücken oder das Klirren von Besteck zu hören. Hier ließ der Betrieb nie nach und viele Gäste saßen auch abends noch im Freien, um die Abkühlung zu genießen.

Es war spät geworden. Jake schätzte, dass es schon auf zehn Uhr zuging. Während er sich die Skulptur betrachtete, die er aus Metallresten der Werkstatt zusammengebaut hatte, summte er die Melodie mit, die der Musiker in dem Café auf seiner Gitarre spielte. Die Kiste mit den Abfallstücken hatte ihn schon seit einer Woche gelockt und er kalkulierte, was sie wohl kosten mochten, falls Evancho sie verkaufen wollte. Heute hatte sein Boss an die Kiste getreten und Jake mit seinem ukrainischen Akzent mitgeteilt, er sollte die Werkstatt hinter sich abschließen, nachdem er Was-auch-immer aus dem alten Mist zusammengeschustert hätte, den sie hier in der Kiste für ihn sammelten.

Und als Raoul hinter Jakes Rücken Sauggeräusche machte, hatte Jake ihm nur den Vogel gezeigt und die Werkstattschlüssel eingesteckt.

In dem Material, das Evancho ihm überlassen hatte, steckten so viele Möglichkeiten. Die Formen reizten ihn mit ihren geraden, langen Linien und fließenden Umrissen. Sie inspirierten Jake zu einem angedeuteten Frauenkörper, perfekt für den Empfangsbereich von Bombshells. Jedenfalls hoffte er das.

„Es muss zur Zeitperiode passen", murmelte er vor sich hin und zog sich die Schutzmaske vom Gesicht, um seine Arbeit besser betrachten zu können. Es war noch nicht mehr als ein Entwurf oder Gerüst für die fertige Skulptur. Die Feinheiten kamen zum Schluss. „Und zu … Dragqueens. Ja, genau. Dragqueens."

Es war eine lange, harte Woche gewesen. Jake hatte tagsüber meistens bei Dallas gearbeitet, war aber bei Bedarf in die Werkstatt gekommen, um Spezialarbeiten zu erledigen, die Evancho seinen Kollegen nicht anvertrauen wollte. Unter anderem hatte er ein massives Hoftor fertiggestellt, das für eine Einfahrt gedacht war, die nie jemand sehen würde. Das Tor war mit einem komplizierten Muster aus stilisierten Rosen und Lilien verziert, die alle einzeln angefertigt und zusammengelötet waren. Jake hatte gewissenhaft kontrolliert, ob die beiden Flügel des Tores identisch waren, bevor er sie an die Wand stellte, damit Evancho sie am nächsten Tag inspizieren konnte.

Draußen im Café spielte der Musiker immer noch auf seiner Gitarre. Einige falsche Töne leiteten den Beginn eines bekannten Liedes ein. Dann versuchte er sich mit seiner jungen, ungeübten Stimme an einem von Jakes Lieblingsliedern, das eigentlich eine tiefe, erfahrene Stimme erfordert hätte. Jake zuckte zusammen, als der Musiker anfing, wild auf die Saiten einzuschlagen. Als er dann beim Refrain eine Textzeile ausließ, seufzte Jake nur noch resigniert. Trotzdem summte er mit und ergänzte für sich die fehlenden Worte, soweit er sich daran erinnern konnte.

„Wahrscheinlich eines ihrer schwierigen Lieder", sagte plötzlich eine Stimme hinter Jake. Er wäre fast hochgesprungen vor Schreck. „Ich weiß nie, ob mich das Lied wütend oder traurig machen soll."

„Gottverdammt aber auch!" Jake wirbelte herum, einen dicken Metallstab in der Hand. Dallas trat einen Schritt zurück und hob besänftigend beide Hände, bis Jake den Arm sinken ließ. „Sorry … Dallas. Du hast mir …"

„… einen Mordsschreck eingejagt." Dallas' Lächeln war ein gebrochenes Herz in der Warteschlange. Blitzende Zähne und lachende Augen und ein ungekünsteltes, entwaffnendes Schulterzucken. „Tut mir leid. Ich bin vorbeigekommen, um Celestes Handtasche zu holen. Sie hat sie im Badezimmer vergessen. Musst du so spät noch für Evancho arbeiten, nachdem du schon den ganzen Tag bei mir eingespannt warst?"

„Nein. Die Jobs für Evancho habe ich schon vor einer Weile erledigt. Jetzt arbeite ich an meinen eigenen Sachen." Jake trat mit der Fußspitze an die Kiste mit den Metallresten. „Normalerweise verkauft er mir die Reste, wenn die Kiste voll ist. Ich nehme sie dann mit nach Hause, um damit zu arbeiten. Aber ich wollte etwas … Größeres machen und er meinte, ich könnte die nächsten paar Monate in dieser Ecke der Werkstatt arbeiten. Ich bin mir noch nicht sicher. Vielleicht muss ich doch alles mit nach Hause nehmen, um es dort zu formen."

„Einige Monate sind eine lange Zeit für eine Skulptur … sagte der Mann, dessen Fenster noch drei Wochen Arbeit erfordern. Trotzdem, es scheint mir … viel Zeit zu sein." Er lief leise pfeifend um die Kiste herum. Als er aufschaute, warf das helle Deckenlicht der Werkstatt weiße Streifen auf sein Gesicht. „Ich habe keine Ahnung, wovon du eigentlich redest oder was das hier ist. Gib mir einen Tipp, J."

„Ich mache manchmal diese … Skulpturen. Meistens zuhause. Es ist nur eine Spielerei. Nichts … besonderes. Aus Metallresten, weil der Mist teuer ist, aber Schrottplätze immer interessante Stücke auf Lager haben." Er zuckte mit den Schultern, als Dallas ihn anlächelte. „Mittlerweile bringt allerdings auch Schrott Geld, also muss ich rechtzeitig kommen, bevor alles verkauft ist. Ich kenne einige Leute, die interessante Stücke für mich zurücklegen, bis ich sie mir ansehen kann. Evancho … Ich weiß auch nicht. Er hat gesagt, ich soll mich hier einfach bedienen, also …"

„Aber du weißt nicht, was du davon halten sollst." Dieses Mal ging er um das Gerüst, das Jake heute gebaut hatte, um eine Vorstellung für die Skulptur zu bekommen. Zeichnungen waren gut und schön, aber sie zeigten immer nur eine Ansicht. Jake wollte sich seinen Entwurf aus verschiedenen Winkeln betrachten können. „Gefällt es dir nicht?"

„Es ist in Ordnung. Es ist nur, um eine ungefähre Vorstellung davon zu bekommen, wie es in Realität aussehen wird. Wie die verschiedenen Blickwinkel wirken." Er zeigte lachend auf einige zusammengerollte Pläne auf dem Arbeitstisch. „Gezeichnet sieht fast alles gut aus. Aber wenn ich die Einzelteile dann zusammengesetzt habe, kann es ganz anders kommen und beschissen aussehen. Das Gerüst ist wie eine dreidimensionale Zeichnung. Das ist alles."

„Du hast es hier gebaut, willst es aber mit nach Hause nehmen?" Dallas runzelte verwirrt die Stirn und zog einen Schmollmund. Jake musste sich zwingen, den Blick abzuwenden.

„Alles, sogar die Materialkiste. Ich fühle mich hier nicht …" Es war schwer zu erklären, wie er sich hier fühlte. Es gab so viele Komplikationen, wenn er in der Werkstatt an der Skulptur arbeitete. Aber Dallas schien eine Antwort von ihm zu erwarten. „Es ist … zu persönlich, verstehst du? Ich glaube, das ist der Hauptgrund. Nicht der einzige, aber auf jeden Fall der wichtigste. Und dann arbeiten hier noch die Kollegen, denen Evancho keine Spezialaufträge gibt und Metallreste schenkt. Ich will nicht, dass sie sich fühlen, als ob …"

„… sie unwichtiger wären. Ja, das verstehe ich. Ich verstehe das absolut." Noch mehr von Dallas' Grinsen, und in Jake würde irgendwas platzen, da war er sich sicher. „Und du willst es jetzt mit nach Hause nehmen, ja? Ich wollte dich fragen, ob du Lust hast, mit mir essen zu gehen. Aber wenn du willst, kann ich dir helfen, das Teil zu transportieren."

Und plötzlich war da diese Panik.

Nein, Panik war es nicht, stellte er fest. Aber sein Magen zog sich zusammen und seine Gefühle wirbelten wild durcheinander, bevor sie sich in feuerrote, glühend heiße Kugeln verwandelten, die ihm durch die Brust rollten. Es war ein fremdes, ungewohntes Gefühl, war dunkler und doch auch erhebender als Panik. Eine merkwürdige Vorahnung, gemischt mit Sehnsucht und dem Verlangen, Dallas den einen Ort zu zeigen, an dem Jakes Wunden offen zutage traten und an dem er weinte. Und es war der Wunsch nach mehr. Auch nach Sex. Aber nicht dem gedankenlosen, zerstörerischen Sex, den Jake aus seiner Vergangenheit kannte. Dallas' so selbstverständlich geäußertes Angebot war die Tür zu einem Teil von Jakes Leben, den er noch nie mit einem anderen Menschen geteilt hatte. Und Jake war sich nicht sicher, ob er jetzt schon dazu bereit war.

Alles in Jake schrie danach, Nein zu sagen. Nein. Sein ganzes Leben, so gebrochen und zerstört, wie es war, befand sich hinter diesen Backsteinmauern. Es gab in diesem Dreckloch nichts, was er Dallas anbieten konnte, nichts, was Dallas sich hinter der von Feuchtigkeit verzogenen Tür erhoffen und wünschen konnte. Jake hatte dort gekauert, in Schweiß und Angst gebadet. Der Putz an den Wänden war gesättigt mit dem Gestank seiner erbärmlichen Existenz. Und Dallas wollte nichts anderes, als ihm dabei zu helfen, einen Schrotthaufen zu transportieren, von dem Jake hoffte, dass er ihn in etwas Wunderschönes verwandeln konnte.

Er hatte Angst. Anders konnte man es nicht nennen. Jake hatte Angst. Angst vor dem, was Dallas sehen würden, wie Dallas *ihn* sehen würde. Es ging ihm nicht darum, dass es eine billige, heruntergekommene Wohnung war. Es ging ihm darum, dass Dallas diesen Schlauch betreten und sehen würde, was Jake aus seiner Dunkelheit gezogen und in Metall geformt hatte.

„Hey, wir müssen nichts tun, was du nicht willst, J." Dallas war nähergekommen und berührte ihn an der Schulter. Und diese Berührung – wie jedes Mal, wenn er Dallas' Haut an seiner fühlte – war so richtig, so gut und normal. Sie war wie ein Mantel der Ruhe, der sich über Jakes Panik legte. „Es kann doch nichts passieren, oder?"

„Nein, es ist …" Er verzog den Mund und überlegte, was er sagen sollte. Dann entschied er sich für die Wahrheit, direkt und unverblümt.

Es war Dallas. Bei Dallas war er in Sicherheit. Zum ersten Mal in seinem Leben, zum ersten Mal seit dieser Nacht war Jake es leid, sich zu verstecken. Er wollte sich nicht mehr hinter seinen selbsterrichteten Mauern verkriechen. Er wollte frei atmen und lachen und – vielleicht – eines Tages einen anderen Mann küssen. Und – bei Gott – er wollte mehr als nur einen Kuss von Dallas.

„Ich habe noch nie jemanden in meine Wohnung mitgenommen", sagte er leise. Er fühlte jede Berührung von Dallas' Fingern an seiner Schulter, sah die kobaltblauen Flecken in Dallas' Augen, als gäbe es nichts anderes mehr. „Nie. Es ist mein …"

„Deine Zuflucht. Wo du nur du selbst bist." Dallas nickte. „Das verstehe ich."

Jake könnte eine Ewigkeit damit verbringen, Dallas' Gesicht zu studieren, die Gefühle in sich aufzusaugen, die in jeder noch so unscheinbaren Veränderung seiner Miene zum Ausdruck kamen. Es wäre genug. Mehr wollte er nicht. Das wusste er, auch wenn er durch die ganze Scheiße in seinem Kopf zu gelähmt war, um den ersten Schritt zu wagen und ein anderer Mensch zu werden, als der verabscheuenswürdige, perverse kleine Sohn von Ron Moore.

„Aber weißt du was, Dallas?", fuhr Jake fort und klopfte auf Dallas' Hand, die immer noch auf seinem Arm lag. „Ich würde mich freuen, wenn du der erste wärst."

9

Es WAR wie ein glänzender Wasserfall aus Sternen, gefangen in einem kosmischen Sturm. Und das zwischen Backsteinwänden, mitten in Jakes kleiner Wohnung.

Dallas verhakte sich darin, als er durch die Tür kam, beladen mit der schweren Kiste mit den Metallresten, den Blick mehr auf Jakes knackigen Hintern gerichtet als auf seine Umwelt. Der lange, schmale Hauptraum – ein Überbleibsel der früheren Nutzung des Gebäudes – lag eine Treppenstufe niedriger als der Gehweg. Dallas, der nicht mit einer Stufe rechnete, stolperte und wäre beinahe der Länge nach auf den harten Betonfußboden gefallen. Er drückte die Kiste an die Brust, bevor sie ihm aus den Händen rutschen konnte, ließ sie aber dann doch fallen, als Jakes künstlerischer Höhenflug ihn an den Eiern packte und fast um den Verstand brachte.

Dallas war unter Künstlern aufgewachsen. Jedenfalls unter Leuten, die seine Mutter mit nach Hause brachte und die ein Faible für Töpferei, Makramee oder Bildhauerei hatten. Hier und da war auch ein Musiker darunter und einmal ein Mann, der aus Scheiße jeder Art Babypuppen formte. Dallas' Dad hatte den Kerl von der Ranch geworfen, als er ihn – bis zum Hals – in der alten Jauchegrube hinter der Scheune erwischte.

Der künstlerische Geschmack seiner Mutter war – wie ihre Kochkünste – nur sehr mittelmäßig. Dabei zu sein war genauso wichtig wie ein Meisterwerk. Als ihre Freunde sein Zimmer neu einrichten wollten, war Dallas auf die Barrikaden gegangen, besonders deshalb, weil er mit eigenen Augen gesehen hatte, wie sie in Austins Badezimmer eine Hängematte aus Mülltüten installierten, mit der sie ihren Protest an der Zerstörung der Landschaft durch die Industrie zum Ausdruck bringen wollten.

Seine Mom wäre begeistert von Jakes Skulptur – in jeder Kurve und jeder Form kam Jakes ganze Seele zum Ausdruck.

Das Kunstwerk war fast einen Meter größer als Dallas. Es reichte bis unter die Zimmerdecke. Das Licht spielte mit den wirbelnden Metallteilen und warf kleine Tupfen zurück, die in allen Regenbogenfarben glitzerten. Dallas schaute sich die Skulptur von allen Seiten an, konnte aber nicht herausfinden, was sie darstellen sollte. Je länger er davorstand, umso mehr wurde er in die Linien und Formen hineingezogen, die aus einem silberglänzenden Metall hergestellt waren.

Es erinnerte definitiv an einen Sturm, an die epische Schlacht zwischen Materie und Nichts. Die Einzelteile waren an einem spiralförmig gebogenen Metallkern befestigt. Als wären sie ein Teil des Chaos, explodierte das Licht aus ihnen heraus und fiel auf den Betrachter zurück. Die Wirkung war unvorstellbar ... wäre da nicht der Käfig gewesen, der die Skulptur umgab.

Es dauerte eine Weile, bis Dallas wusste, was ihn daran so ... beunruhigte. Die Skulptur sollte eigentlich freie Entfaltung und Bewegung symbolisieren, aber stattdessen hinterließ sie in ihm ein Gefühl des Eingesperrtseins. Je länger Dallas sie betrachtete, umso mehr wuchs das Gefühl in ihm, in der Falle zu sitzen. Er konnte es nicht abschütteln und trat einen Schritt zurück, um Abstand zwischen sich selbst und die Skulptur zu bringen. Und in diesem Augenblick ging ihm ein Licht auf. Die feinen Silberfäden, die sich um den Kern der Skulptur und das Gitter des Sturms wickelten, formten ein teilweise offenes Netz. Eine Barriere zwischen dem Sturm und dem Betrachter.

„Verdammt", flüsterte Dallas und hörte kaum das metallische Klirren rechts hinter ihm. „Verdammt, das ist ... Jake."

Die Erkenntnis traf ihn so hart wie das Stück selbst. Jetzt verstand er, was Jake damit gemeint hatte, als er seine Werke als persönlich bezeichnete. Die Skulptur legte Jake in seinem Innersten bloß, seine Gefühle und die Sehnsucht, aus dem Käfig zu entkommen, in den er eingesperrt war. Dallas fühlte sich immer unwohler beim Anblick der Metallteile. Er stand vor Jakes geistigem, emotionalen Gefängnis, geschmiedet und geformt aus Metall. Er stand vor Jakes zerrissener Seele, für die ganze Welt sichtbar gemacht in dieser Skulptur.

Dallas wusste nicht, ob er eine Decke über die Skulptur werfen sollte, um Jake nicht mit fremden Blicken teilen zum müssen oder ob er sich umdrehen, den Mann in die Arme nehmen und nie wieder loslassen sollte.

„Alles okay?" Jakes raue Stimme holte Dallas mit ihrem warmen, rollenden Tonfall wieder in die Wirklichkeit zurück. „Dallas? Was ist los mit dir?"

Nichts war okay. So schön die Skulptur auch war, Dallas fühlte sich von ihr getroffen. Sie wühlte ihn auf und er fühlte es in dem speziellen Winkel seines Herzens, in den er seine Zuneigung zu Jake verbannt hatte, um den rasenden Puls und die Schmetterlinge im Bauch besser ignorieren zu können, die jedes Mal zu flattern begannen, wenn Jake in der Nähe war. Er hatte Jake Freundschaft angeboten. Mehr konnte er ihm nicht geben. Mehr sollte er ihm auch nicht geben, weil Freundschaft das war, was Jake jetzt am meisten brauchte. Und doch weinte ein Teil von Dallas und verlangte von ihm, Jake zu beschützen und ihn in Zukunft vor dem Leid zu bewahren, ohne das es die Skulptur in dieser Form nicht gäbe.

„Ja, äh ... Mist. Tut mir leid." Dallas riss sich zusammen und stolperte einen Schritt nach hinten. Dabei stieß er mit dem Absatz an die Metallkiste. „Ich ... äh ... die Tür ..."

„Nein, *ich* muss mich entschuldigen." Jake lächelte bedauernd. „Es war meine Schuld. Ich hätte dich auf die Stufe hinweisen sollen."

Jake stand in der offenen Tür zur Straße, wo sein Truck mit der Ladefläche zur Tür auf dem Bürgersteig stand. Er war ein atemberaubender Anblick. Seine Jeans waren etwas zu weit und hingen tief auf den Hüften, sein T-Shirt war an der einen Seite hochgerutscht und gab den Blick frei auf den harten, muskulösen Bauch mit dem perfekten V, das zu den kräftigen Beinen führte. Er war etwas schmutzig von der Arbeit eines langen Tages und die dunklen Haare standen ihm über der Stirn nach oben. Jake hatte die Angewohnheit, sich mit der Hand über den Kopf zu fahren, wenn er nachdachte.

Es war nicht die einzige Angewohnheit Jakes, die Dallas in den letzten Wochen aufgefallen war. Wenn Jake sich an den Haaren zog oder sie nach hinten strich, knabberte er meisten gleichzeitig an seiner Unterlippe und seine braunen Augen starrten ins Nichts, während er ein Problem wälzte und über Lösungsmöglichkeiten nachdachte. Er klopfte mit dem Stift an die Wand oder auf ein Blatt Papier, wenn er frustriert war. Er kaute manchmal am Radiergummi und spuckte die kleinen Bröckchen wieder aus, wenn er sich dabei ertappte.

Was Dallas aber am besten gefiel, waren die zufriedenen Seufzer Jakes, wenn alles genau nach seiner Vorstellung gelaufen und er mit dem Ergebnis zufrieden war.

Insgeheim hoffte Dallas manchmal, dass er selbst eines Tages für dieses zufriedene Seufzen verantwortlich sein könnte, wenn sie erschöpft und mit schweißgebadeten Körpern ihre Muskeln streckten. Und so sehr Dallas sich auch mühte, diese Einflüsterungen zu überhören, sie kamen doch immer wieder hervorgekrochen und erinnerten ihn an ihre Existenz, sei es durch das Verlangen, das ihm wie ein Stein im Bauch lag oder die Stimme, die ihm zu versagen drohte.

„Nichts für dich", flüsterte er leise. „Nichts …"

„Ich denke, ich kann das Gerüst in die Wohnung bringen. Wenn du noch die andere Kiste von der Ladefläche holst, kann ich den Wagen wegfahren. Die Hausverwaltung mag es aus unerfindlichen Gründen nicht, wenn ich auf dem Bürgersteig parke." Jake kämpfte keuchend mit dem Metallgestell, das er bei Evancho zusammengeschweißt hatte. Die Ärmel des T-Shirts dehnten sich über seinen Armmuskeln, als er es schließlich von der Ladefläche hob.

„Lass mich helfen." Dallas sprang über die Kiste und kam auf den Truck zugelaufen, bevor Jake das Gerüst abladen konnte. Sie stießen mit den Schultern zusammen und berührten sich mehrmals an der Seite, während sie es mit vereinten Kräften auf den Bürgersteig hoben und abstellten. „Wohin jetzt?"

„Zu dem Tisch." Jake grunzte, ein pfeifendes Atmen, gefolgt von einem Schnauben. „Mist, ich habe mich am Bein gestoßen. Ich habe diese Seite. Ich gehe rückwärts. Warne mich, wenn die Stufe kommt oder ich stehenbleiben soll."

Sie schleppten das schwere Teil unbeholfen in die Wohnung. Als Dallas mit einem Fuß in der Kiste landete, die Jake auf dem Boden stehengelassen hatte, brachen sie in lautes Gelächter aus. Dann stellten sie das Metallgerüst auf den Tisch. Es wackelte noch etwas und Jake löste das Problem mit einem kleinen Holzklotz, den er an einem Ende unter den Rahmen schob. Dabei murmelte er etwas über ‚Gleichgewicht' und einen ‚Sockel oder Ständer' vor sich hin.

„Es sieht aus wie … Ich weiß auch nicht." Dallas betrachtete das Stück zum ersten Mal genauer und erkannte so etwas wie Kurven in den Einzelteilen, die Jake zusammengeschweißt hatte. „Wie eine … Frau? Es ist eine Frau, nicht wahr? Wie ein Pin-up. Sie hat diese typische Pose, wie … ‚Malt mich an einen Bomber und schickt mich mit euren Jungs in den Krieg'."

Jake starrte seine Arbeit sprachlos an. „Verdammt, jetzt weiß ich, wie ich es mache", flüsterte er dann.

Die folgende Stille zog sich immer länger hin. Dallas wunderte sich nicht, als Jake sich wieder mit der Hand über die Haare fuhr und ihn entschuldigend angrinste. Seine Grübchen vertieften sich. Es war liebenswert und frustrierend zugleich. Dann räusperte Jake sich und man konnte ihm ansehen, dass er zwischen Höflichkeit und Inspiration schwankte. Es war ein unbezahlbarer Anblick und Dallas erkannte ihn sofort als das, was es war: Jake wollte an seinem Werk arbeiten, weil ihm eine Eingebung gekommen war. Dallas seufzte frustriert, um Jake zu einer Reaktion zu zwingen.

„Äh … Kannst du mir eine Minute geben? Nur eine Minute", bat Jake schließlich leise mit seiner sündhaft rauen Stimme. „Eine. Vielleicht zwei."

„Kümmere dich nicht um mich. Mach nur und …"

„Im Kühlschrank ist Bier. Und Cidre. Wirklich, es dauert nicht lange. Mir ist nur gerade eine Idee gekommen." Jake griff nach einem Stift und einem schwarzen Notizblock, der auf dem Tisch lag. Seinem abwesenden Gesichtsausruck nach zu schließen, war er mit den Gedanken schon weit weg und bastelte die Ideen zusammen, die ihm durch den Kopf schossen.

„Und Jake hat uns vorübergehend verlassen." Dallas hätte ihm am liebsten einen Schubs gegeben, eine Reaktion, die er seiner jahrelangen Erfahrung als kleiner Bruder verdankte. Auch wenn seine Gefühle für Jake alles andere als brüderlich waren, liebte er es doch, ihn mit seinem Necken zu irritieren. „Sei du nur … kreativ. Ich räume den Mist auf, den ich umgeworfen habe."

Dallas bückte sich, hob die umgefallene Kiste auf und füllte sie wieder mit den Metallteilen, die verstreut auf dem Boden lagen. Dann ging er zum Truck und holte die andere Kiste. Nachdem er alles auf dem Boden gestapelt hatte, schloss er die Ladefläche. Jake stand immer noch über den Tisch gebeugt und kritzelte in seinem Notizblock. Dallas warf noch einen letzten Blick auf den Sternensturm in seinem Käfig, dann ging er zum Truck zurück und überlegte.

„Also gut. Der Hausverwalter mag keine Trucks auf dem Bürgersteig. Aber Jakes ist der einzige auf dieser Seite des Gebäudes. Stört er hier wirklich? Wegfahren oder nicht?" Jake zu fragen, würde bedeuten, ihn aus seiner Konzentration zu reißen. Dallas gefiel die Leidenschaft, die Jake beim Zeichnen ausstrahlte. „Bei uns zuhause gehört es sich nicht, einen fremden Truck einfach wegzufahren. Ich kenne die hiesigen Regeln nicht, aber ich möchte wetten, dass ein Truck hier auch sakrosankt ist. Ich schließe besser einfach nur ab. Wenn sich jemand an dem Auto stört, kann er sich ja melden und wir fahren ihn weg."

Er zog den Schlüssel ab und schloss alle Türen. Ihm fiel gerade noch rechtzeitig ein, dass die Schlüssel Jake gehörten. Er hätte sie beinahe eingesteckt. Am Tisch knurrte Jake leise etwas von ‚Kühlschrank'. Dallas überlegte, ob er Jake ein Bier bringen oder den Schlüssel in den Kühlschrank legen sollte. Er konnte sich nicht entscheiden, doch die Option mit dem Bier hörte sich besser an. Noch besser hörte sich an, sich einfach auf das alte Sofa fallen zu lassen, das am anderen Ende des langen Zimmers vor einem kleinen Couchtisch stand.

Je länger er überlegte, umso stärker wurde sein Bedürfnis, sich hier genauer umzusehen und mehr über Jake zu erfahren. Die Küche war ein guter Anfang. Außerdem war ihm verdammt warm und Dallas war sich sicher, das Wort ‚Kühlschrank' richtig herausgehört zu haben, als Jake eben Unverständliches über Linien und Fixpunkte murmelte.

„Es gibt einen Grund, warum du Renovierungsarbeiten anderen Leuten überlässt." Er stöhnte, als er sich an dem alten Resopaltisch mit seinen Metallbeinen das Knie anstieß. „Weil du dafür nicht geschaffen bist. Du machst viel zu schnell schlapp. Hol jetzt das Bier. Und dann setz dich hin. Mann, ist das muffig hier. Aber es ist ein toller Raum."

Ihm gefielen die Backsteinwände. Sie hatten eine warme Farbe, waren an manchen Stellen mehr honiggelb als rot. Und es gab hier tonnenweise Bücher, Zeichenblöcke und merkwürdig geformte Metallteile. Der lange Raum hatte etwas Weiches. Trotz des vielen Metalls mit seinen scharfen Kanten, das fast die Hälfte des Platzes einnahm, hatte Jakes Wohnung eine sanfte Gemütlichkeit, die Dallas sehr gut gefiel.

„Du projizierst, Yates." Er riskierte einen kurzen Blick auf Jake und fragte sich, ob Jake es ihm übel nehmen würde, wenn er in den Bücherregalen stöberte. Seine Mutter sagte immer, Neugier wäre nicht nur der Katze Tod, sondern würde auch Dallas irgendwann den Hals umdrehen. Und jetzt stand er hier mitten in Jakes Wohnung und kämpfte gegen die Versuchung, jeden einzelnen Quadratzentimeter genauestens unter die Lupe zu nehmen. „Aber zuerst der Kühlschrank."

Das Bier war eine merkwürdige Sammlung von Spezialbieren kleiner Brauereien, darunter auch eine Flasche dunkles Stout. Dallas wünschte, er wäre in einem Laden vorbeigefahren, um Lebensmittel zu besorgen, bevor er hierhergekommen war. Aber er war so aufgeregt gewesen, endlich Jakes Wohnung kennenzulernen und fühlte sich hier – so dumm es sich auch anhören mochte – mehr zuhause als in dem modernen Apartment, das er sich im 20. Stock eines Neubaus an einer der großen Geschäftsstraßen von Los Angeles gekauft hatte. Muff und abgenutzte Möbel inklusive. Er holte zwei Glasflaschen mit blauen Etiketten aus dem Kühlschrank und öffnete sie.

„Bier." Dallas schubste Jake in die Seite und stellte eine Flasche Primo vor ihm auf den Tisch. „Nicht umstoßen."

„Bin gleich fertig", versprach Jake leise, ohne von seiner Zeichnung aufzusehen. „Nur noch … gleich."

75

„Lass dir Zeit, J. Darf ich mich etwas umsehen?"

Dallas interpretierte Jakes unverständliches Grummeln als Zustimmung.

So sehr er auch wollte, er schaute sich die Zeichnungen nicht an, die überall auf dem Tisch verstreut lagen. Und – bei Gott – er wollte es. Aber es war eine Sache, Jakes Arbeit zu bewundern und eine andere, ihm über die Schulter zu schauen. Die offene Verletzlichkeit in Jakes Gesicht war … erotisch. Dallas hatte nicht das Recht, sich einzumischen. Er klopfte ihm auf die Schulter und ging zum Sofa zurück. Dann sah er sich um und versuchte, durch die Wohnung mehr über Jake zu erfahren.

Durch die leicht geöffneten Fenster drang Straßenlärm. Es dauerte eine Weile, bis er den Mechanismus der Fenster durchschaute, aber dann ließen sie sich ganz leicht öffnen. Eine kühle Brise von draußen machte die feuchte Hitze der Wohnung etwas erträglicher. Abkühlung lag in der Luft und versprach einen angenehmen Morgen.

Eigentlich war die Wohnung richtig nett. Die Möbel waren offensichtlich gebraucht und erinnerten mehr an ein Studentenwohnheim als an *Heim und Garten*, aber sie passten zu Jake. Unauffällig, praktisch und sauber. Der Wohnbereich ging fließend in den Arbeitsbereich und den Schlafbereich über, der von einem weichen, großen Bett dominiert wurde. Die zerknitterte Bettwäsche roch wahrscheinlich nach Jake. Dallas verdrängte das Bett – und die Bettwäsche – in eine der hintersten Ecken seines Gehirns, zusammen mit dem hoffnungslos schiefgegangenen Versuch seiner Mutter, Maissuppe zu kochen und seiner fehlgeleiteten Idee, sich die frisch rasierten Eier mit Eau de Cologne einzusprühen. Zu seiner Ehrenrettung musste man allerdings sagen, dass es sich um eine Wette gehandelt hatte.

„Du hast schon manchmal ziemlichen Unsinn gebaut, Yates", grummelte er und ging zu den Bücherregalen, die an einer der langen Wände standen. „Wir wollen diese Liste heute nicht noch um einen Punkt verlängern."

„Fast fertig … Ich glaube, mir gehen bald die Ideen aus. Fast fertig", versprach Jake wieder. Dallas verkniff sich ein Kichern, bis Jakes Kopf hochschnellte und er zu fluchen begann. „Scheiße! Der Truck! Ich muss ihn wegfahren und …"

„Die Schlüssel liegen auf dem Tisch. Gleich neben dem … Ich nehme an, bei dem rosa Ding mit den Servietten handelt es sich um einen Flamingo", rief Dallas und neigte den Kopf zur Seite, um die Titel auf den Buchrücken zu studieren. Es war eine merkwürdige Mischung mit einigen Überraschungen. Dallas zog an einem dünnen, hohen Buch, um es aus seinem engen Gefängnis zu befreien. „Hmm. Wer zum Teufel besitzt schon ein Buch mit dem Titel *Buckaroo Banzai*?"

Vor der Tür wurde der Motor des Trucks angelassen. Es ratterte und röhrte, gerade als es Dallas gelang, endlich das Buch aus dem Regal zu ziehen und er – gänzlich unbeabsichtigt – eine Lawine auslöste. Bücher, allerlei Krimskrams und eine Holzkiste, die Jake irgendwie zwischen die Kochbücher und eine Arbeit über die Schmiedekunst im Vorderen Orient geschoben hatte, kamen ins Rutschen und fielen polternd zu Boden. Dallas versuchte panisch, die Katastrophe aufzuhalten, bekam aber nur einen alten Meißel zu fassen, der auf ihn zugeflogen kam.

„Scheiße! Nicht die Kiste."

Es war zu spät, die Kiste aufzufangen. Dallas versuchte es trotzdem, sprang etwas zu weit und kam aus dem Gleichgewicht. Er erwischte die Kante der Kiste mit den Fingerspitzen, sie wurde abgelenkt und prallte an die Sofalehne, bevor sie endgültig zu Boden fiel. Der Deckel sprang auf und der gesamte Inhalt der Kiste ergoss sich auf den Fußboden.

Etwas Hartes schlug auf den Beton auf und schlitterte über den Boden, bis es direkt vor Dallas' Füßen liegenblieb. Ihm blieb fast das Herz stehen und das warme Lachen in seiner Kehle gefror zu einem Eisblock, den er nicht hätte schlucken können, und wäre es um sein Leben gegangen.

Eine Waffe. Eine Pistole, um genau zu sein. Er hätte nie gedacht, dass Jake so etwas besitzen könnte. Es war nichts Ungewöhnliches, vor allem nicht dort, wo Dallas aufgewachsen war, aber es war nichts, was er mit Jake in Verbindung gebracht hätte. In dieser Gegend hatte es schon fürchterliche Straßenschlachten gegeben, die jedoch Jahrzehnte zurücklagen. Koreatown war mittlerweile ein Wohngebiet, in dem viele gut verdienende Familien lebten. Die Zeiten, als hier ein Aufstand tobte, waren Vergangenheit.

Außerdem hatte Dallas den Eindruck, die Pistole wäre mindestens so persönlich wie die Skulptur des Sternensturms im Käfig. Es kam ihm falsch vor, sie anzufassen. Fast so, als würde er eines von Jakes Geheimnissen belauschen. Trotzdem bückte er sich und hob sie auf. Und genau in diesem Moment kam Jake durch die Tür in die Wohnung zurück.

„Hey, tut mir leid. Ich ..." Jake blieb wie angewurzelt stehen, als Dallas sich aufrichtete, die Pistole in der Hand und den Lauf auf den Boden gerichtet.

Die Entschuldigung, die Dallas schon auf der Zunge lag, wurde nie ausgesprochen. Die Worte blieben ihm im Halse stecken, als er den zitternden Jake vor sich stehen sah. Jake war kreidebleich im Gesicht und ging schwankend einen Schritt zurück. Entweder fürchtete er sich oder er war schockiert. Dallas legte die Waffe vorsichtig auf die Sofalehne und zog die Hand zurück. Er war mit Waffen im Haus aufgewachsen. Jeder, der seine Kindheit auf einer Ranch verbrachte, musste lernen, wo an einer Schusswaffe das gefährliche Ende war. Dallas hätte allerdings niemals vermutet, dass Jake an eine Waffe denken oder sie gar besitzen würde. Schon gar nicht in eine Holzkiste gepackt und ins Bücherregal geschoben.

Jake war vor Schreck wie erstarrt. Dallas befürchtete, dass der Horror, den er in Jakes braunen Augen sah, auf sein Konto ging.

„Hey, ich habe mir nur die Bücher angesehen und ..." Dallas musste um jedes Wort kämpfen. Seine Lungen waren wie zusammengepresst, bekamen kaum Luft. „Ich habe die Kiste vom Regal gestoßen und sie ist rausgefallen. Es tut mir echt leid. Ich meine, ich hätte nicht ..."

„Guter Gott, Dallas. Das verdammte Ding ist geladen", platzte es aus Jake heraus. Er beugte sich vor und stützte sich mit zitternden Händen auf den Beinen ab, um seine Atmung wieder unter Kontrolle zu bekommen. „Mein Gott, du hättest … Scheiße. Du könntest tot sein."

„Hey, es ist alles in Ordnung, Jake. Komm schon, die Dinger gehen nicht so einfach los, wie man es in Filmen sieht. Und ich bin es gewohnt, damit umzugehen." Er ging um das Sofa herum auf Jake zu, wollte die Hand nach ihm ausstrecken, ließ den Arm aber wieder sinken. „Aber es ist nicht klug, eine geladene Pistole im Haus zu haben. Es könnte leicht etwas passieren. Stell dir nur vor, ein Einbrecher kommt ins Haus. Er könnte dich mit deiner eigenen Waffe erschießen, und das wäre wirklich schlimm, J."

Jake hob den Kopf. Er hatte sich die Lippe blutig gebissen. Sein Gesicht war bleich und er kämpfte um Luft. Dann spuckte er jedes Wort einzeln aus, als würde es ihm fürchterliche Schmerzen bereiten. „Genau das ist das Problem, Dallas. Dafür ist die Waffe gedacht. Um mich zu töten."

10

JAKE LÖSTE sich innerlich auf, bis nur noch kleine Ascheflöckchen von ihm übrig blieben, die der Wind davontrug. Sein verkohlter Kern zerfiel unter der Last von Dallas' Sorge um ihn.

Das Sofa war wie ein Rettungsfloß im Sturm seiner Gefühle, bemannt von Dallas, der ihm sanft die Hand aufs Bein legte. Jakes Körper sehnte sich nach Dallas' Berührung, brannte vor Sehnsucht. Trotz der Panik und Sorge, die ihn kaum atmen ließ, pochte sein Herz und sang, als Dallas näher rückte und sich ihre Beine berührten.

„Ich wollte der Mann sein, der auf dich wartet und dich nicht bedrängt, Jake", flüsterte Dallas. „Aber dieses Mal muss ich dich drängen, Babe. Du musst mit mir über diese Waffe reden. Ich muss wissen, was wir dagegen tun können."

Seine Stimme war rau, angespannt und erschöpft. Jake konnte ihm nicht in die Augen sehen. Er konnte es nicht riskieren, weil er Angst hatte. Angst davor, was er in diesen Augen sehen würde. So vieles war möglich, vor allem aber Abscheu und Enttäuschung. Das machte ihm am meisten Angst.

Es war leichter gewesen, als er sich nur um seinen sterbenden Vater sorgen musste und ... den gähnenden Abgrund, der vor ihm lag, die Dunkelheit voller Unsicherheit und Einsamkeit, die ihn zu verschlingen drohte. Jetzt ... jetzt waren da Menschen ... jetzt war da Dallas ... Jake war ratlos. Was sollte er tun? Was fühlen? Und Dallas' Finger streichelten ihm immer noch übers Bein und Jake konnte keinen klaren Gedanken fassen.

„Verdammt, Jake, rede mit mir", sagte Dallas. „Ich kann nicht ... Ich kann es nicht ertragen, dass du das tust. Dass du auch nur daran denkst. Wie schlimm ist es? Bin ich das Problem? Habe ich ..."

„Nein, nicht du!" Jake schluckte schwer. Verdammter Mist. Dallas war im Moment der einzige Lichtblick in Jakes Leben und er hatte Angst, dass Dallas sich zurückziehen würde, wenn er mehr über Jake erfuhr. „Nein, du bist nicht das Problem. Es ist ... Ich weiß nicht, wo ich anfangen soll."

Dallas lächelte zärtlich. Um seine blauen Augen bildeten sich kleine Lachfältchen. Seine Stimme war sanft mit einem Hauch Härte. Er würde nicht nachgeben und erlauben, dass Jake sich mit einer Entschuldigung aus der Affäre zog. „Fang einfach mit der Pistole an. Und dem Grund dafür. Danach überlegen wir gemeinsam, wie es weitergeht."

Auf dem Esstisch standen die Porzellanpinguine. Schwarz und Weiß. Pfeffer und Salz. Jake ließ sie nicht aus den Augen. Er wollte nicht sehen, wie Dallas auf sein Geständnis reagierte, wollte ihm nicht auf den Schoß kriechen und sich an ihn klammern. Jake fiel auf, dass am Schnabel des Salzstreuers ein kleines Stück ausgebrochen war. Er konnte sich nicht erinnern, ob er ihn schon so gekauft hatte oder ob es erst später passiert war.

Die Pinguine hatten seiner Mutter gehört. Jake hatte sie ihr als Kind zum Geburtstag – oder war es Weihnachten? – geschenkt. Er hatte monatelang Rasen gemäht und Autos gewaschen, um ihr ein schönes Geschenk kaufen zu können. Daran erinnerte er sich noch. Die Pinguine hatten ihm so gut gefallen. Sein acht- oder neunjähriger Verstand fand die Idee so lustig, zwei schwarze und weiße Vögel mit schwarzem und weißem Inhalt zu füllen. Seiner Mutter hatten sie nicht besonders gefallen, aber sie freute sich trotzdem, streichelte ihm über die Haare und murmelte dabei leise auf Französisch vor sich hin. Es war ein Moment unschuldiger Freude für sie beide gewesen, deshalb hatte Jake die Pinguine behalten, als er das Haus auflöste und alles verkaufte, um die ständig steigenden Krankenhausrechnungen seines Vaters bezahlen zu können.

Er hatte die Pinguine behalten und die Bücher seiner Mutter und – noch wichtiger – die Pistole, die sein Vater im Kleiderschrank versteckt hielt, verpackt in der Holzkiste, die Dallas auf den Boden fallen ließ.

„Ich habe die Pistole gefunden, als ich das Haus ausräumte. Das Geld wurde knapp und ich verdiente nicht genug, um die Hypotheken zu bezahlen und … Mist. Dann wurde es mit Dads Krankheit schlimmer. Ich habe den größten Teil der Sachen verkauft, aber die Pistole behalten." Er seufzte schwer. Die Worte waren wie scharfe Klingen, die ihm die Kehle zerfetzten auf ihrem Weg ins Freie. „Es war … Ich konnte sie nicht weggeben. Ich fand sie in dieser Kiste und mein Mund hat … gejuckt.

Ich … ich wollte sterben in dieser Nacht. Als ich nach Hause kam und … Scheiße." Er musste an den Anfang zurück. Ganz an den Anfang. Und er wusste nicht, wie er das schaffen sollte. „Die Pistole … alles … alles ging den Bach runter, als ich … als ich dachte, ich könnte schwul sein. Draußen, verstehst du? Nicht in der Familie. Weg von meinen Eltern. Weg von … von meiner Mutter. Aber es hat nicht funktioniert, Dallas. Es funktioniert nie, wie man es sich vorstellt. Solche Geheimnisse kommen immer ans Tageslicht, egal wie viel Mühe man sich gibt, sie im Verborgenen zu halten."

Seine Nerven waren so angespannt, dass sie bei der kleinsten Berührung reißen konnten. Eben noch wollte er Dallas' Arme um sich spüren, jetzt musste er mehr Abstand zwischen sie bringen. Die Erinnerung an diese Nacht kam aus ihrem Versteck gekrochen und trug die Mauern ab, die Jake um sich errichtet hatte, um wenigstens ein Mindestmaß an Selbstbeherrschung zu wahren.

„Komm her", flüsterte Dallas und streckte die Hand nach ihm aus, ließ sie aber wieder fallen, als Jake stumm den Kopf schüttelte. „Was ist, Jake? Du brauchst jemanden. Du …"

„Wenn du mich jetzt anfasst, dann … zerbreche ich." Der Schmerz in seiner Seele flammte wieder auf und fraß an ihm. Jake spürte einen bitteren Geschmack auf der Zunge, dann rebellierte sein Magen. Er drehte sich um und zog die Beine aufs Sofa, um Dallas ansehen zu können. „Ich muss da einfach durch. Ich muss es dir erzählen. Ich habe noch nie darüber gesprochen, mit niemandem. Und ich weiß nicht ... Verdammt, ich weiß nicht, ob ich es jetzt kann. Aber ich schulde es dir, nicht wahr? Wenigstens ... Mein Gott, du hättest dich verletzen können. Hättest sterben können, weil ... weil ich diese verdammte Pistole immer noch hier habe."

„Du schuldest mir gar nichts, Jake." Dieses Mal ließ Dallas sich nicht zurückhalten. Er legte den Arm um Jake und zog ihn in eine etwas unbeholfene seitliche Umarmung. „Aber dir selbst schuldest du alles. Auch inneren Frieden. Du willst darüber reden? Dann bin ich für dich da. Du willst einfach nur hier sitzen und dich betrinken? Dann bin ich auch dabei. Du willst allein sein? Na gut, das bekommst du von mir nicht. Aber alles andere, das kannst du haben. Nur ... du musst mir sagen, was du willst. Was du brauchst."

„Ich brauche *dich* und ich habe eine Scheißangst davor", stammelte Jake. Dallas ließ ihn los und nahm sein Gesicht zwischen die Hände. Jake weinte wieder – immer noch – und Dallas' zärtlicher Kuss auf die Stirn machte das Gestammel nur noch schlimmer. „Nicht ... kann nicht ... Es zerreißt mich."

Dallas ließ die Hände fallen und legte sie ihm auf die Schultern. „Dann erzähle mir von der Pistole, J. Erzähle mir, was damals passiert ist. Danach sehen wir weiter."

Schamesröte stieg Jake ins Gesicht. Demütigung und Reue traktierten sein Gewissen wie tausend Nadelstiche. Die Erinnerung an diese Nacht brachte die Schmerzen zurück, die Prügel durch seinen Vater und den anschließenden Streit, das Brüllen und Toben. Er war weggelaufen, nur raus aus dem Haus, um endlich ... alles zu ändern. Um sich zu ändern. Egal wie, nur anders als das, was er in diesem Haus zurückließ. Aber es endete in einem epischen Fehlschlag. Alles ging schief und kein Gebet der Welt konnte rückgängig machen, was in dieser Nacht passiert war. Und jetzt war Dallas hier. Dallas, der ihm helfen wollte, die alten Wunden aufzureißen, damit das Gift der Erinnerung endlich abfließen und Jake wieder heilen konnte.

Es gab keine Heilung. Es konnte keine Heilung geben.

Und dann flüsterte Dallas ihm ins Ohr. „Bitte, Jake", flüsterte er heiser.

Gott, er würde alles für Dallas tun, würde ihm jeden Wunsch erfüllen, selbst wenn es sein eigenes Ende bedeutete oder er Dallas wieder verlor.

„Es war so dumm. Ich hatte in einem Café in der Nähe der Schule diesen Mann kennengelernt – einen Lehrer. Er war ... älter, hat geflirtet. Ich wusste nicht, wie ich darauf reagieren sollte. Ich war nicht ... Als ich noch auswärts aufs College ging war ich out, aber nur abends in den Clubs. Nachdem ich wieder nach Hause zurückkam, war es damit vorbei. Ich konnte es nicht riskieren. Ich dachte aber, niemand würde es jemals erfahren, weil es doch so weit weg war.

Wir haben uns ab und zu auf eine Tasse Kaffee getroffen oder zum Essen, haben über belanglose, alltägliche Dinge gesprochen. Welche Kurse ich belegte, nachdem ich wieder hierher zurückgekommen war. Solche Dinge. Er ... dieser Mann ... hat mir viel über Literatur erzählt. Darüber wusste ich fast nichts. Aber es war nett, mit jemandem zu reden. Einen Menschen zu haben, der wusste, was ich durchmachte." Jake zog eine Grimasse, als er daran zurückdachte, wie naiv er doch gewesen war. „Manchmal haben wir miteinander telefoniert. Meistens abends, wenn Mom schon schlief. Dann rief er eines Nachmittags an und fragte mich, ob ich am Abend mit ihm auf eine Party gehen wollte. Und ... Mom hat es gehört."

„Wusste sie, dass du schwul bist?" Dallas beugte sich vor und legte ihm die Hand auf den Arm.

„Sie hat es geahnt? Maman hat oft diese Bemerkungen gemacht ... dass Homosexuelle Geschöpfe des Satans wären und ich gegen alle Gefühle ankämpfen müsste, die ich für andere Männer hätte. Sie hat auch oft für mich gebetet. Ich kann dir gar nicht sagen, wie viele Priester sie gebeten hat, mich zu segnen, damit ich auf dem rechten Pfad bleibe." Seine Nase war verstopft und seine Schläfen pochten, aber Jake konnte die Flut der Worte nicht mehr eindämmen, die ihm aus dem Mund floss. „Sie war ... wütend. Und das ist noch höflich ausgedrückt. Wir haben uns gestritten und dann kam Dad in mein Zimmer und ... er war damals immer noch größer und stärker als ich. Ich konnte nicht ... Er hat mich mit seinem Gürtel geschlagen. Mit der Schnalle. Und meine Mutter ... Sie hat nichts dagegen unternommen."

„Hat sie ihn aufgehalten? Vor diesem Abend, meine ich", fragte Dallas leise.

„Immer." Der Damm bekam Risse und eine Flut von Schmerz und Trauer drohte, sie beide zu überschwemmen. „Sie hat immer versucht, ihn zurückzuhalten. An diesem Abend nicht. Es war ... Sie konnte es nicht ertragen, mich anzusehen. Was sie gesagt hat, Dallas ... Dass sie mich hassen würde. Dass Gott mich auch hassen und ich einsam sterben würde, weil Männer wie ich krank und pervers wären. Dass ich hoffentlich bald krank werden und sterben würde, weil ich es nicht besser verdient hätte. Mein Gott, ich konnte es nicht mehr hören."

„Sie wusste wahrscheinlich nicht, was sie sagte." Er wollte Jake beruhigen, aber seine Worte trugen nur wenig dazu bei, die Wunden in Jakes Herzen zu heilen. „Die Menschen sagen schlimme Dinge, wenn sie zornig sind. Sie hat es nicht so gemeint. Das musst du wissen, J."

„Die Sache ist, dass ich es nie erfahren werde. Weil ich gegangen bin. Ich dachte mir, ich könnte zu Prescott gehen und ... Ich weiß auch nicht. Bei ihm bleiben? Ich konnte nicht klar denken, das weiß ich jetzt. Aber damals ... Ich glaubte, in ihn verliebt zu sein." Jake biss sich auf die Lippe und senkte den Blick. „Es war schon spät und ich ... Die Party war schon in vollem Gang und er freute sich, mich zu sehen. Ich wollte nur normal sein. Ein einziges Mal wollte ich normal sein. Ich wollte mich nicht krank oder schmutzig fühlen."

„Das ist doch nichts Schlimmes, Jake." Dallas nickte ihm zu. „Und was ist dann passiert? Auf der Party?", fragte er leise.

„Ich ..." Jake konnte die Tränen nicht mehr zurückhalten. Er hätte diese Nacht so gerne vergessen. Er wollte nicht mehr daran denken ... Das Geräusch von nacktem Fleisch, das aneinanderschlug. Die Erkenntnis, dem einzigen Menschen, dem er etwas zu bedeuten schien, so ... so völlig egal zu sein. „Ich habe mich betrunken und dachte mir: ‚Warum eigentlich nicht?' Ich war so wütend, wollte etwas fühlen, irgendwas fühlen ... und bin mit Prescott ins Schlafzimmer gegangen. Ich wusste, was er wollte. Ich dachte mir, dass ... Ich weiß auch nicht, was ich mir dachte. Vielleicht war ich nur neugierig und wollte wissen, wie es ist. Aber ... es hat wehgetan. Er wollte nicht aufhören und dann ..."

Blut. Da war Blut. Nicht viel, aber genug. Jake wurde von Panik gepackt und konnte kaum noch atmen. Prescott versicherte ihm, es würde besser und Jakes Angst wäre normal. Er wäre nervös, weil es das erste Mal wäre und so was am Anfang immer wehtun würde. Aber die Schmerzen hörten nicht auf und Jake versuchte, Prescott wegzustoßen und sich zu befreien. Bis es ihm endlich gelang, war es schon zu spät.

Jake trat Prescott aus dem Bett und auf den Boden. Dann ging das Geschreie los. Jakes Kleidung lag unterm Bett. Prescott rappelte sich vom Boden auf und fing zu brüllen an. Er brüllte von dämlichen Jungfrauen und unverschämten Rückziehern. Jake rannte, seine Klamotten an sich gedrückt, durch die Wohnung. Schadenfrohes Gelächter folgte ihm. Die Gäste wussten genau, warum Prescott ihn mit ins Schlafzimmer genommen hatte. Sie machten sich über Jake lustig. Er lief zur Tür und floh an den einzigen Ort, an dem er sich sicher wähnte. Obwohl er immer noch auf seine Mutter wütend war und sich von ihr betrogen fühlte, lief er nach Hause und hoffte, dort Trost und Vergebung zu finden.

Aber anstatt seiner Mutter fand er einen See von Blut vor und eine große Leere in seinem Leben, wo bis zu diesem Augenblick seine Mutter gewesen war.

„Mein Vater hat sie umgebracht, während Prescott ... der Sex ... hat mich verletzt. Sie starb, während er seinen Schwanz in mich gestoßen hat, ohne auf meine Schreie zu hören... nicht aufgehört hat, als ich ihn darum bat. Er sagte nur, so wäre das eben und ich sollte mich daran gewöhnen. Ich wollte ihn so sehr, dass ich meine Familie verlassen habe und er ... Gott, ich war so dumm", krächzte Jake und hielt sich beide Augen zu. „Ich hätte bei ihr sein sollen. Ich hätte ihn aufhalten sollen. Aber stattdessen ... Ich habe nur an mich gedacht und in der Zwischenzeit ist sie gestorben, Dallas. Er hat sie mir genommen, weil ... er mich nicht ertragen konnte und seine Wut an der einzigen Person ausgelassen hat, die greifbar war. Das hätte ich sein sollen, der da auf dem Küchenfußboden lag. Es hätte mein Schädel sein sollen, den er eingeschlagen hat. Nicht ihrer. Sie ... sie hatte das nicht verdient."

„Mein Gott, Jake ... Nein! Es war nicht deine Schuld. Nichts davon ..." Dieses Mal ließ Jake sich von Dallas in die Arme nehmen. Er klammerte sich an Dallas' warmen Körper, als würde er in seinen eigenen Tränen ertrinken, wenn er ihn losließe. „Nicht von dem, was in dieser Nacht passiert ist, war deine Schuld. Das musst du verstehen. Dieses Arschloch hätte ... Oh Gott, Baby."

Jake schluchzte. Er bebte am ganzen Leib vor Schluchzen. Dallas drückte ihn an sich, als er sich gehen ließ, als er alles aus sich herausließ, wie er es noch nie getan hatte. Seine Haut war so kalt wie das Blut, das er vom Küchenfußboden gekratzt hatte, nachdem die Bullen sie wieder ins Haus zurückließen. Seine Knochen waren vereist, seine Muskeln steinhart, als der Schock über seine Taten ihn ein zweites Mal überkam.

Jakes Schluchzen wurde von erstickten Schreien unterbrochen und er krallte sich mit beiden Händen am Sofa fest, weil er nicht versehentlich nach Dallas schlagen wollte, während seine Gefühle ihn immer tiefer in den Abgrund seiner Erinnerungen rissen. Jake konnte sie nicht mehr zurückhalten, sie wollten aus ihm heraus, wollten ans Tageslicht. Er keuchte, aber er konnte die Worte nicht zurückhalten, die schon so lange unter seiner Wut verborgen lagen.

„Ich wusste es sofort, als ich ihn sah ... als er im Krankenhaus aus dem Zimmer kam ... Ich wusste, dass er sie umgebracht hat", sagte er schluchzend und drückte sich an Dallas, der ihm beruhigend über den Rücken streichelte. „Es war dieses Lächeln, dieses kranke, süßliche Lächeln, als würde er gleich loskichern, weil er so verdammt clever war und alle hinters Licht geführt hatte. Er hat mich verhöhnt, während die Bullen sich um ihn kümmerten, als wäre er ein gebrechlicher alter Mann. Damals war er noch stark. Er hatte manchmal Anfälle, aber es reichte immer noch, um ihr wehzutun ... um mir wehzutun. Danach, als ... als sein Verstand immer öfter aussetzte, hat er es mir gesagt ... was er getan hat und ... und ich wollte diese verdammte Pistole nehmen und ihm das Gehirn rausblasen."

„Ich möchte dich nur ungern im Gefängnis besuchen müssen, J." Dallas wollte scherzhaft grinsen, aber es gelang ihm nicht. „Du hast mir gesagt, die Waffe wäre ... für dich, J. Was ..."

„Ich warte schon so lange darauf, dass er endlich stirbt. Er wurde danach immer kränker und ich dachte, er würde sterben, weil er Maman ... das angetan hat. Aber stattdessen hat sein Verstand ausgesetzt und er fing an zu reden. Manchmal mit mir, manchmal mit Leuten, die nicht im Zimmer waren. Aber so habe ich es erfahren. Was er ihr angetan hat." Jake atmete tief durch. Sein Gehirn fühlte sich an, als wollte es seinen Schädel sprengen. „Als ich noch ein Kind war, bat sie mich, für ihn da zu sein. Mich um ihn zu kümmern, falls ihr etwas zustoßen sollte. Sie hatte Angst davor, krank zu werden oder vor ihm zu sterben, weil ... Trotz allem, was er ihr angetan hat ... und mir ... hat sie ihn immer noch geliebt. Wahrscheinlich hat sie es ihm noch gesagt, als er sie totschlug.

Die Waffe war nicht für ihn. Das war sie nicht. Ich habe sie behalten, weil ich allem ein Ende machen wollte. Es war ... wie eine Aussicht auf Rettung", gestand Jake. „Ich wollte diesen Schmerzen in mir ein Ende bereiten. Ich habe die Pistole in meinem Mund geschmeckt, Dallas. Ich wusste, wie Metall schmeckt. Ich wollte diesen Geschmack auf der Zunge spüren, war süchtig danach. Ich wollte das Klicken des Abzugs hören und das Pulver riechen, bevor mir die Kugel durch den Gaumen in den Kopf schoss. Ich wollte das jeden Tag, Dallas. Jeden einzelnen, verdammten Tag, wenn ich nach Hause kam … Ich wollte das heiße, bittere Blut schmecken und allem ein Ende bereiten. Ich habe nichts, habe niemanden … Nur diesen verdammten alten Mann."

„Du hast mich, Jake", flüsterte Dallas. „Du bist nicht allein. Nicht mehr. Und ich versuche wirklich, nicht … Mist, Jake. Du bist so wunderbar. Du machst mich wahnsinnig und bringst mich zum Lachen. Und ich fühle mich so verdammt leer, wenn du nicht bei mir bist. Ich versuche wirklich, nur dein Freund zu sein, weil du einen Freund brauchst, der bei dir ist, wenn diese ganze Scheiße hochkommt. Ich könnte es nicht ertragen, nicht bei dir zu sein, wenn das passiert. Du bedeutest mir mehr als … als alles andere. Ich will dein Lächeln in meiner Seele spüren und … du siehst es nicht. Ich wünschte, du könntest es sehen.

Verdammt, Jake. Wenn du willst, kannst du mir gerne einen Kinnhaken versetzen, aber ich muss das jetzt tun", knurrte Dallas, legte ihm die Hand unters Kinn und beugte sich vor, um ihm den Atem zu rauben.

Der Kuss war eine salzige Mischung aus verzweifelter Hoffnung und qualvoller Sehnsucht. Ihre Münder fanden sich im falschen Winkel, suchten, fanden, rutschten ab und fühlten mehr feuchte Haut als sanfte Lippen, aber Jake fing Dallas' Seufzer mit der Zunge auf und schluckte ihn, weil das der süßeste Kuss seines Lebens war und er ihn nicht vergeuden wollte.

Es dauerte nicht lange genug für Jake, um mehr als nur einen flüchtigen Geschmack von Dallas zu erhaschen, aber für den Moment war es genug. Die Sehnsucht nach dem bitteren Geschmack der Pistole war verschwunden, hinweggespült durch eine viel tiefere Sehnsucht und den sinnlichen Blick zweier Augen in den Farben des Sommerhimmels.

„Jetzt kannst du mir den Kinnhaken geben", sagte Dallas kichernd. „Falls du das noch willst. Aber ich will dir sagen, dass du mir sehr viel bedeutest. Mir und allen, die dich kennen. Und ich habe Angst um dich."

„Das will ich nicht. Das mit dem Kinnhaken, meine ich", gestand Jake leise und atmete den Duft der warmen Luft zwischen ihnen ein. Sein Puls hüpfte und sprang und seine Gedanken verwickelten sich ineinander wie Wollknäuel. Jake suchte nach den passenden Worten. „Ich muss … Ich weiß nicht, was ich will … was ich brauche, Dallas. Ich weiß noch nicht einmal mehr, was ich tue. Und ich habe Angst."

„Am Montag wirst du als allererstes einen Anruf erledigen", erwiderte Dallas und sein Atem blies Jake warm ins Gesicht. „Du brauchst jemanden, mit dem du darüber reden kannst. Jemanden, der dir helfen kann, alles zu verarbeiten. Und ich verspreche dir, Jacques Moore, dich auf jedem einzelnen Schritt dieses Weges zu begleiten. Weil du mich nämlich nicht mehr loswirst. Egal, was auch passiert oder was aus uns wird, ich bin bei dir. Weil ich nicht mehr in einer Welt ohne dich leben will. Da könnte man mir genauso gut die Sonne und die Sterne nehmen, so dunkel wäre eine Welt ohne dich. So verdammt stockdunkel."

11

DALLAS HATTE einen steifen Hals und etwas Hartes drückte ihn in die Rippen, wo ihn sowieso schon eine Zerrung quälte, die er sich zugezogen hatte, als er im Bombshells die Deckenplatten über der alten Bar entfernte. Sein Schwanz war halb wach und erregt. Dann fühlte Dallas die warme Haut und das Gewicht im Rücken und erinnerte sich wieder, wo er die letzten Stunden der vergangenen Nacht verbracht hatte – nämlich auf dem Rücken liegend auf Jakes Bett, mit Jake an seiner Seite.

Und sie hatten geredet. Über alles und nichts geredet, bis der Schlaf sie überkam.

Wäre Dallas nicht schon in Jake Moore verliebt gewesen, spätestens in diesem Moment hätte es ihn erwischt – als er einschlief und so was von lächerlich glücklich war, Jake an seiner Seite atmen zu hören.

Der harte Störenfried an seinen Rippen war Jakes Ellbogen und als Dallas sich bewegte, machte Jakes es ihm nach. Jake lag auf seiner Seite des Betts auf dem Rücken, einen Arm über dem Kopf und ein Bein angezogen, sodass es mit dem Knie an die Wand stieß, an der das Bett stand. Das andere Bein hatte er ausgestreckt und der Fuß hing beinahe über dem Ende der Matratze.

Jake schlief tief und fest, was vermutlich an dem erschöpfenden Gefühlsausbruch lag, den er hinter sich hatte. Er war ein wunderschöner Anblick. Sein Mund stand etwas offen und die Wimpern warfen dunkle Schatten auf die Haut unter seinen Augen. Die braunen Locken waren verstrubbelt und rahmten sein starkes Gesicht ein. Die kleinen Sommersprossen auf der Nase und den Wangen waren gerade so zu erkennen in den wenigen Lichtstrahlen, die durch die Jalousie des Fensters über ihnen fielen.

Das Licht tauchte Jakes gebräunte Haut in einen goldenen Schimmer. Bartstoppeln färbten Kinn und Hals etwas dunkler und luden Dallas geradezu ein, ihn zu beißen und zu küssen. Der nackte Bauch, der unter dem hochgerutschten T-Shirt zum Vorschein kam, trug ein Übriges dazu bei, Dallas fast um den Verstand zu bringen.

„Okay", murmelte er und zwang sich mühsam, das Bett zu verlassen. „Erst pinkeln, dann Frühstück. Weil ich jetzt hier wegmuss, sonst braucht mein Schwanz mindestens zwanzig Minuten, bis er sich wieder abgeregt hat. Der Mistkerl ist so hart, dass ich jetzt schon den Kaffee damit umrühren kann."

Er lief zu seinem Wagen, wo er für Notfälle immer eine kleine Reisetasche mit Kleidung zum Wechseln im Kofferraum hatte. Dann ging er unter die Dusche und stellte erschrocken fest, dass der Duft von Jakes Seife seine Erektion innerhalb kürzester Zeit wieder zurückbrachte. Frisch gewaschen und dem Verhungern nahe, warf er einen Blick in Jakes Kühlschrank. Leider war der Kühlschrank immer noch genauso leer wie gestern Abend. Die guten Feen schienen Ausgang zu haben. Dallas' Magen ließ sich dadurch allerdings nicht beruhigen und knurrte protestierend vor sich hin.

Jake sah nicht so aus, als würde er in nächster Zeit aufwachen. Soweit Dallas sich erinnern konnte, lag an der nächsten Straßenecke ein kleiner Lebensmittelladen. Eier mit Speck hörten sich hervorragend an. Und Brötchen. Mit Sauce. Und Butter. Viel Butter.

„Also gut. Ich habe Hunger und es ist schon fast ein Uhr." Er holte sein Portemonnaie aus der Tasche und überlegte, ob er Jakes Schlüssel mitnehmen sollte, um nach dem Einkaufen wieder in die Wohnung zu kommen. Dann löste er den Hausschlüssel von Jakes Schlüsselbund und ließ eine kurze Notiz für Jake zurück. „Vielleicht ist ja ein Bistro oder so offen und ich kann uns ein komplettes Frühstück besorgen. Ich könnte eine ganze Kuh aufessen."

Die Sonne war trügerisch. Sie schien diffus durch eine tiefe Wolkenschicht, die der Wind vom Meer heranblies. Genau das Wetter, bei dem man am Strand auf Sonnenschutz verzichtete, um sich dann einen fürchterlichen Sonnenbrand zu holen. Dallas machte einer alten, gebeugt gehenden koreanischen Frau Platz, die ihm auf dem Bürgersteig entgegenkam. Die Frau lief so schnell, dass der übervolle Einkaufswagen, den sie hinter sich herzog, bei jedem Schritt ratterte und schepperte. Als sie auf Dallas zukam, warf sie ihm einen kurzen, misstrauischen Blick zu, dann war sie auch schon an ihm vorbei und schlängelte sich weiter durch die wenigen Fußgänger, die zu dieser Zeit unterwegs waren.

Dallas hörte ein Brutzeln und der appetitliche Geruch nach eingelegtem Fleisch stieg ihm in die Nase. Jeder Gedanke an Eier mit Speck war vergessen, als er auf dem Parkplatz einer geschlossenen Bank zwei Imbisswagen stehen sah, die hier ihren Geschäften nachgingen. Die Schlangen vor den Wagen waren lang und Dallas hätte es sich beinahe noch anders überlegt. Aber es roch so köstlich, dass er sofort wieder zu Verstand kam und stehenblieb, um die Speisekarte zu studieren.

„Außerdem ist es schon zubereitet. Wir können sofort essen, falls Jake schon wach sein sollte." Er grübelte über das Angebot nach, hin- und hergerissen zwischen koreanischem Hühnchen und Spareribs. „Hühnchen kann man in den Kühlschrank stellen und es schmeckt immer noch gut. Also Hühnchen."

Er hatte sich gerade am Ende einer Schlange angestellt, als sein Handy klingelte – ein Heavy Metall Song über einen Eisenmann und die Frage, ob er denn blind wäre. Mit einem dämlichen Grinsen nahm er den Anruf an. „Hallo, Ozzy", sagte er kichernd.

„Hallo, Dolly. Wie geht's?", grummelte Austin. Im Hintergrund war ihre Mutter zu hören, die Austin anschrie, endlich diese dämlichen Spitznamen nicht mehr zu benutzen. Dann bellte ein Hund, gefolgt von einem heulenden Chor. Die Hintertür der Ranch öffnete sich mit dem vertrauten Quietschen und die

Hundebande rannte japsend und bellend nach draußen. „Mom versteht das einfach nicht. Wie lange nennst du mich jetzt schon Ozzy? Seit zwanzig Jahren? Länger? Es ist, als würde sie uns gar nicht kennen."

„Sie ist nur sauer, weil Dad uns dazu ermutigt hat."

„Sie ist sauer, weil er dich dazu ermutigt hat, Victoria Tick zu nennen."

„Das hat Mom nun davon, uns Namen zu geben, die kein normales Kleinkind aussprechen kann." Durchs Telefon war ein merkwürdiges Schnaufen zu hören, das Dallas nicht identifizieren konnte. „Verdammt, was ist denn das? Ein Pferd?"

„Ein Lama. Fünf Lamas, um genau zu sein. Mom hat sie aus dem Schlachthaus gerettet. Ich weiß wirklich nicht, welcher halbwegs normale Mensch Lama auf den Teller bringt."

„Manche Leute essen sogar Goldhamster, Ozzy. Fleisch ist Fleisch, besonders für arme Menschen, die nicht wählerisch sein können." Dallas seufzte und sehnte sich plötzlich – und vollkommen unerklärlicherweise – nach den mittelmäßigen Kochkünsten seiner Mutter. „Es hört sich jetzt vielleicht dämlich an, aber ich vermisse angebrannte Hot Dogs und verklumpte Nudeln mit Käse. Niemand verbrennt einen Hot Dog so perfekt wie Mom."

„Dann wirf deinen Grill an und lege die Würstchen direkt in die Holzkohle. Schmeckt garantiert wie zuhause", schlug Austin vor. „Ich bin mir sicher, dass es das heute Mittag gibt. Was treibst du so?"

„Im Moment? Stehe ich in der Schlange, um koreanisches Hühnchen zu kaufen, das ich mit in die Wohnung von diesem Mann nehme, um mit ihm zu essen." Dallas wünschte plötzlich, er wäre im Bett liegengeblieben, bis Jake auch aufgewacht war. „Falls ich gleich das Gespräch unterbrechen muss, liegt es daran, dass ich an der Reihe bin und bedient werde."

„Braver Junge. Nur Arschlöcher telefonieren, während sie an der Kasse stehen." Austins Lob ließ Dallas grinsen. „Und ich höre dich lachen, du Idiot. Du bist noch nicht groß genug, um dir nicht den Arsch zu versohlen. Erzähle mir mehr über diesen Mann. Jemand, den du mit zu Mom und Dad nach Hause bringst oder jemand, bei dem du nur fürs Wochenende die Schuhe unters Bett stellst?"

„Es ist … kompliziert. Er arbeitet in der Metallwerkstatt gegenüber von dem Haus, das ich kürzlich gekauft habe. Er restauriert für mich die Fenster und macht in seiner Freizeit atemberaubende Skulpturen." Dallas ging mit der Schlange einen Schritt vorwärts. „Aber … Ja, ich würde ihn gerne mit nach Hause bringen. Mom wäre … Mein Gott, sie würde sich in ihn verlieben, sobald er den Mund aufmacht. Und Dad würde uns alle mit an den Fluss nehmen, damit wir Bier trinken und keine Fische fangen können."

„Und wo ist dann das Problem?"

„Er ist verletzt worden." Vier Worte. Vier kleine Worte, die mehr Schmerz enthielten, als Dallas sich vorstellen konnte. „Sein Vater … Der Mann hat ihn fertiggemacht. Und es ist nicht lustig. Er ist deshalb ziemlich durcheinander im Kopf, aber – mein Gott, Ozzy – ich bin so verdammt glücklich, wenn ich mit ihm zusammen bin. Und am liebsten würde ich ihn in eine große Kiste und in Watte packen, damit niemand ihn mehr anfassen kann. Eine Kiste mit kleinen Löchern, damit ich ihm Plätzchen und Hamburger zustecken kann."

„Das hört sich nicht sehr gesund an, Dolly. Aber wenn es für euch beide funktioniert ... Wer bin ich, dass ich darüber urteilen darf? Fühlt er für dich auch so? Bis auf die Sache mit der Kiste natürlich, weil ihr dann beide verhungern würdet." Dallas konnte fast vor sich sehen, wie sich sein älterer Bruder auf der Veranda an einen Pfosten lehnte und den Hunden ihrer Mutter zusah, die sich auf dem Rasen unten balgten. „Ist er sexy?", fragte Austin neckend.

„Verdammt sexy. Gebaut wie ein Schwimmer und mit haselnussbraunen Augen ... zum Reinfallen. Und wir verstehen uns sehr gut. Ich würde schon sagen, dass er mich mag. Aber es wird noch einige Arbeit erfordern." Er schaute auf und sah eine Mutter mit ihrem Baby vor sich stehen, die ihn böse anschaute. Er murmelte eine lautlose Entschuldigung und ließ zwei kichernde Teenager vor, um etwas Abstand zwischen sich und die Mutter zu bringen. „Wirklich, Ozzy, ich kann dir gar nicht erklären, was er mit mir anstellt. Nur mit ihm zu reden oder bei ihm zu sein ... Es ist nur so, dass er bisher ein beschissenes Leben geführt hat, und das hatte er nicht verdient."

„Pass auf dich auf, ja?", warnte ihn Austin. „Manche Menschen sind gerne unglücklich. Lass dich nicht von ihm mit runterziehen, ja?"

„Ich glaube nicht, dass er das will. Aber ich verspreche dir, vorsichtig zu sein. Er hat sich immer sehr stark unter Kontrolle und lässt sich nicht gehen, Oz. Er will niemandem zeigen, wer und wie er wirklich ist. In den letzten beiden Wochen hat er sich etwas geöffnet und es war wunderbar. Wie ein sanfter Regen nach langer Trockenheit. So ist das. So ist er. Und ich sitze nur dabei und warte, bis die Blüten sich öffnen." Dallas seufzte. „Mist, es hat mich wirklich schwer erwischt."

„Sooo schwer", scherzte sein Bruder. „Aber wenn er der richtige Mann für dich ist, wird der ganze Mist es wert sein. Schau dir nur Mom und Dad an. Was mussten die beiden alles mitmachen, und doch sind sie das Beste in unserem Leben. Obwohl ich auf die Kunstkommune verzichten könnte. Mom will Dad überreden, die alte Scheune in ein Zentrum für Künstlertreffs umzubauen. Einige Wände rausreißen, damit sie kleine Apartments an Künstler vermieten kann. Sie ist vollkommen verrückt danach, Dolly. Hat mich sogar gefragt, ob ich jemals darüber nachgedacht hätte, mir ein Spinnrad zu kaufen. Was soll das nur, frage ich dich? Oh, halt! Du hast doch gesagt, dein Mann macht Kunst. Ja, bringe ihn mit auf die Ranch. Dann lässt sie mich vielleicht in Ruhe."

„Er ist recht schüchtern, was seine Kunst angeht, aber ... Verdammt, du solltest sehen, was er mit Metall anstellt. Mom wird sich an ihm festsaugen und ihn nie wieder gehenlassen. Sie hat sich doch immer beschwert, wir drei könnten noch nicht einmal Bilder ausmalen. Wenn sie sieht, was er mit Metall macht, dann flippt sie aus."

„Soll sie anrufen?"

„Nein, noch nicht. Es ist sogar noch zu früh für mich, die Zahnbürste mitzubringen." Er kickte ein Schottersteinchen weg, das vor ihm auf dem Asphalt lag. „Es ist noch zu früh für eine Beziehung. Er ist noch nicht soweit. Vielleicht nie, aber ... Verdammt, Austin. Er ist der Richtige für mich. Ich kann es fühlen. Es ist nur ... Er ist noch nie wirklich geliebt worden. Nicht bedingungslos. Und ich verlange, dass er mich einlässt und mir vertraut. Das ist verdammt viel verlangt."

„Beziehungen sie nie einfach, Dolly. Und dann noch Kinder dazu. Du weißt doch, dass Kinder erwartet werden, oder?", fragte Austin grinsend.

„Kinder sind kein Grund für eine Beziehung, Oz", stichelte Dallas zurück. „Eine Beziehung geht man um der Beziehung willen ein. Nur deshalb. Das muss funktionieren, sonst nichts. Kinder sind nur das Sahnehäubchen auf einer guten Beziehung. Nicht jeder mag Sahne, und wer sie mag, muss anschließend die Kalorien wieder abtrainieren. Kinder sind Arbeit, wunderbar fürs Herz, aber verdammt viel Arbeit."

„Nimmst du etwa heimlich Philosophiekurse dort in Granolaland, Brüderchen?", schoss Austin zurück. „Du hörst dich fast an, als würdest du Tofuburger mampfen und Chakras sortieren."

„Sei vorsichtig! Dein Spinner-Austin kommt zum Vorschein, Idiot. Vielleicht hat dir Mom deshalb ein Spinnrad andrehen wollen", meinte Dallas grinsend. „Und ich weiß noch nicht einmal, was ein Chakra eigentlich ist."

„Unsinn, du hast wahrscheinlich fünf verschiedene Yogahosen für unterschiedliche Stimmungen und trinkst halb entkoffeinierten Espresso von Fair Trade ..."

„Das kommt dir viel zu leicht von der Zunge, um noch spontan zu sein, Bruderherz. Ist das deine Standardbestellung? Nur damit ich weiß, was ich dir ans Bett bringen soll, wenn ich das nächste Mal zu Besuch komme."

„Leck mich, Dolly." Austins Fluch entbehrte jeder Überzeugungskraft und Dallas musste grinsen, als er seinen Bruder leise kichern hörte. „Was ist also dein Plan für diese Vielleicht-Beziehung mit diesem Künstler? Ich will nicht, dass du verletzt wirst."

„Ich werde versuchen, das zu vermeiden." Die Schlange bewegte sich schnell und Dallas reckte den Hals, um noch einen Blick auf die Preistafel mit dem Angebot zu werfen. „Ich bin gleich an der Reihe. Hat dein Anruf einen speziellen Grund oder wolltest du nur hören, wie es mir geht?"

„Ich wollte nur mal mit dir reden. Mom macht sich Sorgen um dich. Soll ich ihr von dem Mann erzählen?"

„Willst du mich verarschen? Dann sitzt sie im nächsten Flugzeug nach Los Angeles. Sobald sie vermutet, dass es hier ernst wird, klopft sie an meine Haustür." Dallas stöhnte, als die Teenager vor ihm mit dem Verkäufer eine Diskussion über die verschiedenen Gerichte anfingen. „Und komme nicht auf die Idee, mich und Jake zu benutzen, um Mom von dir abzulenken. Du wirst deinen Mund halten,

Ozzy. Jedenfalls so lange, bis ich selbst weiß, wie es mit uns weitergeht. Vielleicht sucht er nur einen Freund und …"

„… dann komme *ich* mit dem nächsten Flugzeug und trete ihm in den Arsch, weil er dir das Herz gebrochen hat", versprach Austin. „Und schicke dann Mom, damit sie ihm auch in den Arsch tritt und deine Wehwehchen wiedergutmacht."

„Es tut doch immer gut, zu wissen, dass du auf meiner Seite stehst."

„Ich meine es ernst, Dal." Austins Stimme war jetzt tiefer, wie eine raue, barsche Version der Stimme ihres Vaters. „Pass auf dich auf. Das ist oberste Priorität. Wichtiger als alles andere. Aber wenn er die Zeit und Kraft wert ist, nimm sie dir. Wir wissen beide, dass das Leben zu kurz ist, um nicht glücklich zu sein. Und wenn er dich glücklich macht, dann halte ihn fest und zeige ihm, wie er dich richtig lieben kann. Ich muss jetzt Schluss machen, weil Mom meine Hilfe braucht. Ich liebe dich, Dolly. Wenn du mich brauchst, meldest du dich, ja?"

„Okay. Ozzy. Küsschen an die Eltern und einen Kick für den Tick." Dallas grinste, als er im Hintergrund seine Mutter panisch um Hilfe rufen hörte. Offensichtlich war ihr ein Schwein ausgebüxt. „Viel Spaß mit der Sau."

Die Teenager debattierten immer noch die Vor- und Nachteile von Hühnchen versus Spareribs, als Dallas' Handy schon wieder klingelte. Er erwartete seine Mutter, deshalb antwortete er mit einem Lachen. „Was ist? Konnte Austin den Mund nicht halten?"

„Dallas? Wo bist du?" Jakes ängstliche Stimme drang ihm wie ein eiskaltes Messer in die Brust. Er verließ die Schlange und drehte sich besorgt um. „Ich brauche …"

„Was ist los?" Dallas war schon auf dem Bürgersteig, bevor Jake ihm antworten konnte. „Ich bin auf dem Rückweg. Was ist passiert?"

„Es ist mein Dad. Ich muss ins Heim fahren." Jake holte zischend Luft und erstickte einen Schluchzer. „Sie glauben, er überlebt es nicht und … ich brauche dich."

ALS SIE durch die gläsernen Schiebetüren das Pflegeheim betraten, wusste Dallas sofort, dass er, wenn es soweit war, überall sterben wollte, nur nicht hier. Das zweistöckige Gebäude sah schon von außen deprimierend aus – ein schmaler, grauer Betonblock, dessen harte Linien durch keinerlei Grün aufgelockert wurden. Von innen war es nicht viel besser. Die Wände waren in einem ekelhaften grünbraunen Farbton gestrichen, der an Erbsen mit Scheiße erinnerte und jeden in den Wahnsinn trieb, der ihn länger als einige Tage aushalten musste.

Die Fahrt war angespannt verlaufen. Jake war die Belastung dieses Besuchs so deutlich anzumerken, dass Dallas mehr als einmal darüber nachdachte, einfach zu wenden und ihn in seine Wohnung zurückzubringen, nur nicht in dieses Heim, in dem Jakes Vater im Sterben lag. Als Dallas eine Kurve zu schnell nahm, war Jake grün angelaufen und hatte sich am Türgriff festgeklammert, bis seine Knöchel weiß hervortraten. Nach der Ankunft musste Jake sich erst wieder sammeln. Dallas nahm ihn schweigend an der Hand und wartete ab. Jakes Hand war eiskalt und er sah aus, als würde er gleich den Schluck Tee wieder von sich geben, den sie vor ihrer Abfahrt getrunken hatten.

„Es wird alles gut", versprach Dallas ihm und rieb ihm die kalten Finger. „Ich bin bei dir. Wir schaffen das."

Jetzt standen sie in der Lobby mit ihrem abgetretenen Kachelfußboden und Dallas bekam ernsthaft Zweifel, diese Gruft jemals wieder lebend zu verlassen.

Es roch durchdringend nach Reinigungs- und Desinfektionsmitteln, aber kein Chlor der Welt konnte den Gestank nach Inkontinenz und Erbrochenem überdecken, der in der Luft lag. Hinter einem Empfangstisch saß eine Frau mit rundem Gesicht. Der Tisch stand direkt zwischen zwei Gängen, die zu den Stationen im hinteren Gebäudeteil führten. Den Geräuschen nach zu urteilen, die aus den teilweise geöffneten Türen im Gang rechts kamen, waren die Bewohner gerade mit Gymnastikübungen beschäftigt. Die Stimme einer bekannten Trainerin schallte von einer DVD und animierte zu Übungen, die auf den Gesundheitszustand von Senioren mit Gelenk- und Rückenproblemen keinerlei Rücksicht nahmen.

Aus dem linken Gang kam ein Mann geschlurft, der aussah wie eine wandelnde Leiche. Er wurde von einer nahezu kahlköpfigen Frau mit Rollator begleitet, deren viel zu langer rosa Hausmantel auf dem Boden hinter ihr herschleifte. Die verbliebenen Haare der Frau passten farblich zu den leuchtend orangefarbenen Gummilatschen, die sie an den Füßen trug. Dallas musste lächeln, als sie mit einem grimmigen, zahnlosen Grinsen an ihm vorbeihumpelte und ihm zuzwinkerte.

„Du verschwindest besser wieder von hier, so lange du noch so gut aussiehst, mein Schatz", krächzte sie hustend. „Ich war ein Playboy-Bunny, bevor sie mich hier eingeliefert haben."

„Du siehst immer noch umwerfend aus, Ruby", murmelte der alte Mann. „Die Jungs hier sind alle hinter dir her."

„Aber nur, weil ich die guten Drogen habe." Sie schob die Hand ihres Helfers zur Seite, hob ihren Rollator an und setzte ihn wieder ab, bevor sie sich schwer darauf abstützte und weiterging. „Mach schneller, Henry. Ich muss vor Gladys zu diesem verdammten Fernseher kommen, sonst schaltet sie wieder so eine dämliche Klatschsendung mit grinsenden Idioten ein, die über den Arsch von irgendeiner fetten Frau herziehen."

„Der rechte Gang", flüsterte Jake und wartete ab, bis die alte Frau an ihnen vorbeigegangen war. „Die dritte Tür links."

Dallas legte ihm die Hand auf den Rücken. Jake bebte am ganzen Leib. Hinter einem zweiten Empfangstisch am Eingang der Station saß eine hagere, übellaunige Frau, die ihnen einen flüchtigen Blick zuwarf, bevor sie sich wieder ihrem Klatschmagazin widmete. Jake schien zu wissen, wohin sie gingen, aber die Frau räusperte sich, als er nicht vor ihrem Tisch stehenblieb.

„Sie müssen sich anmelden und mir Ihren Besuchszweck nennen, Sir", dröhnte sie. „Dann kommt einer unserer Mitarbeiter und bringt Sie ..."

„Nein. Ich habe mich noch nie angemeldet ..." Jake drehte sich fast panisch zu ihr um. „Ich kenne seine Zimmernummer nicht. Ich gehe einfach nur zu ihm. Ich musste mich noch nie anmelden."

„Finde seine Zimmernummer heraus und schicke sie mir." Dallas ignorierte die Frau und schob Jake auf das Zimmer zu. „Ich fülle das Formular aus."

„Sir, er kann nicht ..." Die Frau stand jetzt auf und griff nach dem Telefonhörer.

„Er wurde benachrichtigt, weil sein Vater stirbt. Und Sie haben nichts Besseres zu tun, als eine dämliche Vorschrift zu zitieren, die Sie sich wahrscheinlich gerade erst ausgedacht haben?" Dallas beugte sich über den Tisch und schlug mit der Hand auf die Tischplatte. „Wo ist diese verdammte Anmeldungsliste? Jake, geh jetzt. Ich kümmere mich hier um alles."

„Dallas, wir treffen uns ..." Ein markerschütternder Schrei gellte durch den Gang und brachte Jake zum Schweigen. Er zuckte zusammen und rannte auf eine der Türen zu.

Das Heulen wurde lauter. Dallas war hin- und hergerissen. Sollte er Jake folgen oder bei der Frau bleiben, die jetzt eine Telefonnummer wählte? Eine Pflegerin in orangefarbener Uniform steckte den Kopf aus der Tür. Ihre blonden Haare waren zu einem straffen Pferdeschwanz zusammengebunden und das Lächeln, mit dem sie Dallas begrüßte, war mehr verführerisch als professionelle Begrüßung.

„Ich wollte nur nachsehen, wer gekommen ist. Wir haben uns hier noch nicht gesehen. Dein erster Arbeitstag?" Sie lächelte wieder und gab den Blick auf einen lila Kaugummi frei, den sie zwischen Zähne und Lippe geklemmt hatte. Aus dem Zimmer, in dem Jake verschwunden waren, tönten jetzt laute Flüche. Die Pflegerin zog eine Grimasse. „Oh, dieses Arschloch wieder. Mein Gott, ich hoffe nur, dass sein Sohn bald kommt. Darf ich dir einen Rat geben? Wenn du der biestigen Kuh da ordentlich nach dem Mund redest, sorgt sie dafür, dass er nicht auf deinem Einsatzplan steht."

Mittlerweile war ein regelrechter Tumult ausgebrochen und ein breitschultriger Pfleger stieß Jake aus dem Zimmer auf den Gang. Jake drehte sich um und tastete nach der Wand, um sich anzulehnen. Er krallte sich an die Wand und rutschte ab. Graue Farbe rieselte auf den Boden. Das Schreien ging derweil weiter, ein fürchterliches Heulen voller Schmerz und Wut. Dann hörte es plötzlich wieder auf. Eine unheimliche Stille senkte sich über die Station.

„Leckt mich doch alle", murmelte Dallas und rannte durch den Gang zu Jake.

Er kam gerade noch rechtzeitig, um Jake aufzufangen, der auf ihn zu stolperte. Ihre Arme verhedderten sich. Die Frau hinter dem Tisch brüllte ins Telefon und befahl jemandem, gefälligst zu kommen und sich um die Sache zu kümmern. Jake fühlte sich jetzt noch kälter an. Er hing regungslos und kreidebleich in Dallas' halber Umarmung und schien kaum zu atmen. Dann japste er leise und schnappte nach Luft. Seine Brust hob und senkte sich. Dallas wischte ihm zärtlich mit dem Daumen die Tränen aus den dunklen Wimpern.

„Sie bringen ihn um, Dallas." Jake zitterte und sah ihn voller Angst an. „Ich glaube, sie bringen ihn um und … ich weiß nicht, ob ich es ertragen kann, wenn er jetzt schon stirbt."

12

JAKE BRANNTE jeder Atemzug in der Lunge.

Der schlaffe Körper seines Vaters war an unzählige Apparate angeschlossen. Jake atmete ein und wieder aus, konnte die Luft nicht lange genug in den Lungen halten, um sie zu erwärmen. Eine unerträgliche Kälte saß ihm in den Knochen und seine Wirbelsäule war zu einem gebogenen Eiszapfen gefroren von der langen Zeit, die er schon zusammengesunken hier am Bett seines Vaters saß. Er ertrank in einem See von Bedauern und Wut, gefangen unter einer Eisdecke, der er nicht entkommen konnte. Seine Gelenke waren steif und seine Nerven bis zum Zerreißen gespannt.

Jeder rasselnde, stockende Atemzug seines Vaters löste einen immer schwächer werdenden Pulsschlag aus, der von den piepsenden Maschinen begleitet wurde. Einmal in der Stunde kam ein Pfleger oder eine Krankenschwester, um die Maschinen zu kontrollieren und durchs Zimmer zu gehen wie ein vorbeiziehender Schatten, der sich zwischen den sterbenden Mann und seinen schweigenden Sohn schob.

Es waren auch schon Ärzte hiergewesen, die Jake mit Informationen überschwemmt hatten, zu hohl und gewaltig, als dass er sie verstanden hätte. Jake hatte den Versuch schon nach wenigen Minuten aufgegeben, ließ die Worte nur noch über sich ergehen. Es war Dallas, der ihm schließlich eine Rettungsleine zuwarf und sich wie eine schützende Mauer zwischen Jake und die Ärzte schob, um sie mit Fragen zu bombardieren.

Die Antwort war immer die gleiche: Auf den Tod warten und – bis es soweit war – seinen Frieden machen mit dem Unvermeidlichen.

Aber es gab keinen Frieden. Die Welt drehte sich um Jake wie ein wirbelndes Fegefeuer, in dem er keinen Halt finden konnte. Und es würde ihn weiter verzehren und seine Seele zerquetschen, bis Dallas endlich zurückkam und ihm wieder einen Rettungsanker zuwarf, um ihn zur Ruhe zu bringen.

Jake fiel zum ersten Mal auf, wie einsam und verloren er war. Jetzt, wo sein Vater im Sterben lag, gab es niemanden, mit dem er darüber reden oder den er trösten konnte, um sich von seiner eigenen, konfliktbeladenen Trauer abzulenken. Er konnte nur hier am Bett sitzen und jeden Atemzug zählen, den sein Vater noch nahm. Und bei jedem Atemzug betete er innerlich, es möge der letzte sein.

„Gott, ich kann fast durch dich hindurchsehen", flüsterte er. Seine Stimme hörte sich übermäßig laut an in der Totenstille des Zimmers. Jake nahm das Piepsen und Summen der Maschinen kaum noch wahr, die seinen Vater mit Gewalt am Leben erhielten.

Die Hände seines Vaters – einst so hart und stark – waren nur noch Haut und Knochen. Jake konnte sich kaum mehr vorstellen, dass sie sich zu Fäusten geballt und auf ihn eingeschlagen hatten, während sein Vater auf ihm saß und ihm das Gesicht in den schmutzigen Teppichboden drückte. Und diese Arme, in deren unerbittlichem Griff er gewürgt wurde, während sein Vater ihm mit der anderen Hand an den Kopf schlug, weil ihm Spucke und Rotze aus Mund und Nase liefen.

Diese Hände hatten ihn geohrfeigt, dass ihm die Ohren klingelten. Diese Arme hatten mit dem Gürtel zugeschlagen, bis ihm die Haut aufplatzte und das Blut über den Rücken lief. Dieser Geist von einem Mann, der auf dem weißen Laken lag, nur von einer dünnen Decke bedeckt, hatte ihm einst Tritte versetzt, dass er die Treppe runterflog. Dieser Geist von einem Mann hatte ihm mit seiner Faust das Jochbein gebrochen.

Jake konnte diesen Mann nicht mehr erkennen, wusste aber sehr wohl, dass es ihn noch gab. Sein Vater lebte immer noch weiter in dieser Hülle, wütend und tobend über die Welt und einen Sohn, der niemals das Licht der Welt hätte erblicken sollen.

Jake hatte seinen Vater noch nie berührt. Jedenfalls nicht absichtlich und nie zu einem anderen Zweck, als ihn von einem Ort zum anderen zu transportieren. Er konnte sich nicht erinnern, den Mann jemals umarmt oder auch nur am Arm berührt zu haben. Aber als er die knochigen Hände mit ihren Altersflecken, der dünnen Haut und den dicken, blauen Venen vor sich liegen sah, brach etwas in Jake.

Er streckte die Hand aus und schloss die Finger um die kalte, klamme Hand seines Vaters.

„Ich hasse dich mit jeder Faser meines Körpers", flüsterte er und ärgerte sich über die Tränen, die seine müden Augen zu füllen drohten. „Aber, bei Gott, ich kann dich nicht allein sterben lassen. Ich lasse dich nicht sterben, ohne zu wissen, dass jemand bei dir ist. Weil es sonst niemanden gibt. Wir haben keine Familie. Wir haben niemanden. Ich weiß noch nicht einmal, ob du Geschwister hast, weil … du hast nie darüber gesprochen. Wenn du tot bist, gibt es nur noch mich, und ich kann nicht … ich kann nicht weiterleben, nur um dich zu hassen. Ich brauche mehr als das, Dad."

Die Brust seines Vaters hob sich langsam, mit Luft gefüllt durch das Beatmungsgerät. Jake fuhr mit dem Daumen über die Venen in der Hand des alten Mannes, die alle paar Sekunden schwach flatterten. Er hatte unbewusst den Atemrhythmus seines Vaters übernommen.

„Ich hätte dir schon vor langer Zeit einfach ins Gesicht sagen sollen, dass ich schwul bin. Lange, bevor du Maman umbringen konntest und bevor du versucht hast, mich zu vernichten." Jake kicherte, als er sich dabei ertappte, die Luft anzuhalten, weil er auf einen Wutausbruch seines Vaters wartete, der sich seit Tagen nicht mehr rührte, nicht mehr sprach und nicht mehr denken konnte. Aber Jake reagierte trotzdem gewohnheitsmäßig und bereitete sich innerlich darauf vor, den fliegenden Fäusten und Worten seines Vaters zu entkommen. Kopfschüttelnd sah er in das wächserne Gesicht des Mannes. „Mein Gott, ich bin alles, was du im Leben gehasst hast. Und doch bin ich jetzt der einzige, der noch bei dir ist. Ich war nie stark genug, um Hilfe zu bitten. Maman auch nicht. Du hast uns zu Gefangenen unseres eigenen Lebens gemacht. Ich verstehe das jetzt. Du hast uns isoliert, bist ständig mit uns umgezogen und hast verhindert, dass wir mit anderen Menschen vertraut werden." Jake schniefte, weigerte sich aber, um den alten Mann zu weinen. Er wollte hier sitzenbleiben, bis der Tod kam. Aber er würde den Teufel tun und auch nur eine Träne um ihn vergießen. „Was hat sie an diesem Abend zu dir gesagt? Als sie mich aufforderte, nie wieder nach Hause zu kommen? Hast du dich mit ihr gestritten oder warst du so wütend auf mich, dass …"

Jake biss sich auf die Zunge. Er wollte dem dunklen Pfad nicht mehr folgen, auf den ihn seine Gedanken führten. Die Maschinen piepsten, als Ron Moores Puls wieder zu flattern begann und ein zittriger Seufzer seinen Lippen entfuhr.

„Da ist dieser Mann. Sein Name ist Dallas. Dallas Yates." Jake lächelte trotz der Kälte, die an ihm fraß und ihm alle Wärme raubte. Er hatte keine Jacke mitgebracht. Hatte gar nicht daran gedacht. Wer brachte schon eine Jacke mit, um seinen Vater sterben zu sehen? „Du würdest ihn hassen. Na gut, das besagt nicht viel. Du hasst schließlich so ziemlich alles und jeden. Das ist mir früher nie aufgefallen."

Sein Vater sagte nichts dazu. Natürlich nicht.

„Du warst nie glücklich. Über nichts. Wenn du einen Dollar verdient hast, bist du wütend geworden, weil ein anderer Mann zwei Dollar verdiente. Nie war Maman schön genug, nie schlank genug. Deshalb musstest du ständig die Frauen anderer Männer ficken. Sie hat oft darüber geweint. Nachts, wenn du nicht nach Hause gekommen bist, weil du bei einer anderen Frau warst. Und ich? Ich habe darum gebetet, dass du eine andere finden mögest und uns endlich verlässt. Egal, wen. Hauptsache, du würdest uns endlich allein lassen." Licht flackerte über den Bildschirm am Bett. Die blauen und roten Linien bestätigten Jake, dass sein Vater noch lebte. „Ich habe Angst, weißt du? Ich habe Angst, neben einem Mann zu liegen. Weil es Schmerzen bedeutet. Weil du mich nur berührt hast, um mir Schmerzen zuzufügen. In dieser Nacht bin ich gegangen, weil ich die Angst und die Schmerzen nicht mehr ertragen konnte. Ich wollte ausnahmsweise etwas Gutes fühlen, aber daraus wurde nichts. Im Gegenteil.

Und jetzt ist da Dallas und … selbst, wenn ich es vermassele oder er feststellt, dass ich zu viel für ihn bin mit meinen Problemen …" Jake lachte bitter. Einige Tröpfchen Spucke flogen bis auf die Bettdecke seines Vaters. Er wischte sie kopfschüttelnd ab. „Tut mir leid. Ich habe nur … Ich habe wieder Angst, Dad. Ich habe ständig Angst. Ich bin größer als damals, als du mich … Nun, als damals eben. Aber innerlich … Innerlich bin ich immer noch der kleine Junge, der vor allem eine Scheißangst hat."

Vor der Tür gingen Leute vorbei, die sich laut unterhielten. Jake konnte zwar nur einzelne Worte verstehen, aber einer der Männer lachte so laut, dass er für einen Augenblick die Maschinen übertönte. Eine Frau rief amüsiert „Psst!" und das Piepsen kam zurück. Es war schon seltsam, dass man einem so unverfänglichen Ton Amüsement anhören konnte, aber so war es. Jake musste grinsen und kam sich vor, als hätte er mit der unbekannten Frau etwas gemeinsam – einen kurzen Augenblick der Freude in der morbiden Todeserwartung, die sich im Zimmer seines Vaters ausgebreitet hatte.

„Dallas ist …" Er suchte nach Worten, um die Gefühle zu beschreiben, die Dallas Yates in sein Leben gebracht hatte. „Er ist lustig und süß. Okay, er ist heiß und sexy. Das willst du wahrscheinlich nicht hören, aber so ist es. Ich wollte so lange alles in mir ersticken, was ich jemals fühlte, weil … es war so fürchterlich. Aber seit ich Dallas kenne, kann ich wieder fühlen. Ich kann fühlen, dass es mehr im Leben gibt, als die Scheiße, die du mir eingetrichtert hast. Und ich habe das Gefühl, ich könnte glücklich werden. Und das ist wirklich nicht einfach, weil es so viele Unwägbarkeiten gibt im Leben. Was wäre, wenn … Aber eines musst du wissen: Ich kann niemals so werden wie du. Ich werde dein Erbe des Hasses nicht weitertragen. Doch zuallererst muss ich aufhören, mich selbst zu hassen. Und Dallas … Dallas hat versprochen, mir dabei zu helfen. So, Dad. Das war's. Es tut mir leid, es dir sagen zu müssen, aber … wenn du stirbst, wirst du mich nicht mitnehmen."

„Verdammtes Mistding", knurrte Dallas und schlug mit der flachen Hand an den Getränkeautomaten. „Ich will doch nur zwei Becher Kaffee. Ist das wirklich so schwer?"

„Weg da, Dal." Celeste packte ihn an der Schulter und schob ihn zur Seite. Ihr Kleid saß so eng, dass es beinahe aus allen Nähten platzte. Ein Pfleger, der hinter ihnen vorbeiging, warf ihr bewundernde Blicke zu, ging aber rasch weiter, als er Dallas' grimmige Miene sah. Celeste merkte von all dem – wie üblich – nichts. „Mach schon. Mama ist für dich da."

„Und viel Erfolg auch. Ich sollte in das Café auf der anderen Straßenseite gehen. Aber ich will nicht …" Er schaute in Richtung des Zimmers, wo Jake bei seinem Vater saß. „Ich will ihn nicht allein lassen, obwohl er jetzt niemanden im Zimmer haben will."

„Manchmal muss ein Mann allein sein, wenn er sich seinen Dämonen stellt", erwiderte sie und drückte auf die Geldrückgabe. Nichts passierte. Und der Becher steckte immer noch schief im Ausgabeschacht und blockierte alles. Celeste zog eine Grimasse. „Mir geht es genauso. Das verstehst du nicht."

„Ich habe …", fing Dallas an, aber Celeste brachte ihn mit einem strengen Blick zum Schweigen.

„Du hältst besser den Mund, Süßer", sagte sie warnend. „Du hast keine Dämonen. Um Gottes willen – du bist glücklich und geborgen in eine Familie geboren worden, die verrückt genug ist, um liebenswert zu sein und gerade genug liebt, um nicht krankhaft zu sein. Du kannst da nicht mitreden."

„Entschuldige. Ich wusste nicht, dass ich dazu nichts sagen darf, weil ich normal bin", scherzte Dallas und zuckte erschrocken zusammen, als Celeste mit aller Kraft an den Automaten trat. „Mach ihn nicht kaputt. Ich kann nach unten gehen. Ich wollte ihn nur nicht allein lassen, falls … falls er mich braucht."

„Das übernehme ich. Ich gehe nach unten", bot sie an und zeigte auf die Sesselgruppe, die vor den Fenstern an der Wand standen. „Komm, wir setzen uns kurz hin. Danach hole ich uns Kaffee. Und vielleicht einen Imbiss für euch beide. Wann habt ihr das letzte Mal was in den Magen bekommen?"

„Heute früh. Ich habe ihm eine Pop-Tart in den Mund geschoben und die andere selbst gegessen", gestand Dallas leise und dachte voller Sehnsucht an die süße Heidelbeerfüllung zurück. „Es ist schon gut. Ich habe im Moment nur gerade miserable Laune. Ich brauche einen Kaffee. Dringend."

Es kam ihm vor, als wären die Sessel Meilen entfernt. Dallas schaute immer wieder über die Schulter für den Fall, dass Jake aus dem Zimmer kommen sollte. Celestes Eintreffen hatte alles verkompliziert. Oder es lag an seiner Eifersucht und Gereiztheit. So sehr Dallas seine beste Freundin auch liebte, er teilte nur ungern. Er hatte auch keine Lust, sich von ihr verhätscheln zu lassen. Er war wütend und eine dunkle, bösartige Stimme flüsterte ihm zu, einfach in Ron Moores Zimmer zu gehen und sämtliche Stecker zu ziehen, um nicht nur den hassenswerten alten Mann, sondern auch Jake endlich zu erlösen.

Celeste war in einem mit Leopardenfellmuster bedruckten Babydoll-Kleid und schwarzen Stöckelschuhen hier aufgetaucht. Es war nicht gerade die Aufmachung, um Dallas' gereizte Nerven zu beruhigen, genauso wenig wie der abschätzende Blick, mit dem sie ihn jetzt musterte.

„Du bist gereizt und vermutlich hungrig", stellte sie fest und drapierte sich in einen der Sessel. Sie zog sich das Kleid übers Knie und richtete die Perücke mit der schwarzen Pagenfrisur, die sie heute über den eigenen Haaren trug. Dann lächelte sie Dallas an. Ihre Nasenflügel bebten leicht. „Ich werde dir deine Entgleisungen verzeihen."

„Ich bin nicht entgleist." Er verzog das Gesicht. „Ich weiß noch nicht einmal, was das bedeutet. Ich dachte, das wären Sünden."

„Das darfst du mich nicht fragen. Ich bin Jüdin." Celeste schniefte wieder. „Oder ich war zumindest Jüdin. Ich habe keinen Tempel mehr von innen gesehen, seit ich meine Mini-Titten bekommen habe. Ich dachte immer, es bedeutet, dass jemand ein Arschloch ist, weil … Dallas Vulcan Yates, du bist hart, *sehr* hart an der Grenze zum Arschlochsein."

„Gott, ich wünschte, ich hätte dir meinen zweiten Vornamen niemals verraten." Dallas schlug seufzend an die Wand und ließ sich ebenfalls in einen Sessel fallen. Er beugte sich erschöpft vor und legte die Arme auf die gepolsterten Sessellehnen. „Es ist schon vier Tage her, seit sie Jakes Vater hierher ins

Krankenhaus gebracht haben, Süße. Ich fühle mich wie ein Stück Scheiße, weil ich nur noch darum bete, dass der alte Mann endlich stirbt und wir weiterleben können. Ein Mann liegt im Sterben und ich feuere ihn an, damit Jake … Ich weiß auch nicht, was Jake tun wird, wenn der alte Bastard endlich tot ist. Aber ich möchte es dringend herausfinden."

„Du hast gesagt, er wäre kurz bei Bewusstsein gewesen?" Sie rutschte nach vorne, bis sich ihre Knie berührten. Ihre Netzstrümpfe kratzten ihn durch das Loch in den Jeans auf der Haut. „Glauben sie, dass er sich wieder erholt?"

„Nein. Sie können sich auch nicht erklären, warum er aufgewacht ist. Es hätte gar nicht möglich sein sollen. Es war …" Dallas versuchte, sich zu erinnern. Er hatte Jake vom Bett weggezogen, als ob der Abstand ihm Schutz bieten könnte vor dem Gift, das der alte Bastard versprühte. „Der Arzt meint, er wäre nicht richtig wach gewesen, aber … irgendwas ging in seinem Gehirn vor sich. Es war nur ein Haufen Irrsinn, aber du kannst dir die Scheiße nicht vorstellen, die ihm aus dem Maul gekommen ist, Süße.

Ich habe noch nie einen solchen … Schmutz, etwas so abgrundtief Hässliches gehört. Ich habe in einigen dubiosen Vierteln gelebt, aber nirgends … Mein Gott." Er hätte sich beinahe übergeben, nachdem der alte Bastard mit seiner unvorstellbaren Hasstirade fertig war. „Ich konnte nur noch daran denken, dass es das war, womit Jake aufgewachsen ist und wie er von seinem Vater behandelt wurde. Kein Wunder, dass er solche Probleme hat. Ich wollte Jake da aus dem Zimmer rausziehen und nie wieder loslassen. Ich wollte ihn in ein Flugzeug setzen und mit nach Hause auf die Ranch nehmen, damit Mom uns gegrillten Käsetoast machen kann und Tomatensuppe, bis wir sie nicht mehr sehen können."

„Nun, ich kenne die Käsetoast-Tomatensuppen-Therapie aus eigener Erfahrung und weiß um ihre Wirkung. Aber …" Sie sah ihn erwartungsvoll an. Dallas schnaubte nur. „Wir wissen beide, dass er hier nicht weggeht. Sicher, es wäre schön, ihn auf die Ranch zu bringen, wo er unter einer weichen Decke behütet und beschützt leben kann. Aber das wird nicht passieren, so lange dieser Kerl seine Klauen in ihn geschlagen hat. Und ich fürchte, der Tod des Alten wird nicht ausreichen, um diese Klauen aus Jakes Seele wieder zu entfernen."

„Der Kerl ist ein wahrer Satan", stimmte Dallas ihm zu. „Ich will Jake einfach nur helfen. Alles in Ordnung bringen."

„Da spricht deine Mom aus dir." Celeste studierte ihn aufmerksam. „Und jetzt muss ich dir eine Frage stellen, die dich wahrscheinlich fuchsteufelswild macht. Was wird eigentlich deiner Meinung nach passieren, wenn dieser Bastard endlich tot ist? Wie geht es dann mit euch weiter?"

Die Frage war gerechtfertigt. Dallas hatte sie sich selbst schon gestellt, seit er Jake im Pflegeheim aus dem Zimmer seines Vaters zerren musste, damit der alte Mann wiederbelebt werden konnte. Seit dem Telefongespräch mit Austin schien schon eine halbe Ewigkeit vergangen zu sein und eine ganze, seit er und Jake die Leiche auf dem Dachboden fanden. Jakes ganze Welt drehte sich nur noch um den sterbenden Mann, deshalb wollte Dallas nicht über die Zukunft nachdenken. Die vielen Was-wäre-Wenns machten ihn wahnsinnig und er hatte Angst, dass Jake ihm entgleiten könnte.

„Ich habe nicht den Hauch einer Ahnung", antwortete er schließlich. „Es ist alles ein einziges Durcheinander, Liebste. In einer perfekten Welt? Würden Jake und ich dem Sonnenuntergang entgegenreiten und ..."

„Ich unterbreche dich jetzt hier und stelle dir eine Frage als deine beste Freundin." Celestes rauer Stimme war jetzt deutlich eine Spur Simon anzuhören. „Bist du dir sicher, dass du ihn nicht nur willst, weil ... weil du dich als Ritter in glänzender Rüstungen sehen willst, der ihn errettet? Du hast selbst gesagt, dass du ihm helfen und alles in Ordnung bringen willst. Hast du darüber nachgedacht – und ich mag Jake sehr –, dass du dir damit vielleicht nur einen Wunschtraum erfüllen willst?"

„Der Gedanke ist mir tatsächlich gekommen." Damit brachte er Celeste zum ersten Mal wirklich zum Lächeln, seit sie dieses Krankenhaus betreten hatte. „Und ich habe darüber nachgedacht. Über mich. Über ihn. Verdammt, ich habe sogar mit Austin darüber gesprochen und du weißt genau, wie beschissen seine Ratschläge sind. Es geht nicht nur darum, alles in Ordnung zu bringen. Das verspreche ich dir, Celeste. Ja, ich will den ganzen Dreck abwaschen, mit dem sein Vater ihn beworfen hat. Ich will den Gestank und die Schuldgefühle abwaschen, mit denen er erzogen wurde. Aber nicht, weil es eine Fantasie von mir wäre, sondern weil er und ich ...

Nein, es geht nicht nur um mich. Sicher, ich begehre ihn. Ich will ihn in den Armen halten und einen Sonnenuntergang mit ihm erleben, ohne dass er vor Angst zittert. Ich will ihn berühren, ohne dass er zurückschreckt. Ich will von ihm berührt werden, ohne dass er sich erst umsieht, ob uns auch niemand beobachtet." Dallas machte eine Pause. Er musste erst nach den richtigen Worten suchen, um die zarten Gefühle zu beschreiben, die Jake in ihm geweckt hatte. „Mein Gott, du solltest sein Lächeln sehen, wenn er das alles vergisst. Oder seine Konzentration, wenn er an seinen Skulpturen arbeitet und dem Metall seinen Willen aufzwingt. Es ist so viel Schönheit in Jake, und ich will sie sehen. Will sie erleben. Ich liebe diese Schönheit und diese Grübchen und seine schwieligen Hände auf meinen Schultern, wenn er sich sicher genug fühlt, sie dorthin zu legen."

„Aber er hat große Probleme, Dallas", flüsterte Celeste und fasste ihn an den Händen. „Es wird vielleicht nie wieder besser. Ich will nicht ... Ich will nicht, dass du dich für ihn aufgibst und verlierst."

„Deshalb bin ich mir sicher, ihn zu lieben, Babe." Er drehte Celestes Hände um und fuhr ihr mit den Fingern über die Handflächen. Als er sie das erste Mal so hielt, war sie noch Simon. Auch jetzt, nach dem langen, harten Kampf, Celeste zu werden, hatten sich ihre Hände nie wirklich verändert. Sie waren eine Konstante, von dem leicht gebogenen kleinen Finger bis zu dem dicken Knöchel am linken Ringfinger. „Jake wird heilen. Er hat es sich fest vorgenommen, wieder zu heilen und der Mensch zu werden, der er sein sollte und sein kann. Wenn ich an den Mann

101

denke, der Jake jetzt ist, bin ich verdammt sauer. Er hätte Eltern verdient gehabt, die ihn zu schätzen wissen und ihm nur das Beste geben. Dieser alte Mann dort in seinem Zimmer hatte einen Sohn wie Jake nie verdient. Er hat nicht verdient, dass Jake jetzt bei ihm am Totenbett sitzt. Er hat Jake eingebläut, die Liebe eines anderen Menschen nicht wert zu sein. Und deshalb ... Ja, ich werde ihn lieben, alles an ihm, ob geheilt oder nicht. Eines Tages wird mir Jake vielleicht glauben ..."

„Dallas?" Jakes honig-raue Stimme taumelte durch den Gang wie harte Bernsteinbrocken, gebrochen und voller Trauer.

Dallas hatte nicht auf die Tür geachtet, deshalb war ihm Jake nicht früher aufgefallen, der mit bleichem Gesicht und wirren Haaren auf sie zugelaufen kam. Seine Schultern waren gebeugt und seine Lippen zu einer dünnen Linie zusammengepresst. In den braunen Augen glänzten Tränen. Sein leerer Blick in dem erschöpften Gesicht gefiel Dallas ganz und gar nicht.

„Hey." Dallas war bei ihm, bevor Jake noch ein Wort sagen konnte. Jake war eiskalt und zitterte angespannt, ließ sich aber von Dallas in die Arme nehmen. Er blieb für einen kurzen Augenblick stocksteif stehen, dann erwiderte er Dallas' Umarmung. Seine sehnigen Arme umklammerten Dallas, als wollten sie ihn nie wieder loslassen. „Ich bin ja hier, Geliebter", flüsterte Dallas. „Ich bin hier."

„Er ist tot, Dal", stammelte Jake und drückte sich mit dem Gesicht an Dallas' Schulter. „Und ich habe keine verfluchte Vorstellung, wie es jetzt weitergehen soll."

13

„ICH KANN immer noch nicht glauben, dass es keine Beerdigung gab. Ich wäre gekommen! Er hätte nicht allein sein sollen. Oder hätte wenigstens – außer dir – noch andere Menschen an seiner Seite haben sollen. Ihr habt ... was gemacht?" Celeste drehte sich mit offenem Mund zu Dallas um und starrte ihn an. Dann legte sie kopfschüttelnd die schwarz-rote Umhängetasche auf den alten Metalltisch, den sie als Schreibtisch verwendeten. „Du hast ihn einfach da rausgeschmissen und bist gegangen?"

„Rausschmeißen würde ich es nicht gerade nennen", protestierte Dallas und setzte sich auf die Kante des gräulich-grünen Metallmonsters, an das er sich immer mehr gewöhnte. „Er wurde in das Grab hinabgelassen, während ein Mann in einem langen, schwarzen Umhang nette Dinge über ihn sagte. Der Sarg war viel zu gut für ihn. Aber so war es. Der Boden ist jetzt versalzen und bitter und nichts wird jemals wieder dort ergrünen."

Er hatte ein Bild im Kopf von einem großen, antiken Holzschreibtisch mit Löwenfüßen, aber Celeste erinnerte ihn daran, dass sie hier einen Drag-Club mit Restaurant eröffnen wollten, keinen Englischen Gentlemen's Club. Er sollte sich, so meinte sie spitzzüngig, seine Spinnereien und den Protz für draußen aufheben, wo ihn die zahlenden Gäste zu sehen bekämen. Vermutlich würde er den Metalltisch also behalten und nur seine graugrüne militärische Vergangenheit abschleifen, um sie durch eine andere Farbe zu ersetzen. Die schmalen, kleinen Räume im hinteren Gebäudeteil wollten sie zu Aufenthaltsräumen und Garderoben für Mitarbeiter und Künstler herrichten.

„Du solltest dich schämen, so über den armen Verstorbenen zu reden." Celeste betrachtete sich in einem alten Spiegel, der noch an der Wand hing. Sie wischte sich etwas verschmierten Lippenstift ab und sah Dallas durch den halb blinden Spiegel an. „Es gehört sich nicht, so respektlos über Tote zu sprechen."

„Ich habe mehr Respekt vor dem armen Kerl, den wir auf dem Dachboden gefunden haben." Dallas kratzte sich im Nacken. Entweder gab es Flöhe im Haus oder einer dieser verdammten Moskitos auf dem Friedhof hatte ihn gestochen. „Jake ist bei Evancho, um einige Jobs zu erledigen, bevor er kommt und an den Fenstern weiterarbeitet."

„Der Mann hat gerade erst seinen Vater begraben." Sie rümpfte die Nase. „Na gut, es war ein phänomenales Arschloch von Vater, aber trotzdem. Er geht direkt wieder an die Arbeit, anstatt sich etwas Ruhe zu gönnen. Wie lange ist es her? Drei Wochen? Er sollte sich einige Zeit freinehmen."

„Und wir haben über eine halbe Woche darauf gewartet, dass er endlich ins Gras beißt", erinnerte Dallas sie. Dann wurde er wieder ernst. „Babe, Jake hat jahrelang auf den Tod seines Vaters gewartet. Er ist pleite, weil er seinem Vater die beste Pflege geben wollte. Ja, er sollte Urlaub nehmen. Ich würde ihm sogar einen Tropenurlaub mit Cocktails spendieren, die mit kleinen Schirmchen serviert werden, aber er will lieber arbeiten."

Celeste schniefte. „Mir hast du nie einen Urlaub mit Cocktails und Schirmchen spendiert."

„Dafür habe ich deine Titten bezahlt." Er nickte ihr zu. „Du wolltest Titten, und Titten hast du bekommen."

„Stimmt." Celeste fasste sich lächelnd unter die Brüste und warf ihm schmatzend einige Luftküsse zu. „Und sie sind absolut fantastisch geworden. Seit ich sie habe, musste ich nicht einen Drink selbst bezahlen."

„Wie wäre es, wenn wir uns jetzt unserer Arbeit widmen? Die neue Klimaanlage soll bald installiert werden. Wir müssen also heute noch die Leisten auf dem Dachboden streichen, damit die Firma den Kompressor einbauen kann." Er breitete die Pläne auf dem Tisch aus. Die Renovierungen mussten zeitlich geschickt koordiniert werden, damit alles klappte. „Es ist so viel Kleinkram zu erledigen und die Zeit ist so knapp. Wenn die Klimaanlage wieder funktioniert, können auch die anderen Handwerker endlich loslegen. Die Elektriker und Klempner wollen am Montag anfangen. Dann liegen wir hoffentlich bald wieder im Plan. Und wir müssen einen Termin mit der Werbeagentur vereinbaren und …"

„Nun schaut euch das an!" In der Tür stand eine Frau, ihre Stimme eine Mischung aus Honig und Pfirsich mit einer Brise Stahl. „Ich hätte nie gedacht, diesen Tag noch erleben zu dürfen. Mein kleiner Junge, der schon überfordert war, wenn er sein Spielzeug aufräumen musste … Und jetzt führt er seine eigenen Geschäfte."

Dallas wurde immer von einer leichten Panik erfasst, wenn er die Stimme seiner Mutter an einem anderen Ort als auf der Ranch hörte, wo sie zuhause war. Er konnte es einfach nicht abschütteln. Sie war die omnipräsente Autoritätsperson, die zur Stelle war, wenn er beispielsweise vor dem Büro des Schulleiters wartete, weil er etwas angestellt hatte und abgeholt werden musste. Sie war die tobende Walküre, die mit ihrem heißen Temperament und ihrer scharfen Zunge zur Stelle war, wenn er auf einer Demonstration festgenommen wurde. Dallas war in seiner Jugend mehr als einmal auf dem Rücksitz eines Polizeiautos nach Hause gebracht worden, aber sie hatte immer geduldig zugehört, wenn er stammelnd seine Entschuldigungen vortrug.

Einige der anschließenden Debatten hatte er sogar gewonnen, wenn auch lange nicht so viele, wie er es sich gewünscht hätte. Aber je leidenschaftlicher er seinen Standpunkt vortrug, umso größer waren seine Chancen, dass sie ihm recht gab. Sie hatte ihn dazu erzogen, sich eine eigene Meinung zu bilden und für seine Überzeugungen einzustehen. Zu wissen, wann er einer Faust mit festen Worten entgegentreten musste und wann er lieber die andere Wange hinhielt, obwohl jemand Scheiße redete. Und wenn er wieder einmal Gestrandete und Verlorene mit ins Haus brachte, hatte sie jeden von ihnen mit offenen Armen empfangen, ihnen am Tisch einen Platz gedeckt und sich nach eventuellen Lebensmittelallergien erkundigt.

Sie hatte ihm beigebracht, ein menschliches Wesen zu sein. Dallas konnte sich keine bessere Lehrerin vorstellen als seine Mutter – fehlerbehaftet, wunderschön und ehrlich, mit einem bodenständigen Blick fürs Wesentliche und einem Sinn für Humor, der manchmal an Albernheit grenzte. Wenn er nur halb die Frau würde wie seine Mutter – davon war Dallas als Junge überzeugt gewesen –, dann könnte nichts schiefgehen.

Aber sie jagte ihm immer noch eine Heidenangst ein, wenn sie unangekündigt auftauchte wie eine Wild Card, die ein kapriziöser Gott austeilte, um Chaos zu stiften und sich auf Dallas' Kosten zu amüsieren.

Denn seine Mutter brachte immer Chaos in sein Leben.

Trotzdem freute er sich, sie zu sehen. „Mom!", rief er und lief um den Schreibtisch auf sie zu.

Nach einigen Schritten war er bei ihr und nahm sie in die Arme. Sie roch nach Sonnenschein, Rootbier und Kaugummi. Dallas nahm sich sofort vor, einige Kisten der süßen, braunen Limonade zu kaufen, bevor er nach Hause fuhr. Seine Mutter war zierlich und hatte dünne Arme, war aber überraschend stark. Er hatte schon mehr als einmal erlebt, dass sie ein Schwein schnappte und über den Zaun aus ihrem Garten warf. Ihr Rücken war gerade und sie umarmte ihn so fest, dass sie ihm sämtliche Luft aus den Lungen pressen würde, wenn sie nicht bald losließ.

„Hey, Süßer." Celeste stieß ihm an die Hüfte. „Lass mir auch noch was übrig. Hallo, Auntie Martha!"

„Schau mal an!", rief seine Mutter, befreite sich von Dallas und nahm Celestes Gesicht zwischen die Hände. „Ist das nicht der allerschönste Anblick? Nach meinem Sohn natürlich."

Dallas trat zur Seite, damit sich die beiden Frauen umarmen konnten und stieß dabei mit dem Oberschenkel an die Ecke des Metalltischs. Die beiden waren ein merkwürdiges Paar – ein kurviges, jüdisches Mädel aus New York mit traurigen Augen und Wimpern wie Raupen und eine schlanke, blonde Schönheit mit silbernen Strähnen im Haar, geboren und aufgewachsen in Texas und mit Geld wie Erdöl, äh … Heu. Und doch hatten sie etwas gemeinsam: Sie hatten beide ihre Familien verlassen, um ihr eigenes Leben zu leben.

Ihre Umarmung war ein einziges Flüstern und Kichern. Dann ließ seine Mutter Celeste los und trat einen Schritt zurück, um Dallas mit den eisblauen Augen, die er von ihr geerbt hatte, streng zu mustern. Sie war eine elegante Frau, trotz ihrer lässigen Kleidung aus Jeans und einem alten Hemd, das früher ihm gehört hatte. Dallas erkannte es an dem verwaschenen Drachen, der auf einem D20-Würfel saß.

Er hatte das Bild selbst aufgebügelt, als er noch zur Schule ging. Kein Chanel für seine Mom, obwohl sie die Figur dazu hatte.

„Schickes Hemd." Er grinste sie an. Sie war nicht so klein wie Victoria, Dallas' jüngere Schwester, aber er war ihr schon über den Kopf geschossen, als er erst vierzehn Jahre alt war. „Ich kann mich noch erinnern, dass ich das Hemd wegwerfen sollte, weil es unanständig wäre."

„Das war es auch." Sie rümpfte die Nase und zog das Hemd am Saum nach unten. „Für dich. Es gehört sich nicht für einen jungen Mann, mit nacktem Bauch rumzulaufen. Für mich ist es absolut passend. So. Ich wollte dich überraschen und sehen, wie es mit dem neuen Projekt vorangeht. Und dann, als dein Bruder mich zum Flughafen fuhr, ist etwas ganz Merkwürdiges passiert. Er hat mir erzählt, du hättest ihn kürzlich angerufen, weil du … Wie sagte er noch? Du hättest jemanden gefunden, neben dem du gerne jeden Morgen aufwachen würdest? So, mein Sohn Nummer Zwei … Meinst du nicht, du solltest mir mehr über ihn erzählen? Über Jake? So heißt er doch, oder?"

„Austin, du Idiot", fluchte Dallas leise. Seine Mutter mischte sich nie ein. Sie schlich sich nur an und wartete den richtigen Moment ab, um sich in ihr Leben zu mogeln. Dallas war sich sicher, dass sie keine Ruhe geben würde, bis die ganze Ranch mit Menschen gefüllt war, die sie aufgenommen hatte. Martha Yates war süß und liebenswert. Und sie hatte es sich zur Lebensaufgabe auserkoren, das Leben ihrer Kinder auf Schritt und Tritt zu verfolgen. „Ich erwürge diesen Kerl, das schwöre ich bei Gott."

„Mach deinem Bruder keine Vorwürfe", sagte sie und richtete sein Hemd. „Ich habe die Tickets schon vor zwei Wochen gebucht. Und du solltest mittlerweile wissen, dass du nicht mit deinem Bruder reden darfst, wenn du ein Geheimnis behalten willst. Ich musste nur den Mund halten und gar nichts sagen, und schon hat er losgeplappert wie ein Wasserfall, um die Stille zu füllen."

„Hey, wenigstens hast du Austin nichts von der Leiche auf dem Dachboden erzählt. Die Geschichte kannst du auch gleich loswerden." Celeste lehnte sich an seine Schulter und grinste Martha über beide Backen an. „Er und Jake haben nämlich auf dem Dachboden einen Toten gefunden."

„Einen Toten? Hier? Hmm. Ein möglicher Geliebter und eine Leiche." Seine Mutter verschränkte die Arme vor der Brust und Dallas hätte schwören können, dass im Hintergrund Richard Wagner gespielt wurde. „Wie wäre es, wenn du dich mit deinem kleinen Hintern auf diesem Stuhl platzierst, Dallas? Dann kannst du mich in Ruhe über alles informieren, was ich verpasst habe."

„JAKE!" DER Lautsprecher übertönte das Zischen der Schweißgeräte und die Stimmen seiner Kollegen in der Werkstatt. „Komm bitte ins Büro!"

Normalerweise war es kein gutes Zeichen, von Evancho während der Arbeitszeit ins Büro gerufen zu werden. Normalerweise. Aber trotz seines mürrischen Auftretens war Evancho ein sehr fairer Mann, der seinen Mitarbeitern manchen Fehler verzieh, wenn sie daraus lernten. Jake konnte sich an mindestens drei Fälle erinnern, in denen Kollegen Sachschaden in Höhe von mehreren tausend Dollar angerichtet hatten, ohne von Evancho entlassen zu werden.

Jake war das auch schon passiert, obwohl es mittlerweile Jahre zurücklag. Das änderte allerdings nichts daran, dass der Weg ins Büro immer ein Spießrutenlaufen war. Geschürzte Lippen und gute Wünsche begleiteten Jake, darunter ein „Viel Glück" von Brent, der gerade Drahtgitter für eine Gartentür zuschnitt.

Die Tür zu Evanchos Büro stand offen, ein sicheres Zeichen, dass nichts Schlimmes zu erwarten war. Wenn Evancho ärgerlich war, schloss er die Tür und man musste anklopfen, damit er die Zeit hatte, noch tief Luft zu holen, bevor er laut zu brüllen anfing. An dem kleinen Fenster in der Tür war noch der hellgrüne Farbfleck auf der Scheibe, den ein jüngerer Jake hinterlassen hatte, als er die Tür streichen sollte und die Ränder nicht richtig abklebte. Evancho hatte ihm befohlen, den Fleck nicht abzuwischen, weil er der alten Holztür Charakter gäbe. Jake juckte es immer noch in den Fingern, ihn abzukratzen. Vor allem deshalb, weil sein Boss jedes Mal mit der Hand darüber rieb, wenn er morgens die Tür aufschloss.

Jake klopfte trotzdem kurz an, um sich anzukündigen. Evancho forderte ihn mit einem lauten Grunzen zum Eintreten auf.

Das Büro war sehr klein. Es verbarg sich hinter der Kundentheke und reichte kaum für eine Person, viel weniger zwei. Ein schwerer, praktischer Schreibtisch stand der Tür gegenüber mit einer Seite an der Wand und teilte den Platz in zwei Hälften. Er war peinlichst aufgeräumt und enthielt nichts außer einem Laptop, einem großen Zweitbildschirm und einigen aktuellen Arbeitsunterlagen. An den freien Wänden standen Regale, die mit Aktenordnern, Handbüchern und Katalogen gefüllt waren. An der Decke drehte sich müde ein Ventilator, der kaum etwas bewirkte. Dafür blies die Klimaanlage am Fenster kalte Luft ins Zimmer.

Hinter dem Schreibtisch saß der erste Mann, den Jake zu schätzen und respektieren gelernt hatte.

Peter Evancho war ein Bulle von Mann, gut einen viertel Meter kleiner als Jake, aber dafür wesentlich kräftiger gebaut, mit mächtigen Muskeln und einer herzlichen Persönlichkeit. Er war aus der Ukraine nach Kalifornien gekommen und hatte auf seinem Weg mehrere Zwischenstationen eingelegt. Mit seinem grimmigen Gesicht und seinem harschen Auftreten war er eine Naturgewalt, aber Jake hatte ihn immer gemocht. Seine starken Arme sprengten fast die Ärmel des T-Shirts und waren mit drahtigen, lockigen Haaren bedeckt. Seine kurz geschorenen Haare glänzten silbern im Licht der Lampe, die unter der Decke hing. Seine dicken Finger bearbeiteten die Tastatur des Computers, als müssten sie jeden Buchstaben einzeln einmeißeln und sein Blick war stur auf den Flachbildschirm gerichtet.

Jake betrat das enge Büro und schob sich an einem Kleiderständer vorbei, an dem mehrere Schutzmasken hingen. „Du wolltest mich sprechen, Boss?"

„Ja." Evancho nickte zur Tür. „Mach die Tür zu und setz dich."

Jake setzte sich in einen der Stühle vor dem Schreibtisch. Er stieß mit dem Knie an die Tischkante und zog schnell das Bein zurück, als der Schmerz ihm durchs Bein zuckte. Er rieb sich übers Knie und hob den Kopf. Evancho sah ihn mit einem schiefen Grinsen an.

„Ich vergesse immer wieder, den Tisch weiter nach hinten zu schieben", grummelte er mit seinem rauen Akzent. „Du bist zu groß und zu mager, Jake. Wenn meine Frau dich so sieht, wirst du den nächsten Monat bis zum Platzen vollgestopft. Hör auf zu zappeln, ich wollte nur wissen, wie es dir geht. Wegen … deinem Vater."

„Gut." Jake ignorierte Evanchos grimmigen Blick. „Wirklich, es geht mir gut. Alles bestens."

Er hatte einige Tage damit verbracht, mit Dallas Dinge zu unternehmen, die er noch nie bisher erlebt hatte. Sie waren den Santa Monica Boulevard entlanggeschlendert und hatten in einem Spezialitätengeschäft exotischen Käse aus Europa verkostet. Sie aßen mittags Pfannkuchen mit Speck und zum Frühstück Boeuf Stroganoff mit Buttermilchbrötchen. Und dann wurde Jake von seiner Routine übermannt und fand sich eines Nachmittags vor dem Pflegeheim wieder, voll in Panik, weil er sich verspätet hatte, und es gab doch heute Fisch und er musste seinem Vater den Cheeseburger bringen. Er hätte die Cheeseburger beinahe weggeworfen, gab sie aber dann einem Obdachlosen, der an einer Ampel um Kleingeld bettelte.

Danach hatte er sich zuhause betrunken und auf das Gerüst für die Skulptur gestarrt, mit der er begonnen hatte, als Dallas die Pistole in dem Bücherregal entdeckte.

Das war gestern gewesen. Heute war er wieder in die Werkstatt gekommen, um zu arbeiten. Trauer und Schmerz hatten nachgelassen, aber die Schuldgefühle waren geblieben und machten ihn bitter. Jetzt, zwei Stunden später, saß er in Evanchos Büro und fragte sich, war er wohl getan haben mochte, um hier zu sein.

„Wirklich", versicherte er Evancho. „Es geht mir gut. Ich musste schließlich damit rechnen. Er war schon so lange krank und …"

„Habe ich dir eigentlich jemals gesagt, dass ich deinen Vater schon aus Montreal kannte? Damals, als er noch Schiffsbauer war?", unterbrach ihn Evancho und schob seinen Stuhl vom Tisch zurück. „Damals war ich noch jünger als du heute. Hatte gerade erst mit dem Beruf angefangen. Ich war nur für einen Saisonjob nach Montreal gekommen. Hat er dir jemals davon erzählt, dass er mich kannte?"

Jakes Zunge klebte am Gaumen und er konnte kaum schlucken. Sein Vater hatte nie über Evancho gesprochen. „Nein, das wusste ich nicht", erwiderte er kopfschüttelnd.

„Als ich dich vor Jahren einstellte, wusste ich nicht, dass du sein Sohn bist." Der Computer piepste und Evancho drückte auf einen Knopf, um den Bildschirm abzuschalten. „Ich habe es erst erfahren, als er eines Tages hier auftauchte. Du hattest einen Job in den Hills, deshalb warst du nicht in der Werkstatt. Du kannst damals noch nicht lange hier gearbeitet haben, aber er wusste genau, wer ich bin.

Evancho ist kein sehr geläufiger Name. Ich konnte mich erst an ihn erinnern, als er vor mir stand. Aber ich wusste, dass er nicht mein Freund war."

„Das hat er auch nie erwähnt, Sir." Wenn Jake bisher schon verwirrt war, so war er jetzt vollkommen fassungslos. „Ich kann mir nicht vorstellen, was er hier wollte. Oder wie er hierherkam. Er hätte das Pflegeheim nicht verlassen dürfen."

„Damals stand es noch nicht so schlimm um ihn. Ihr habt noch in eurem Haus in Hancock gelebt." Evancho zog eine Packung Kaugummis aus der Schreibtischschublade und bot Jake einen an, der aber ablehnte. Evancho packte einen Kaugummi aus, faltete ihn zusammen und steckte ihn in den Mund. „Er war betrunken. So betrunken, wie man um neun Uhr morgens noch nicht sein sollte. Nachdem ich mich wieder an ihn erinnerte, hat mich das allerdings nicht mehr sehr gewundert. Er sah beschissen aus, aber gewundert hat es mich nicht. Er kam, um mir vorzuwerfen, mit seiner Frau – deiner Mutter – geschlafen zu haben. Damals, in Montreal. Er sagte, ich hätte dich nur eingestellt, weil du mein Sohn wärst."

Jakes Magen zog sich zusammen und er holte tief Luft. „Ich sehe etwas aus wie er, obwohl ich meiner Mutter ähnlicher sehe und …"

„Du siehst ihr sehr ähnlich und es tut mir leid, aber du bist nicht mein Sohn, Jake. Es tut mir leid, nicht dein Vater zu sein, aber ich habe nie mit deiner Mutter geschlafen. Dein Vater war ein eifersüchtiger, zorniger Mann, aber sie hat ihn trotz allem geliebt", versicherte ihm Evancho. Dann beugte er sich vor und legte beide Hände auf den Tisch. „Ich kannte sie nicht sehr gut. Eigentlich nur vom Sehen. Sie brachte ihm manchmal das Essen und bevor ich Montreal wieder verließ, konnte ich sehen, dass sie schwanger war. Sie war sehr nett und hat mir oft auch von dem Essen abgegeben. Hat mir an Weihnachten sogar Kalach besorgt. Aber ich kannte sie kaum. Ich hoffte immer, sie würde ihn verlassen und dir ein besseres Leben geben.

Und jetzt fragst du dich wahrscheinlich, warum ich das anspreche. Schließlich ist dein Vater schon tot und ich habe bisher nie darüber gesprochen." Evancho rieb sich übers Gesicht. Seine Hand kratzte über die Bartstoppeln, weil er sich nicht richtig rasiert hatte. „Seit du wieder zurück bist, habe ich darüber nachgegrübelt. Ich habe sogar meine Frau angerufen und mit ihr darüber gesprochen. Ich hätte schon viel früher mit dir reden sollen. Aber so ist das. Jetzt sitzen wir hier und die Sache ist die … Du weißt, dass wir einen Sohn haben, ja? Andre?"

„Ja, ich kenne ihn. Er ist nett." Jake überlegte, was er über den großen, schlanken Mann mit den blonden Haaren wusste, der schon einige Male an den Weihnachtsfeiern der Werkstatt teilgenommen hatte. Bis auf ein schüchternes Lächeln und ein leises „Hallo" hatte Andre sich immer im Hintergrund gehalten. Seine burschikose Mutter hatte die Organisation der Feiern fest im Griff und erteilte ihrem Sohn nur ab und zu Befehle. „Er war mit Ihrer Frau hier."

„Mit Tasia. Sie liebt den Jungen über alles. Sie liebt auch die Mädels, aber der Junge ist ihre ganze Welt", sagte Evancho leise. „Er ist wie du, unser Junge. Er mag andere Männer. Es war am Anfang nicht einfach. Nicht einfach für mich, meine ich. Und für sie. Und ihn. Vor allem meinetwegen war es nicht einfach. Weil ich diese feste Vorstellung von meinem Sohn hatte, und dann war plötzlich alles anders."

Wenn Evancho ihm über den Schreibtisch hinweg einen Kinnhaken versetzt hätte, Jake hätte nicht überraschter sein können. „Ich ...", fing er an, bevor es ihm vollständig die Kehle zuschnürte.

„Mach mir nichts vor, Jake. Ich weiß es. Und es ist nichts falsch daran, dass du so bist, wie du bist. Ich habe dich mit dem Mann auf der anderen Straßenseite gesehen ... mit dem Mann mit der vorlauten Freundin. Ihr beiden ..." Er legte die Hände zusammen und nickte. „Ihr passt zusammen. Also lüge mich nicht an. Ich weiß es. Und ich sage dir jetzt, dass es für mich keinen Unterschied macht. Tasia und ich haben darüber gesprochen. Wir haben darüber gebetet, weil ... So sind wir eben. Betest du manchmal auch? Gehst du zur Kirche?"

„Ich glaube, in Kalifornien ist diese Frage nicht zulässig", murmelte Jake und versuchte sich mit einem Lächeln. Evancho sah ihn vorwurfsvoll an. Jake hatte schon seit Ewigkeiten keinen Gedanken mehr an Gott oder die Kirche verschwendet, selbst dann nicht, als er am Grab seines Vaters stand, der von einem Priester zur letzten Ruhe gebettet wurde. „Ich war schon lange nicht mehr in der Messe. Nicht seit ... Maman."

„Nun, ich kann dir sagen, dass wir nicht für deinen Vater gebetet haben. Was ich von ihm wusste, gefiel mir gar nicht. Ich habe um Vergebung gebeten, weil ich nicht eingeschritten bin, als Gott dich zu mir schickte." Evancho seufzte. „Du warst gut für mich. Du hast mir geholfen, zu erkennen, dass es viele Arten von Stärke und Männlichkeit gibt. Ich liebe Andre. Er ist mein Sohn. Und ich werde stolz auf ihn sein, wenn er diese Sache mit den Filmen macht, die er so liebt ... Aber du musst wissen, dass ich auch auf dich stolz bin. Auf deine Begabung und deine Kunst. Es tut mir leid, dass ich dir das erst jetzt sage. Es tut mir leid, dass erst dein Vater sterben musste, damit ich erkannte, was ich dir längst hätte sagen sollen.

Und deshalb habe ich dich zu mir gebeten." Er nahm einen Schlüsselbund vom Schreibtisch und schob ihn Jake zu. „Das sind die Schlüssel für die Werkstatt. Sie gehören dir. Du kannst hier arbeiten. Du brauchst bessere Werkzeuge und Geräte, als du zuhause hast. Das Hinterzimmer wird nicht benutzt. Räume es aus und richte dich dort ein. Und wenn sich jemand darüber mokiert, werde ich mich darum kümmern. Aber dieser Platz gehört jetzt dir. Wir machen es so wie bisher auch. Du nimmst dir die Reste und wirst dich nicht beschweren, weil ich sie dir umsonst gebe. Mache deine Kunst, Jacques. Mache deine Kunst, damit du mir eines Tages die Kündigung einreichen kannst, weil du ein berühmter Mann geworden bist. Und dann werden wir uns zur Feier des Tages gemeinsam betrinken."

Jake konnte nichts mehr erkennen, so feucht waren seine Augen. Seine Seele trieb in einem Ozean der wildesten Gefühle und widersprüchlichsten Gedanken. Die Schlüssel waren eine Versuchung. Was Evancho ihm anbot war verführerisch. Er fuhr mit dem Finger über den Schlüsselbund. Dann schüttelte er den Kopf.

„Ich kann nicht. Es ist zu viel. Die Kosten …"

„Was ich bezahle ist nichts im Vergleich zu der Heilung, die es dir bringt. Weil ich dich nämlich sehe, Jake. Ich sehe deine Mutter in deinen Augen und die Geister, die dich heimsuchen. Ich habe mir lange genug eingeredet, es ginge mich nichts an. Du bist ein erwachsener Mann, aber ich habe mich getäuscht. Auch dafür bitte ich dich um Vergebung. Ich will es wiedergutmachen. Ich will das Richtige für dich tun und dich anständig behandeln. So, wie du mich immer anständig behandelt hast." Evancho stand von seinem Stuhl auf und kam um den Schreibtisch herum zu Jake. Er legte ihm die Hand auf die Schulter und schüttelte ihn aufmunternd. „Du wirst die Schlüssel nehmen und hier arbeiten. Hier, wo du sicher bist. Und demnächst kommst du mit deinem Freund sonntags zum Essen vorbei. Um sechs Uhr. Ich bestehe darauf. Tasia besteht darauf. Und wenn es unbedingt sein muss, könnt ihr auch diese vorlaute Freundin mitbringen. Ich kenne jemanden, den sie vielleicht mag. Es ist jemand, den ich sehr gut kenne und von dem ich mir sicher bin, dass er sie mag."

14

DER SCHLÜSSELBUND fühlte sich wie eine Zentnerlast in Jakes Tasche an. Was dumm war. Jake wusste ganz genau, dass die zwei kleinen Metallteile fast nichts wogen, aber sie steckten in der Hosentasche wie zwei Felsbrocken, die ihn zu Boden ziehen wollten. Jeder Schritt fiel ihm schwer und als er die Straße zu Dallas' Haus überquerte, musste er kämpfen, um vorwärtszukommen. Er wäre am liebsten in Envanchos Büro zurückgelaufen, um … irgendwas zu tun. Aber genauso sehr sehnte er sich nach dem Frieden, den Dallas' Nähe versprach.

Jake musste im dichten Verkehr einigen Motorrädern ausweichen, die über die rote Ampel an der Kreuzung rasten. Ein Polizeiauto mit heulenden Sirenen war ihnen dicht auf den Fersen. Es verlangsamte an der Kreuzung und beschleunigte wieder, nachdem es sie überquert hatte. Das Heulen der Sirenen wurde von den Wänden der Gebäude reflektiert und hallte noch lange nach.

Celeste hatte ihren Wagen an der Seite des Hauses geparkt, ein sicheres Zeichen dafür, dass sie heute nicht den ganzen Tag bleiben wollte. Dallas' Tesla stand an seinem üblichen Platz am Straßenrand und glänzte in der Sonne. Das Haus bot einen ungewohnten Anblick. Die falsche Adobefassade aus Stuck, die ein früherer Besitzer irgendwann nachträglich anbringen ließ, war komplett entfernt worden. Die Außenwände waren nackt bis auf die blassrosa Flecken, die von den Umbauten an den Fenstern zeugten.

Die Gitter vor den Fenstern waren mittlerweile komplett entfernt, gerade noch rechtzeitig, um die neue Klimaanlage zu installieren. Jake hatte die meisten Innengitter, die nicht am Mauerwerk, sondern direkt an den Fenstern befestigt waren, noch nicht ersetzt, weil sie erst den Einbau einer neuen Alarmanlage abwarten wollten. Die neuen, historisch korrekt rekonstruierten Ersatzteile lagen jedoch schon bereit und konnten jederzeit angebracht werden. Jake schwirrte der Kopf, wenn er daran dachte, wie kompliziert es war, die verschiedenen Arbeitsschritte zu koordinieren. Dallas schien damit jedoch keine Probleme zu haben und blühte regelrecht auf, wenn er mit den Einsatzplänen der Handwerker jonglieren musste, damit die Renovierungsarbeiten reibungslos über die Bühne gingen.

Dallas hatte zugegeben, noch nie ein so großes Projekt wie das Bombshells in Angriff genommen zu haben. Er hatte Jake auch vorgewarnt, dass, sollte er jemals wieder auf eine ähnliche Idee kommen, er Jake wahrscheinlich bitten würde, ihn an einen Stuhl zu binden, um es zu verhindern.

„Als ob er auf mich hören würde", grummelte Jake leise vor sich hin. Dann fiel sein Blick auf die neuen Fenster. „Na gut, teilweise schon. Aber definitiv nicht, wenn es um neue Projekte geht. Er liebt es viel zu sehr, andere auf Trab zu halten."

„Führst du Selbstgespräche, mein Schatz?" Celeste kam mit zwei Farbeimern um die Ecke und präsentierte sie ihm stolz. „Schau nur! Nachschub für die Maler."

„Lass mich die Eimer tragen." Jake griff danach, aber Celeste wehrte ihn ab. „Was ist?", fragte Jake.

Sie musterte ihn nachdenklich. Ihr Overall und das Tank-Top, das sie darunter trug, waren noch so makellos sauber wie das erste Mal, als Jake ihr begegnet war. „Würdest du die Eimer auch für mich tragen wollen, wenn ich noch ein Mann wäre?"

Jake runzelte die Stirn. Sie hatte nicht unrecht, im Gegenteil. Trotzdem wollte er ihr helfen. „Nein. Aber von jetzt an frage ich auch die Männer. In Ordnung?"

„Nein, eigentlich … Okay, das ist fair. Wenn du jeden fragst, der Hilfe braucht, egal wer es ist." Sie nickte zur Tür. „Aber du kannst mir die Tür aufhalten. Ich habe beide Hände voll und zu viel Speck, um durch den schmalen Spalt zu huschen, den Dallas mir offengelassen hat."

„Die Welt ist voller Tretminen", murmelte Jake und zog die schwere Eingangstür ganz auf. „Ich sollte mir ein Handbuch zulegen. Oder was auch immer."

„Du machst das schon recht gut", versicherte sie ihm und schlüpfte lächelnd an ihm vorbei ins Haus. „Und außerdem bist du höllisch sexy. Das hilft schon viel, glaube mir. Oh! Kopf hoch, wir haben Besuch …"

„Celeste! Ich wollte dir doch damit helfen", rief eine unbekannte ältere Frau, die aus dem Flur auftauchte, der zum Büro führte. „Ich war gerade auf dem Weg zu dir nach draußen."

Die Frau war blond, trug Jeans und ein altes T-Shirt. Sie erinnerte Jake an die Siamkatze eines früheren Nachbars – elegant, langgliedrig und mit eisblauen Augen. Sehr bekannten eisblauen Augen. Nur die Haarfarbe war falsch. Diese Augen gehörten zu pechschwarzen Haaren und ihnen fehlte der untergründige Humor, aber die Farbe – wie ein sonnengeküsster Sommerhimmel – erkannte Jake definitiv wieder.

„Langsam wird die Sache spannend", flüsterte Celeste ihm zu. „Rüste dich gut, weil dein Leben jetzt sehr, sehr interessant wird, mein Schatz."

„Hallo!" Das Lächeln der Frau war launig, aber warm, wie geschmolzene Butter auf einem ofenfrischen, goldbraunen Kuchen. Ihre Stimme war etwas heiser mit einem Unterton von Nachmittagstee-Schärfe, die auf ihre Elite-Sozialisation in der Oberschicht hindeutete. Sie kam lässig auf Jake zu und reichte ihm die Hand. Mehrere Silberringe mit exotischen Designs und eingelegten Steinen blitzten an ihren Fingern. „Ich bin Martha und du musst Dallas' Jake sein. Ich habe bisher fast nichts über dich gehört, aber ich bin sicher, das wirst du für mich ändern, nicht wahr? Lass uns etwas plaudern."

DIESER TAG wurde von Sekunde zu Sekunde merkwürdiger. Dabei hatte er so harmlos angefangen. Als heute früh die ersten Sonnenstrahlen durchs Fenster drangen, war Jake aufgestanden, hatte geduscht und sich auf den Weg in die Werkstatt gemacht, nachdem er sich in dem Laden auf der anderen Straßenseite einen großen Becher Kaffee besorgte. Dann hatte sich die Unruhe, die seit dem Tod seines Vaters in ihm schwelte, innerhalb weniger Stunden in ein Chaos verwandelt, das die Ausmaße eines Tsunamis anzunehmen drohte.

Erst Evancho, dann Martha Yates. Jake wusste nicht mehr, wo unten und wo oben war. Dallas' Mutter war sehr liebenswert und entlockte ihm mit sanfter Stimme kleinere Informationen, ohne ihn zu bedrängen. Celeste erklärte, dass Jake an der Restaurierung der Fenster arbeitete, um sie wieder in ihren Originalzustand zu versetzen. Danach unterhielten sie sich über Kunst und historisches Kunsthandwerk.

Es waren erhellende zehn Minuten. Vielleicht sogar fünfzehn. Martha hatte zugehört. Wie Dallas ihm immer zuhörte. Sie hatte Jake nicht aus den Augen gelassen, jedes seiner Worte verfolgt und ab und zu eine Frage eingeworfen, um mehr über das Thema zu erfahren. Martha schien sich in der vergangenen Pracht des alten Art-Deco-Gebäudes wie zuhause zu fühlen. Die blonden Haare schwangen ihr ums Gesicht und milderten die Wirkung des scharfen Kinns. Sie fuchtelte beim Reden mit den Händen und fuhr ihm über den Arm wie ihr Sohn es machte, wenn er in Jakes Nähe war.

Dann war Dallas gekommen und erblasst, als er Jake mit seiner Mutter sah. Er stellte die beiden Farbeimer, die er von draußen geholt hatte, auf den Boden und bat Jake mit einer fadenscheinigen Begründung, ihm ins Büro zu folgen. Jake war – zu Celestes Amüsement – so in das Gespräch mit Martha vertieft, dass er Dallas erst gar nicht wahrnahm.

„Sie sollte nicht hier sein", sagte Dallas zum fünften oder sechsten Mal, seit er Jake mit sich ins Büro gezogen und die Tür hinter ihnen geschlossen hatte. „Ich …"

„Entschuldige dich nicht schon wieder", unterbrach ihn Jake. „Sie ist deine Mutter. Du musst dich nicht entschuldigen, eine Mutter zu haben. Es ist alles in Ordnung. Sie ist sehr nett."

„Und wie steht es um uns?" Dallas kam auf ihn zu und drückte ihn an den Schreibtisch. „Ist mit dir auch alles in Ordnung?"

Jake konnte kaum einen klaren Gedanken fassen, wenn Dallas so nahe bei ihm stand. Er lehnte sich mit dem Hintern an den Schreibtisch und streckte die Beine aus, um etwas Abstand zwischen sich und Dallas zu bringen. Dallas kam näher und nahm Jakes ausgestreckte Beine zwischen seine. Seine Körperwärme breitete sich in Jakes Beinen aus und wanderte von dort langsam nach oben, wo sie sich im Bauch einnistete. Jake war wie gelähmt. Jeder Blick, jede Berührung – manchmal sogar ein leises Lachen von Dallas – kitzelte Jakes Sinne. Dallas verbreitete ein Strahlen, das sich wie ein leuchtend gelber Farbklecks auf Jakes graue Gedanken legte. Instinktiv wandte er sich Dallas zu wie eine Blume der Sonne, die über dem Horizont aufging.

Dann beugte sich Dallas vor und kam noch näher, legte die Hände auf den Tisch und fuhr mit den Daumen über Jakes Hüften. „Ich wollte mich nur vergewissern, dass es dir gut geht."

Jake wollte in Dallas' Augen ertrinken. Auf einen solchen Gedanken wäre er nie gekommen, bevor er Dallas kannte. Doch dann sah er ihn aus seinem Sportwagen steigen, die Sonnenbrille hochschieben und das alte Art-Deco-Gebäude betrachten. Wenn Jake über sein Leben vor Dallas nachdachte – bevor Dallas die dicke Mauer abgetragen hatte, hinter der Jake sich verborgen hielt –, musste er sich eingestehen, dass die Veränderungen atemberaubend waren. Er wachte morgens auf und freute sich. Ja, er freute sich auf den Tag, der vor ihm lag. Er nahm sich die Zeit, einen Kaffee zu trinken und studierte dann in Ruhe die Pläne für die Projekte, an denen er arbeiten wollte. Er freute sich, wenn er eine Stunde später einen Text von Dallas bekam, der verschlafen und halb im Scherz nach einem Bagel mit Frischkäse und literweise heißem, süßem Kaffee verlangte, bevor Jake sich auf den Weg zu Evancho machte.

Und wenn Jake dann ernst machte und Dallas einen Bagel und einen riesigen Becher Kaffee brachte, verdiente er sich damit einen zarten Kuss auf die Wange und ein Lächeln, das er im Herzen trug und immer dann hervorholte, wenn er sich niedergeschlagen fühlte.

„Es geht mir gut." Eine leise Stimme in seinem Kopf flüsterte ihm zu, seine Angst zu überwinden und Dallas' Berührungen zu erwidern.

Er senkte vorsichtig den Arm und fuhr mit den Fingern über Dallas' Hand. Dann hakte er sich mit dem Daumen bei Dallas ein. Er konnte Dallas' Puls fühlen und hätte beinahe die Hand wieder zurückgezogen, doch Dallas hielt ihn fest.

„Evancho … Er hat mich heute überrascht." Jake holte mit der anderen Hand den Schlüsselbund aus der Hosentasche, hielt ihn hoch und rasselte leise damit. „Er hat mir die Schlüssel zur Werkstatt gegeben. Hat mir gesagt, ich soll ein kleines Hinterzimmer aufräumen und dort an meinen Skulpturen arbeiten, damit meine Wohnung nicht so vollgestellt wird. Und er hat mich … *uns* zum Essen eingeladen. An diesem Wochenende oder einem der nächsten. Celeste auch. Ich glaube, er will sie mit jemandem bekanntmachen. Hoffentlich nicht mit Frank, weil …"

„Halt. Lass uns zu den Schlüsseln zurückkehren." Dallas grinste übers ganze Gesicht. „Ich will genau wissen, was er gesagt hat. Jedes Wort."

Sie standen so nahe beieinander, dass sie sich beinahe berührten, als Jake ihm alles erzählte, woran er sich aus dem Gespräch mit Evancho noch erinnern konnte. Es war nicht viel, weil er selbst sich nur durchgestammelt hatte. Nachdem Evancho Jakes Mutter erwähnte, hatte Jakes Verstand mehr oder weniger abgeschaltet und nur noch den Tonfall von Evanchos Stimme registriert – erst entschlossen, dann zunehmend sanft und liebevoll, als Evancho auf seinen Sohn zu sprechen kam.

„Er sagte, er wäre stolz auf mich." Jake drehte und wendete Evanchos Worte gedanklich und konnte sie immer noch nicht recht fassen. „Ihm gefallen meine Skulpturen und er hat mit mir über seine Frau gesprochen. Ich weiß nicht, was ich davon halten soll, Dal. Es ist so unwirklich. Die ganze Unterhaltung war so verwirrend. Gleichzeitig fühle ich mich beklommen, weil ich Angst habe, ihn zu enttäuschen. Er hat so viel Vertrauen in mich gesetzt und war immer gut zu mir. Ich habe das nicht verdient und …"

„Du hast es verdient, Jake." In Dallas' Stimme lag eine Spur von Tadel. „Du musst das endlich …"

„… glauben", beendete Jake die Litanei, die er in den letzten Wochen schon so oft gehört hatte. „Ich weiß. Ich weiß. Es ist nur … Manchmal wird es mir zu viel. Heute auch. Alles, was er gesagt hat … Es wollte nicht aufhören. Eine Schicht nach der anderen, immer mehr … Es ist, wie wenn man einen Topf vergoldet und irgendwann nicht mehr weiß, was Gold ist und was nicht. Ich kann nicht mehr klar denken. Und ich habe heute nach der Arbeit noch einen Therapietermin."

„Soll ich dich begleiten?" Wieder berührte er Jakes Hand mit dem Daumen.

„Du langweilst dich doch nur im Wartezimmer." Jake freute sich immer über Dallas' Lächeln, wenn er von der Therapiestunde ins Wartezimmer zurückkam. Er liebte es, Dallas' Hand auf dem Rücken zu spüren, wenn sie die Praxis verließen. Und wenn Dallas ihn nach einer besonders anstrengenden Sitzung umarmte, war Jake wie im siebten Himmel. Trotzdem wollte er Dallas nicht zumuten, fünfundvierzig Minuten im Wartezimmer zu sitzen und sich zu langweilen, nur weil Jake sich auf eine kleine Umarmung freute.

„Es macht mir nichts aus. Außerdem kann ich die Zeit nutzen und mich um Bürokram kümmern." Er grinste kurz, aber ehrlich. „Na gut. Lange halte ich das normalerweise nicht durch. Meistens höre ich schon nach ein paar Minuten wieder auf und lese oder surfe im Internet. Aber die Auszeit tut mir gut und ich kann für dich da sein. Das ist mir das Wichtigste. Ich mache dir einen Vorschlag … Wir fahren zusammen zu deiner Therapiesitzung und gehen anschließend aus. Was hältst du von der Idee?"

„Ausgehen?" Jakes Verstand setzte aus.

„Ja, ausgehen. Wie ein Date. Nein, nicht nur *wie* ein Date. Ein echtes Date, J." Dallas sah ihn an. Sein Blick war ernst und zärtlich zugleich. „Wir tanzen schon seit einigen Wochen um einander herum. Ich finde, dass es an der Zeit ist, zusammen etwas Nettes zu unternehmen."

„Ein Date?" Jake hatte sich getäuscht. Es war noch nicht vorbei. Dieser Tag konnte doch noch merkwürdiger werden. Und es ging alles so schnell. Er war – irgendwann vor dem Tod seines Vaters und nachdem Dallas ihn so sexy angelächelt hatte – um eine Ecke gebogen und … und jetzt hielt Dallas ihm eine Tür auf, durch die er nur noch durchgehen musste.

Jake wusste nicht, ob er schon so weit war. Er wusste nicht, ob er jemals so weit sein würde. Es war eine Frage des Vertrauens. Jakes Therapeutin forderte ihn immer wieder dazu auf, Vertrauen zu zeigen. Heute waren so viele Dinge über ihn hereingebrochen, auf die er keinen Einfluss hatte. Und dann warf ihm Dallas noch diese wichtigste aller Chancen in den Schoß. Nimm sie an oder lass es sein.

„Ja, J. Ein Date", wiederholte Dallas. „Es ist vielleicht etwas plötzlich. Keine Ahnung. Ich hatte nur das Gefühl, dass … nach allem … Wir sind an einem Punkt angelangt, an dem wir entscheiden sollten, was wir wollen."

Jake holte tief Luft. Seine Ängste fanden ihre Stimme wie von selbst und kamen ans Tageslicht. „Angenommen, ich vermassele alles? Ich vermassele *uns*? Ich will dich nicht verlieren, Dallas. Ich will dich nicht riskieren."

„Babe …" Dallas lehnte sich mit der Stirn an ihn. Ihre Nasen berührten sich kaum merklich. „Du wirst mich nicht verlieren. Egal, was auch mit uns passiert … Es wird immer ein *uns* geben. Ich werde immer dein Freund sein. Egal, ob und wann wir Geliebte werden, du wirst mich als Freund nicht verlieren. Ich hoffe nur, dass … es mehr werden kann. Ich will mehr und hoffe, dass es dir auch so geht. Deshalb ein Date. Etwas gemeinsam unternehmen. Mit gutem Essen – gebraten, wenn möglich – und vielleicht mit Zuckerwatte."

Sie lag immer noch in Jakes Schoß, diese Chance. Und er wollte sie so gerne annehmen. Jake schluckte. Vertrauen. Vertrauen in einen anderen Menschen. Darauf vertrauen, von diesem Menschen nicht verletzt zu werden. Jedenfalls nicht absichtlich. Es war eine beängstigende Vorstellung. Beängstigender als ein Schlüsselbund. Beängstigender als ein gemeinsames Abendessen mit einem Freund oder mit der Mutter eines Freundes.

„Ich habe noch nie Zuckerwatte gegessen", gestand Jake leise. „Jedenfalls kann ich mich nicht erinnern."

„Das ist ein Skandal, Babe." Dallas' Stimme war samtweich und enthielt ein Versprechen, das Jake in jeder Körperzelle spüren konnte. „Das werden wir auf jeden Fall ändern müssen."

„Also gut." Jake atmete aus und der Knoten in seiner Brust löste sich. „Du bekommst dein Date."

VON AUSSEN sah die Tür zu Dr. Val Shigas Praxis aus wie jede andere Tür auch, die sich in dem langen Korridor des Bürogebäudes befand. Das Gebäude, ein siebzehnstöckiger Quader aus Beton und Glas, unterschied sich nicht viel von anderen seiner Art. Vielleicht mehr Parkplätze und etwas mehr Grün auf dem Gelände, aber ansonsten war es eines von tausenden Bürogebäuden, wie sie die belebten Straßen von Los Angeles säumten.

Jake konnte kaum glauben, dass in diesem Klotz, der zwischen einem Taco-Restaurant und einer Autowerkstatt stand, seine Rettung lag.

Das Wartezimmer war unpersönlich eingerichtet – vier Wände, ein dicker, grau melierter Teppich, bequem gepolsterte Sessel und Lautsprecher, aus denen es leise plätscherte. Das Endlosband spielte die Naturgeräusche eines Regenwalds.

Dallas fand die breiten Sessel wunderbar weich und verdammt bequem. Jake hatte noch nie länger als fünf Minuten in einem der Sessel warten müssen. Dr. Shiga – Val – teilte die Praxisräume mit zwei anderen Therapeuten. Es gab keinen

Empfang, sondern nur eine Reihe mit Knöpfen, an denen Namen standen. Wenn ein Patient das Wartezimmer betrat, musste er nur auf den richtigen Knopf drücken und wurde kurz darauf aufgerufen.

„Es ist unheimlich, oder?", flüsterte Dallas ihm zu, als sie sich setzten. „Es ist, als würden wir im Wartesaal zur Hölle sitzen und darauf warten, dass der heilige Petrus kommt und uns eine Katze mitbringt, damit wir doch noch in den Himmel aufgenommen werden."

„Glaubst du, im Himmel gibt es Katzen?" Jake warf ihm einen ungläubigen Blick zu.

„Nein, eher Hunde. Aber um eingelassen zu werden, muss man eine Katze mitbringen", meinte Dallas. „Nur Arschlöcher haben etwas gegen Hunde. Aber wer Katzen liebt, muss eine reine, unschuldige Seele sein. Wer die Katze zurückweist, wird nicht reingelassen."

„Jetzt habe ich das Gefühl, ich müsste mir eine Katze zulegen", grummelte Jake, als er im Büro von Dr. Shiga auf der Couch Platz nahm. Er lächelte der älteren Frau freundlich zu, damit sie ihn nicht für verrückt hielt. Dann musste er über sich selbst lachen. „Sorry. Ich musste nur an eine Bemerkung von Dallas über das Wartezimmer denken."

„Wie entwickelt sich eure Beziehung?" Sie setzte sich hinterm Schreibtisch in ihren Sessel, ein ähnliches Modell wie die Sessel im Wartezimmer. „Oder möchtest du lieber über ein anderes Thema reden?"

„Über ein anderes." Jake wollte eine ungerührte Miene aufsetzen, erinnerte sich dann aber an sein Versprechen, seine Gefühle nicht vor ihr zu verbergen. „Wir wollen heute ausgehen. Ich bin mir nicht sicher, ob ich schon für ein Date bereit bin. Ich …" Die Worte glitten ihm durch den Bauch mit ihren scharfen Kanten und wollten sich seiner Zunge nicht stellen. „Habe ich Angst davor? Befürchtungen? Ich bin aufgeregt. Ich habe keine Angst vor Dallas. Ich habe mehr Angst vor mir selbst. Um mich selbst. Ich … ich glaube, ich möchte Dallas noch eine Weile für mich behalten, weil … Es ist wie mit einem Geburtstagskuchen. Er und ich. Ich weiß nicht, wie er schmeckt, aber … er ist ein Kuchen. Er muss einfach gut sein."

„Das kann ich gut verstehen." Ihr Lächeln erinnerte ihn an Martha. Es war wie ein warmes Schokoladenplätzchen, das in kühlendes Vanilleeis getunkt wurde. „Worüber möchtest du denn gerne reden?"

Er mochte sie. Sehr sogar. Sie war viel zugänglicher als der erste Therapeut, ein Mann, der eine tief sitzende Missbilligung ausstrahle, als Jake ihm über seine Gefühle für Dallas berichtete und ihm sagte, er wäre schwul. Dallas bestand darauf, dass sie einen anderen Therapeuten suchten, der mehr Verständnis für Jakes Lage aufbrachte. So hatten sie Val gefunden, und Val war … angenehm. Er fühlte sich bei ihr wohl.

„Ich will mit den Schlüsseln anfangen", sagte er. „Und mit Evancho."

Jake berichtete ihr fast eine halbe Stunde lang alles, was er über die lose Verbindung seiner Eltern zu Evancho erfahren hatte. Dann erzählte er von Dallas'

Mutter und dass er sich in ihrer Gegenwart anfangs unwohl gefühlt hatte. Er kehrte sein Innerstes nach außen, stand sogar auf und lief unruhig durchs Zimmer, weil er immer noch befürchtete, seine Kollegen würden Evanchos Angebot, das Hinterzimmer für seine Kunst zu benutzen, als Bevorzugung sehen. Als er Val davon erzählte, dass Evancho stolz auf ihn wäre, musste er sich wieder setzen, so sehr überwältigten ihn seine Gefühle.

Es war nicht einfach für ihn, dem Faden seiner eigenen Worte zu folgen. Jake kam sich vor, als hätte er sich durch ein Gewirr verschwommener Farben und glitzernder Drähte gekämpft, als er schließlich zum Ende kam. Die Wanduhr tickte und er hätte sich beinahe wieder schuldig gefühlt, Val so viel Zeit gestohlen zu haben.

„Du hättest beinahe wieder auf die Uhr gesehen, nicht wahr?", fragte sie ihn scherzend. Es war nicht der verbale Schlag ins Gesicht, den er von anderen Menschen gewohnt war und erwartete. Aber er war ihre Zeit wert. Diese wichtige Lektion hatte er schon nach wenigen Sitzungen mit Val gelernt, doch sie musste sich erst langsam einprägen.

„Beinahe." Er nickte lachend. „Ich habe ein schlechtes Gewissen, Dallas draußen warten zu lassen, obwohl er es so will. Und jetzt willst du wieder wissen, was ich darüber denke. Ich habe bisher immer geantwortet, ich wüsste es nicht. Dieses Mal weiß ich es. Es ist ein gutes Gefühl. Dass er auf mich wartet. Als ob ich es ihm wert wäre.

Das ist eine ziemliche Kehrtwende für mich, weil ich ein Mensch bin, der ständig auf die Uhr schaut und immer zu früh kommt, damit sich niemand darüber ärgern kann, dass ich ihn warten lasse. Aber heute … Es ist ein gutes Gefühl, dass er auf mich wartet. Ich habe mich noch nie so gut gefühlt und … ich möchte auch für ihn da sein. Wie er für mich da ist." Er lehnte sich zurück, um bequemer zu sitzen. „Ich möchte darauf achten, was er braucht und wie ich ihm helfen kann. Nicht, um eine Liste zu führen oder weil ich es ihm schuldig bin. Ich kann es schlecht erklären … Weil wir es uns gegenseitig wert sind. Als Partner. Gleiche."

„Das ist ein großer Schritt für dich", sagte sie anerkennend. „Daran musst du festhalten, was immer von jetzt an auch passieren mag. Du musst dich daran erinnern, auch wenn du dich schlecht fühlst."

„Wie damals, als ich abdrücken wollte?" Er streckte die Beine aus und rieb sich mit der Hand übers Gesicht. „Ich muss diese Pistole loswerden. Ich hätte es schon längst tun sollen. Ich brauche sie nicht. Ich will sie auch nicht, aber … Warum habe ich sie dann noch? Es ist … falsch. Es fühlt sich nicht mehr richtig an."

„Dafür gibt es wahrscheinlich viele Gründe. Aber es ist eine Frage, die du dir selbst beantworten musst, Jake."

„Die Pistole ist ein Teil meiner Vergangenheit", gestand er und sein Gaumen juckte. Er hasste dieses Gefühl. „Und dort muss sie bleiben, weil ich eine Zukunft will, in der ich nicht den Geschmack nach Öl und Whiskey im Mund habe, wenn ich morgens aufwache und mir die Zähne putze. Diese Pistole ist wie die Wanduhr.

Ich muss damit aufhören, sie ständig im Blick zu behalten. Es ist, als wäre ich die Zeit und den Platz nicht wert. Ich muss sie loswerden. Vielleicht heute noch."

„Dann solltest du es tun", stimmte ihm Val mit einem leichten Kopfnicken zu. „Wir haben darüber gesprochen, wie man eine Waffe zurückgibt. Meine Bekannte meint, du kannst sie jederzeit auf der Polizeiwache vorbeibringen, wenn du soweit bist. Du musst sie nur vorher anrufen, dann kümmert sie sich um alles. Wenn du soweit bist."

„Ja, das bin ich." Die Schlüssel in seiner Tasche waren leichter geworden, nachdem er akzeptiert hatte, dass Evancho stolz auf ihn war. Aber die Pistole – diese verdammte Pistole, die sein Vater im Haus zurückgelassen hatte – hing wie ein Felsbrocken an seiner Seele. Sie zog ihn nach unten. „Weil ich glaube, dass ich in Dallas verliebt bin, Dr. Shiga ... Val. Ich kann das nicht tun ... Ihn zu lieben oder zu lieben lernen, so lange dieses Stück Metall noch ein Teil von mir ist. Ich muss es loswerden, damit ich weiterleben kann. Damit ich nicht mehr auf die Uhr schauen muss und warte, wie die Sekunden verrinnen. Ich glaube, ich bin jetzt soweit. Ich bin bereit für die Liebe."

15

„DAS IST eine große Sache." Dallas fuhr über die Bordsteinkante bei dem Versuch, den Tesla in eine Parklücke zu manövrieren. „Sie weiß doch, dass wir kommen, ja?"

Jake drehte sich nach hinten und schaute aus dem Fenster auf die Glasfassaden der Gebäude am Straßenrand. Die Sonne war noch nicht ganz untergegangen und ihre Strahlen warfen rote Glanzlichter auf seine braunen Haare. Es war ein Genuss, ihn zu beobachten – selbst jetzt, wo er damit kämpfte, eine Waffe loszuwerden, die er jahrelang als letzten Ausweg bei sich getragen hatte für den Fall, dass er sein Leben nicht mehr ertragen konnte.

Der anstrengende Tag machte sich bemerkbar. Jake hatte dunkle Ringe unter den Augen und war sichtlich angespannt. Jetzt lag noch eine wichtige Aufgabe vor ihm, auch wenn Dallas sie ihm gerne erspart hätte. Die Luft im Wagen war warm und stickig. Jake hatte während der Fahrt hierher kaum ein Wort gesprochen und ständig unruhig von links nach rechts geschaut, war aber vermutlich so in Gedanken versunken, dass er gar nicht wahrnahm, was er vor sich sah.

„Du musst es nicht tun. Heute war ein schwerer Tag für dich und wenn es dir zu viel wird, ist das auch in Ordnung", sagte Dallas mindestens zum zehnten Mal, seit sie die Pistole mitsamt Munition in eine Kiste gepackt hatten. „Wenn du willst, kann ich es für dich übernehmen und sie abgeben."

„Nein, das muss ich schon selbst tun." Jake warf einen Blick auf die Kiste, die zwischen seinen Füßen stand. „Ich weiß nicht, warum es mich so nervös macht. Warum es mir so schwer fällt. Es macht keinen Sinn und …"

Er verstummte. Dallas streichelte ihm übers Bein und Jake zuckte unter der Berührung zusammen. Die Sommersprossen auf seiner Nase stachen scharf hervor und seine blasse Haut war von Bartstoppel übersät. Je länger sie im Schatten des Pfefferbaums im Wagen saßen, umso blasser wurde Jake. Dallas machte sich schon Sorgen, dass Jakes Kreislauf zusammenbrechen würde, wenn sie nicht bald aus dem Wagen stiegen und sich bewegten.

Die Straßen von Los Angeles füllten sich immer mehr mit Feierabendverkehr. Das Rauschen der vorbeifahrenden Autos dröhnte wie ein Wasserfall in ihren Ohren und mischte sich mit dem aromatischen Duft der Bäume und der sanften Brise, die durch die halb geöffneten Seitenfenster des Wagens blies. Es war ein schöner, fast beschaulicher Ort, um die Welt an sich vorüberziehen zu lassen. Jedenfalls hätte es friedlich sein sollen, vor dem langen Rasenstreifen zu sitzen, der zwischen Bürgersteig und Gebäuden lag, von schmalen Wegen durchzogen und mit seltsamen Skulpturen geschmückt, die von ihren runden Sockeln nach oben krochen.

Aber es war nicht friedlich. Jedenfalls nicht für Jake, und Dallas hasste das. Er hasste es so sehr, wie er die Lösung – diese schreckliche, endgültige Lösung in der Kiste auf dem Boden – für die Zerrissenheit in Jakes Seele hasste. Er hasste auch, dass Jake der einzige war, der diese Kiste aufnehmen konnte, um diesen verkörperten Todeswunsch bei der Polizei abzuliefern.

Es würde Jake nicht helfen, wenn Dallas ihm diese Aufgabe abnahm. Dallas wusste das. Er kannte jeden einzelnen Grund dafür – und es waren gute, vernünftige Gründe. Trotzdem hätte er sich am liebsten diese verdammte Kiste geschnappt und sie so weit weggebracht wie möglich, weil … weil Jake schon genug gelitten hatte. Ja, Jake musste die Pistole abgeben. Es war seine einzige Chance auf Heilung. Aber es musste Dallas noch lange nicht gefallen.

„Hey, schau mich an." Dallas rutschte so nahe an Jake heran, wie der Tesla es zuließ. Dann drehte er sich zu ihm um, damit er ihn ansehen konnte. Jake drehte sich ebenfalls zu Dallas um und sah ihn an. Das unschuldige Vertrauen in Jakes Blick war atemberaubend. „Ich möchte dir etwas sagen. Du musst mir darauf nicht antworten. Du musst nur einen Moment hier sitzen und mir zuhören. Wenn ich dann alles gesagt habe, kannst du mir entweder einen Kinnhaken versetzen oder wir steigen zusammen aus und ich begleite dich, ja?"

„Es beunruhigt mich, dass du mir zutraust, ich könnte dir einen Kinnhaken versetzen. Meinst du nicht, ich hätte von diesem Scheißkram genug, nachdem mein Vater endlich tot ist?" Jake legte den Kopf auf die Rücklehne und schloss seufzend die Augen. „Es tut mir leid. Ich … Guter Gott, ich kann diesen Bastard einfach nicht abschütteln. Er ist wie angetrocknete Rotze, die du nicht mehr abkratzen kannst. Ich … ich fühle mich schuldig, dass ich so froh darüber bin, ihn los zu sein. Und es ärgert mich, dass ich mich seinetwegen schuldig fühle."

„Weißt du was? Du hast recht. Mit allem." Ein Radfahrer brauste an ihnen vorbei und fuhr fast den Seitenspiegel ab. Dallas sah dem Fahrradkurier kopfschüttelnd nach und drehte sich wieder zu Jake um. „Ich bin kein Arzt. Ich spiele auch keinen Arzt in einer Fernsehserie. Ich weiß noch nicht einmal, was ich gegen eine Grippe einnehmen soll. Ich habe keine Ahnung, ob ich mich gesund ernähre oder nicht und meistens – und das gebe ich nur sehr ungern zu – rufe ich meine Mutter an, um sie zu fragen. Ich bin also wahrscheinlich der letzte Mensch, den du um Rat bitten solltest, wenn es um deine körperliche oder psychische Gesundheit geht."

„Aber?" Jake ahmte Dallas' texanischen Tonfall nach. Er war gar nicht so schlecht. Celeste versuchte es auch oft, aber sie trug so dick auf, dass sich selbst der letzte Hinterwäldler für den Akzent geschämt hätte. Grauenhaft. „Es gibt ein Aber. Ich höre es dir an."

„Aber ich denke, diese Pistole ist wie ein Teil deines Vaters. Oder ein Ersatz für ihn. Du willst sie nicht weggeben, weil du immer gewusst hast, dass er dich eines Tages umbringen wird." Jake zuckte zusammen, aber Dallas ließ sich dadurch nicht einschüchtern. „Ich denke, dass du sie deshalb behalten willst. Weil du immer damit gerechnet hast, dass es irgendwann passieren wird. Und jetzt ist er tot und diese verdammte Pistole ist das einzige, was dir noch von ihm bleibt, um diesen Job zu erledigen.

Aber ich glaube auch, dass du stark bis, J. Ich weiß es sogar. Und er hatte einen Sohn wie dich nie verdient. Ich weiß, dass du das Ding abgeben musst, um weiterzuleben, aber ich sage dir …" Dallas legte ihm die Hand an die Wange, spürte das starke Kinn an der Handfläche und die weichen Lippen unter dem Daumen. „Ich werde nicht zulassen, dass dieses Arschloch dich uns wegnimmt. Und wenn ich zwei kleinen Kerlen mit haarigen Füßen bis an den Rand eines verdammten Vulkans folgen muss, um dieses Ding zu verbrennen. Du bist ein ganz besonderer Mensch. Du bist wunderschön, liebenswert, begabt und so verdammt unglaublich und süß, dass ich davon Zahnschmerzen bekomme. Also wird diese Pistole heute verschwinden, so oder so. Und dann – so helfe mir Gott – lade ich dich zu einer Extraportion Zuckerwatte ein."

„Das hast du wunderschön gesagt. Bis auf die Zuckerwatte." Jake meinte es nicht ernst, wenn man den tiefen Grübchen in seinen Wangen Glauben schenken durfte. „Und ich glaube, dass du recht hast mit dem, was du über die Pistole gesagt hast. Ich muss sie selbst in dieses Haus bringen und abgeben. Aber ich bin froh, dass du es gerne für mich übernommen hättest. Ich möchte mich auch bei dir bedanken für … für alles.

Dafür, dass du für mich da bist. Einfach nur … bei mir bist." Jake drehte den Kopf in Dallas' Richtung und küsste ihn auf die Handfläche. Es war ein sanfter, bedächtiger Kuss. Dann drückte er sich an Dallas' Hand und bückte sich nach der Kiste. „Ich habe dich sehr gern, Dallas. Wahrscheinlich mehr, als ich sollte oder … Ich weiß auch nicht. Ich habe noch nie eine so ernste Beziehung zu einem Menschen gehabt. Nicht wirklich. Ich weiß nicht so recht, wie ich mit meinen Gefühlen umgehen soll und glaube nicht, dass ich sie jemals verstehen werde, so lange ich dieses Ding nicht losgeworden bin. Ich will diesen Teil meines Lebens … oder was immer ich auch gelebt habe … hinter mich bringen."

„Und was wird mit der Zuckerwatte?" Dallas pikste ihn mit dem Finger in die Seite und entdeckte eine kitzelige Stelle zwischen den Rippen. „Weil, mein lieber Jake Moore … ich möchte endlich wissen, wie du mit Zuckerwatte auf den Lippen schmeckst."

„Ich mag wirklich keine Zuckerwatte, Dal." Jake sah ihn schüchtern an. Es kam unerwartet und war unfassbar liebenswert. „Ich will nur dich schmecken", flüsterte er Dallas ins Ohr.

Es GING alles viel zu schnell. Kein Tusch ertönte und keine himmlischen Chöre kamen vom Himmel herabgeschwebt, um die Erde mit ihrem Lobgesang zu beglücken. Stattdessen betrat eine hübsche Polizistin in Jeans und schwarzem

T-Shirt mit ernstem Gesicht das grau gestrichene Vernehmungszimmer und nahm Jake die Kiste ab, bevor der sie ihr über den Tisch zuschieben konnte.

An der Anmeldung wurden sie von Detective O'Byrne begrüßt. Dallas musste lachen, als er sie sah. Dann erzählte er Jake, dass sie schon wegen der Leiche auf dem Dachboden im Bombshells ermittelt hätte. Sie schüttelten sich die Hände und murmelten Höflichkeiten, bevor Detective O'Byrne sie einen Gang entlangführte, wo sie eine zufällig vorbeikommende Kollegin in Uniform bat, ihnen drei Flaschen Limonade aus dem Getränkeautomat zu besorgen und in das Vernehmungszimmer zu bringen.

„Ich muss Ihnen nur noch einige Fragen stellen, Mr. Moore", sagte sie und setzte sich an den Tisch, nachdem die Polizistin die Limonade gebracht und die Kiste mit der Pistole mitgenommen hatte.

Und das war alles. Damit war dieser Teil seines Lebens abgeschlossen. Die Dunkelheit und der ölige Metallgeschmack waren aus seinem Leben verschwunden. Jake weinte ihnen keine Träne nach. Wenn überhaupt, fühlte er sich frei. Er fühlte sich sogar noch freier als direkt nach dem Tod seines Vaters oder nachdem die Friedhofsarbeiter die letzte Schaufel Erde ins Grab geworfen hatten.

Es war vorbei. Er hatte es hinter sich. Der erste Atemzug, nachdem die Kiste endlich aus dem Zimmer verschwunden war, löste auch noch den letzten Stachel, den er viel zu lang in sich beherbergt hatte.

O'Byrne räusperte sich, um seine Aufmerksamkeit zu erregen. „Wie lange hatten Sie die Waffe in Ihrem Besitz? Und haben Sie einen Waffenschein?"

„Tut mir leid. Ich hatte die Pistole einige Jahre in meiner Wohnung. Sie gehörte … meinem Vater." O'Byrnes strenges Gesicht beunruhigte ihn, zumal sie sich Notizen machte. „Ich habe keine Erlaubnis zum Tragen einer Waffe, aber die, äh … Registrierung ist in der Kiste."

„Sein Vater ist vor einigen Wochen gestorben", mischte sich Dallas ein. „Er war in einem Pflegeheim, bis er kurz vor seinem Tod ins Krankenhaus eingeliefert wurde."

„Haben Sie eine Kopie der Sterbeurkunde mitgebracht?" Sie schaute von ihrem Notizblock auf, als Jake ihr die Kopie des Formulars reichte. „Vielen Dank. Normalerweise muss man bei einer Waffenrückgabe einige Formulare ausfüllen. Aber da Sie persönlich gekommen sind, ist das Verfahren etwas anders. Ich will nur sichergehen, dass wir nichts übersehen haben, ja?"

„Sicher, ja." Er warf Dallas einen fragenden Blick zu.

„Waffenrückgaben finden normalerweise in Form von öffentlichen Veranstaltungen an bestimmten Terminen statt, die vorher bekannt gegeben werden. Sie richten sich allerdings vorrangig an Besitzer von Jagdgewehren und ähnlichen Waffen, die für die Rückgabe Geld oder Geschenkgutscheine erhalten", erklärte Dallas. „Du hättest so lange warten können, aber …"

„Nein. Ich will nichts dafür." Jake strich sich die Haare aus der Stirn. Dallas tastete nach seiner Hand und Jake griff dankbar zu. „Ich will sie nur loswerden."

„Kein Problem. Ich habe nur noch einige kurze Fragen." Sie sah Jake kurz an. Ihre dunklen Augen und ihr ausdrucksloses Gesicht waren nicht sehr beruhigend, aber ihre Stimme klang sanft. „Wissen Sie, ob die Waffe jemals für ein Verbrechen benutzt wurde?"

„Ein Verbrechen?" Jake war schockiert. Er hatte nie darüber nachgedacht, ob sein Vater die Waffe jemals benutzt hatte, zumal er von der Waffe erst erfuhr, als er sie zufällig fand. Damals war er genauso erschrocken wie jetzt. Jake wusste nicht, wie er O'Byrnes Frage beantworten sollte. Er räusperte sich kopfschüttelnd. „Ich weiß es nicht. Ich glaube nicht, oder?"

Jake klammerte sich an Dallas' Hand. Schon als er die Waffe fand, hatte er sich gefragt, wo sie wohl herkam. Und warum hatte sein Vater seine Mutter mit einer Eisenpfanne erschlagen, anstatt sie zu erschießen? Aus Opportunität? Aus Wut? Nur die Verlogenheit seines Vaters hatte er nie hinterfragt. Es gab zu viele Hinweise auf seine Täterschaft, zu viele Andeutungen über ihren Tod, die zwischen den Zeilen einem Schuldeingeständnis gleichkamen. Aber die Pistole ... Warum hatte sein Vater die nicht benutzt und woher kam sie?

„Ich weiß es nicht", wiederholte er seufzend. „Wissen Sie ... Mein Vater? Er war kein guter Mann. Er hat Dinge getan ... Leid verursacht ... Es lässt sich nicht mehr ändern. Ich habe diese Waffe ... aufbewahrt, weil sie ihm gehörte. Sie war ein Teil von ihm, von dem ich nichts wusste. Ein gewalttätiger Teil, der über das hinausging, was ich über ihn wusste. Ich kann nichts Gutes über ihn sagen, außer ... Ich bin froh, dass er diese Waffe nie auf mich oder meine Mutter gerichtet hat. Das ist das einzig Gute, was ich über ihn sagen kann. Ich kann Ihnen nicht sagen, ob er sie auf andere Menschen gerichtet hat. Vielleicht deshalb nicht, weil ich es ihm durchaus zugetraut hätte. Also ... vielleicht."

„Das reicht mir. Ich lasse die Pistole von der Ballistik überprüfen." O'Byrne machte eine Notiz und drehte das Blatt Papier um. „Ist sie in der letzten Zeit abgefeuert worden?"

„Nein. Ich habe sie gereinigt. Ich musste erst lernen, wie es geht, aber ..." Jake stockte der Atem. Dallas drückte seine Hand, ein samtweiches Band um Jakes Hand. „Ich habe nie abgedrückt."

Und das würde er jetzt auch nicht mehr tun.

„Dann war das alles." Sie klopfte auf ihre Unterlagen. „Haben Sie noch Fragen an mich?"

„Nein, ich glaube nicht." Er wollte gerade aufstehen, als Dallas ihn festhielt.

„Aber ich habe noch einige Fragen. Allerdings nicht wegen der Waffe", versicherte ihr Dallas. „Es geht um den Mann, den wir auf unserem Dachboden gefunden haben. Konnte er schon identifiziert werden? Weil ... wenn er keine Familie hat, möchte ich nicht, dass er in einem anonymen Loch vergraben wird. Ich habe mich mit jemandem von der Gerichtsmedizin darüber unterhalten, aber sie sagte, ich müsste mich an Sie wenden. Ich wollte eigentlich anrufen, doch jetzt ..."

„Jetzt sind Sie sowieso hier?" O'Byrne klemmte die Unterlagen in den Clip ihres Kugelschreibers. „Sie scheinen sich sehr für den Mann zu interessieren, Yates. Haben Sie mir etwas mitzuteilen?"

„Nein, Detective. Aber der Mann verdient eine anständige Behandlung, auch nach dem Tod", erwiderte Dallas. „Er ist in einem Gebäude gestorben, das ich gekauft habe. Niemand wusste, dass er im Haus ist. Die früheren Eigentümer kannten ihn nicht und wenn Sie seine Familie nicht ausfindig machen können, wird er in eine Kiste gepackt und zusammen mit anderen verscharrt, die auch so ein beschissenes Leben hatten, dass niemand sie kannte. Ich weiß nicht, wie es Ihnen geht, aber ich bin nicht so erzogen worden. Ich mag den Mann nicht gekannt haben, aber das bedeutet nicht, dass ich keine Verantwortung für ihn habe."

„Ich arbeite in der Mordkommission, Yates. Es passiert mir nicht oft, dass jemand so denkt wie Sie." Sie schaute zur Tür, als jemand anklopfte. Ein gut aussehender Latino steckte den Kopf durch den Türspalt und warf einen raschen Blick auf Jake und Dallas. „Brauchst du das Zimmer, Montoya?"

„Der Captain wollte nur wissen, wie weit du bist. Er hat noch einige Fragen zu dem Mädchen, das gestern gefunden wurde." Montoya hatte einen weichen Akzent mit einem Hauch Würze. Es war nicht der mexikanische Akzent, den Jake von seinen Kollegen kannte. „Ich kann ihm ausrichten, dass es noch einen Moment dauert."

„Ungefähr zehn Minuten, mehr nicht." Dieses Mal erreichte das Lächeln ihre Augen. „Wir wollen den alten Mann doch nicht warten lassen."

„Ich richte es ihm aus", meinte der andere Detective. „Das mit den zehn Minuten. Nicht das über den alten Mann."

„Danke, dafür revanchiere ich mich", versprach sie ihm. Der Mann schloss die Tür hinter sich und O'Byrne ließ sich einen Augenblick Zeit, bevor sie sich wieder an Dallas wandte. „Okay. Ich kann Ihnen bisher nur sagen, dass ein Kollege vom Rauschgiftdezernat glaubt, den alten Mann gekannt zu haben. Es ist noch nicht endgültig, aber sehr wahrscheinlich. Die Kleidung und einige andere Merkmale stimmen überein. Ich kann Ihnen noch nicht sagen, ob er Familie hatte, die sich um seine Beerdigung kümmern wird. Soweit wir wissen, war er nicht sehr beliebt. Der Pathologe geht vorläufig von einer natürlichen Todesursache aus, hatte aber noch keine Zeit, eine Autopsie durchzuführen.

Wenn die Vermutung meines Kollegen zutrifft, war er schon um die siebzig oder achtzig Jahre alt und hat den größten Teil seines Lebens auf der Straße verbracht. Falls nach Abschluss der Untersuchungen niemand Anspruch auf seine Leiche erhebt, werde ich mich bei Ihnen melden. Ich kann Sie als nächsten Verwandten eintragen lassen, sodass Sie automatisch benachrichtigt werden. Aber es wird mit Sicherheit noch einige Monate dauern." O'Byrne stand auf und nahm ihre Papiere vom Tisch. „Bis dahin können Sie nur abwarten. Ich werde dafür sorgen, dass sie auf jeden Fall verständigt werden, okay?"

„Mehr verlange ich nicht", erwiderte Dallas.

Der Rückweg war eine surreale Reise durch kalte Flure, weiße Wände und Menschen in Uniform. Jake hätte sich nicht gewundert, wenn die Wand aufgebrochen und eine blaue, haarige Raupe daraus hervorgekrochen wäre. Er ließ Dallas' Hand nicht los, weil er einen Anker in der Realität brauchte. Oder im Traum. Er wusste es nicht so genau. Er stand mit Dallas in einem Aufzug voller Bullen und Waffen und wusste nur, dass er auf dem Weg in ein anderes Leben war.

Sie gingen durch die Doppeltür ins Freie. Jake blieb mitten auf der Treppe stehen, die zu dem Rasen vor dem Gebäude führte. Er fühlte sich anders. Neu. Etwas erschöpft, weil dieser Tag ihm alles abverlangt hatte. Er war auf den Kopf gestellt und von innen nach außen gestülpt worden. Jake balancierte auf dem schmalen Grat zwischen seinen Bedürfnissen und seinen Ängsten.

„Kann ich dich etwas fragen, Dal?" Er steckte die Hände in die Taschen und bereitete sich auf etwas … Unerfreuliches vor. „Es ist eine dumme Frage. Hier. Jetzt. Ich habe Angst davor, obwohl ich es nicht sollte."

„Nein, das solltest du nicht", erwiderte Dallas. „Aber was hat Val gesagt? Du hast dich daran gewöhnt, Angst zu haben. Es wird dauern, sich das wieder abzugewöhnen. Wie Nägelkauen. Eine schlechte Angewohnheit, mehr nicht. Jedenfalls, wenn es um mich geht. Ich bin die Verkörperung von Toleranz und Verständnis. Für den Rest der Welt will ich die Hand allerdings nicht ins Feuer legen. Also los, frage mich."

„Manchmal weiß ich wirklich nicht, was ich von dir halten soll." Er sah ihn an. „Ich wollte dich nur fragen, ob wir heute Abend vielleicht nicht ausgehen können. Ich weiß, du wolltest dieses Date, aber um ehrlich zu sein …"

„Jake, mein Schatz." Dallas zog ihn an sich. „Ich will, dass du immer ehrlich zu mir bist."

Vor aller Augen. Vor den Bullen von L.A. Vor den Passanten auf der Straße. Als wäre es vollkommen alltäglich und normal. Jake versteifte sich. Er hatte ein ungutes Gefühl im Magen. Und dann … passierte nichts. Gar nichts. Es kümmerte einfach niemanden.

„Alles in Ordnung?", fragte Dallas. „Hey, ich bin doch hier. Was immer du brauchst, J. Ich bin bei dir."

„Ich weiß." Er holte tief Luft und entspannte sich in Dallas' Armen. „Ich meine nur … heute … Es war ein langer Tag. Ein merkwürdiger Tag. Deine Mom ist hier und … bist du sicher, dass du heute Abend bei mir sein willst?"

„Ich kann mir nicht vorstellen, wo ich lieber wäre." Er lachte leise. „Außerdem wird meine Mom den Abend mit ihrer Adoptivtochter verbringen, Celeste. Sie weiß, dass dieser Tag dir gehört. Aber wenn ich dich nach Hause bringen soll …"

„Nein, das will ich nicht." Jakes Zunge war wie gelähmt. Er musste sich zwingen, sie zu bewegen, um die Worte zu formen, die er loswerden wollte, bevor er an ihnen erstickte. „Ich will, dass du heute Nacht bei mir bleibst. Ich glaube, ich brauche … Ich brauche nur dich."

16

Es ENDETE damit, dass sie zusammen tanzten.

Oder ... es *begann* damit, korrigierte sich Dallas, weil er nicht vorhatte, Jake jemals wieder gehen zu lassen.

Dallas kannte die leise Instrumentalmusik nicht, zu der sie sich wiegten, aber das Auf und Ab der Töne war wie ein warmer Wasserfall, der sich wohltuend auf die Seele legte. Jakes nackte Füße berührten alle paar Schritte seine eigenen. Es war eine beinahe zärtliche Berührung, wie ein sanftes Streicheln. Am Anfang, nachdem Dallas die Hand nach Jake ausgestreckt und ihn um einen Tanz gebeten hatte, bewegten sie sich noch ungelenk. Ihre Ellbogen, Knie und Kinne stießen aneinander, bevor sie ihren Platz fanden. Nach einigen Schritten entspannte sich Jake, legte die Arme locker um Dallas' Taille und ließ den Kopf auf Dallas' linke Schulter fallen.

Dallas atmete Jakes klaren, reinen Geruch ein und ließ sich von dem warmen Körper in seinen Armen einlullen.

Draußen senkte sich die Dunkelheit über die Stadt. Die dicken Wände der Wohnung dämpften den Verkehrslärm und die Fenster waren geschlossen, weil die Luft merklich abgekühlt war und für morgen früh Tau versprach. Ihre einzige Lichtquelle war eine Stehlampe – ein altmodisches, baumförmiges Ding mit einem Lampenschirm aus schwerem Stoff. Der Stoff dämpfte das Licht und tauchte das Zimmer in einen warmen, goldenen Schein.

„Dein Lächeln ist wie tausend Sterne", sang Dallas zur Musik. Er war musikalisch nicht sehr begabt und konnte keinen Ton halten. Normalerweise dauerte es keine Minute, bis man ihm beim Karaoke das Mikrofon abnahm. Heute war ihm das egal. Umgeben von Jakes Leben und den Mann in den Armen haltend, brachte Dallas ihm und der Welt das Ständchen, das ihm auf dem Herzen lag. „Ich liebe deinen Kuss, das Mondlicht in deinen Augen."

Jake gab ein ersticktes Geräusch von sich, das Dallas als eine Art unterdrücktes Schnauben interpretierte. „Ich wusste nicht, dass es zu der Melodie einen Text gibt."

„Gibt es auch nicht. Ich habe ihn mir gerade ausgedacht." Dallas drehte Jake mit sich im Kreis und küsste ihn an die Schläfe, wo die Haare strubbelig abstanden. „Ich will für dich singen."

„Du bist ein ziemlich beschissener Sänger", neckte Jake und quiekte empört, als Dallas ihn in den Allerwertesten kniff. „Hey!"

„Mit Kritikern ist es wie mit Kindern ... Man soll sie sehen, aber nicht hören." Dallas schniefte beleidigt.

„Und wie mit deinem Gesang." Jake machte hastig einen Schritt zur Seite, um einem Klaps auf den Hintern auszuweichen. „Wirklich, du bist … grauenhaft. Wie ein Hund, der den Mond anheult."

„Du, Jacques Moore, hast keinerlei musikalische Erfahrung", grummelte Dallas und verfolgte Jake, der Schritt um Schritt vor ihm zurückwich. „Komm zurück. Ich bin noch nicht fertig mit Tanzen."

Es brauchte nicht viel, um Jake am T-Shirt zu packen und zurückzuziehen. Sie standen am Rand der Schatten, eingehüllt in milchiges Grau. Dallas' Seele füllte sich mit einem Leuchten, das er kaum ertragen konnte. Er legte Jake einen Arm um die Taille. Ihre Hüften berührten sich und die Knöpfe ihrer Jeans stießen mit einem dumpfen Klingen aneinander. Es war laut genug, um Jake zum Lachen zu bringen.

„Gott, ich liebe es, wenn du … so lachst", flüsterte Dallas. „Was du mit mir anstellst … Es fühlt sich so gut an, J. Wie habe ich es bisher nur ohne dich ausgehalten?"

Die Ascheschichten von Jakes Vergangenheit fielen ab, verbrannten Krusten, die sie gemeinsam abschälten. Unter den Schichten kamen Jakes Wunden zum Vorschein. Dallas konnte sie spüren, wenn Jake melancholisch wurde oder seine braunen Augen sich verdunkelten in der Erinnerung vergangenen Leids. Aber es gab auch Anzeichen der Heilung – leuchtende, rosa Narben, die Jakes verwundete Seele bedeckten. Jake wurde von Tag zu Tag stärker. In kleinen Schritten lernte er, anderen Menschen zu vertrauen. Und wenn er Hilfe brauchte, war es Dallas, auf den er sich stützte.

„Ich verspreche, Sie nicht auszunutzen, Mr. Moore, aber …" Dallas konnte Jakes Erektion spüren, die sich an sein Bein presste und wie eine Sirene nach ihm rief. „Aber du machst es mir nicht leicht."

„Wie kannst du mich ausnutzen, wenn ich damit anfange?" Er hob den Kopf und lächelte verspielt. Dallas' Herz machte einen kleinen Hüpfer. „Wie funktioniert das? Ich bin nur neugierig."

„Ungefähr so", flüsterte Dallas, drückte sich an ihn und senkte den Kopf. „Sag mir, was du davon hältst."

Es war ihr erster richtiger Kuss. Eine leichte Berührung ihrer Lippen, die unmerklich mehr wurde. Es war komisch. Dallas wäre nie auf die Idee gekommen, dass ein Kuss so wichtig, so lebensverändernd sein könnte. Bis er Jakes Lippen an seinen spürte.

Dallas' ganze Existenz war Teil eines weiten Universums, dessen Sterne so strahlend glänzten, dass sie seine Seele zum Brennen brachten. Eine ungeahnte Energie strömte durch seinen Körper und löste eine Sehnsucht in ihm aus, die er nicht freilassen wollte. Noch nicht. Vielleicht niemals. Alles, was er über Jakes Erfahrungen wusste, riet ihm, sich zurückzuhalten und Jake die Führung zu überlassen. Jake musste entscheiden, welchen Weg sie einschlugen, auch wenn dieser verrückte, verlangende Teil in Dallas laut nach Erfüllung schrie.

Und das nach einer leichten Berührung von Jakes Mund. Nicht mehr.

Dann stieß Jakes Zunge kaum spürbar an Dallas' Lippen und Dallas war schon wieder verloren.

Er wünschte, die Zeit würde stehenbleiben, sodass er jede Berührung und jedes Gefühl auskosten konnte. Dann schloss er die Augen und überließ sich diesem bedeutendsten Augenblick seines bisherigen Lebens.

Es waren die kleinen Dinge, an die Dallas sich am meisten erinnern wollte – das Gefühl von Jakes Haut unter seinen Händen, als er ihm unters T-Shirt fuhr und über den Rücken streichelte; der Geschmack nach Zitronenlimonade auf Jakes Zunge; Jakes Zähne, die ihm über die Lippen schabten. Ihr Kuss endete noch lange nicht, während sie sich ohne Eile erkundeten. Jake fuhr Dallas behutsam mit den Fingerspitzen über die Brust und nach unten bis an die Hüften. Dallas hielt erregt die Luft an, als Jake nach anfänglichem Zögern die Finger in den Bund der Jeans schob. Er spürte Jakes Bartstoppeln und seinen pochenden Puls, als er ihm über den Hals streichelte.

Jake zitterte, als Dallas ihm mit den Fingerspitzen federleicht über die Wirbelsäule nach unten fuhr, um den muskulösen Rücken zu erkunden. Er stöhnte, als Dallas ihm an der Unterlippe knabberte und spannte die Muskeln an, als Dallas die Erkundung seines Rückens auf den knackigen Hintern ausdehnte.

Das Gefühl von Jakes starkem, harten Körper, der sich so nahtlos an seinen eigenen schmiegte, die warmen Lippen, die sich auf seine pressten … Es war ein überwältigendes Gefühl, das Dallas einen Schauer über den Rücken jagte. Er wollte diesen Augenblick so tief in sein Gedächtnis einbrennen, dass er ihn sein Leben lang nicht mehr vergessen würde.

Dallas brachte kaum die Willenskraft auf, den Kuss zu beenden und den Kopf zu heben. Als er wieder atmen konnte, kam ihm die Luft schal vor ohne den Geschmack nach Jake auf den Lippen.

„Mein Gott", keuchte Jake und drückte die Stirn an Dallas' Kopf. „Du machst mich fertig."

„Oh nein", flüsterte Dallas. „Wir haben viel zu hart daran gearbeitet, dich wieder zu heilen. Darf ich stattdessen versuchen, dich … um den Verstand zu bringen?"

„Ja, das hatte ich mir erhofft." Jake atmete zischend aus, schüttelte sich und schloss die Augen. „Willst du mich lieben, Dal? Jetzt?", fragte er mit der gleichen Zärtlichkeit, mit der er Dallas eben noch geküsst hatte.

SEIN VERSTAND fixierte sich manchmal auf die verrücktesten Nebensächlichkeiten. Das wusste Jake. Es passierte ihm täglich. Sei es ein störendes Detail an einem Werkstück oder ein Liedtext, der ihm während der Arbeit nicht mehr aus dem Kopf gehen wollte – ständig war sein Verstand mit irgendwelchen Dingen beschäftigt, die mit der eigentlichen Sache nichts zu tun hatten.

Wie beispielsweise in dem Augenblick, als er mit Dallas aufs Bett fiel und überlegte, wann er das letzte Mal die Bettwäsche gewechselt hatte.

„Dallas, ich …"

Da waren zu viele Erinnerungen … Erinnerungen an eine Zunge, die sich in seinen Mund drängte; Erinnerungen an Finger – trocken und hart –, die über seine Haut kratzten. Doch heute sehnte Jake sich nach dem Mann, der halb auf ihm lag. Dallas war mehr warme Decke als Last, vertraut und erotisch und auch ein bisschen geheimnisvoll. Es gab so vieles an Dallas, was eine Entdeckungsreise wert war: Die weiche Haut unterm Kinn, der Duft seiner Haare nach dem Duschen, die leisen Töne, die ihm nachts über die Lippen kamen, wenn draußen ein Gewitter tobte. Alles das wollte Jake erkunden und im Herzen tragen, um die kalten Ängste abzuwehren, die ihn aus der Hölle seiner Vergangenheit bedrohten.

Dallas rutschte von Jakes Hüften und kniete sich über Jakes Beine. Er legte eine Hand auf Jakes Bauch und verfing sich mit den Fingern in Jakes T-Shirt. Jake erkannte im schwachen Schein der Lampe, dass Dallas ihn besorgt ansah. Er konnte Dallas' Anspannung fühlen und wusste, dass Dallas in diesem Augenblick nur an ihn und seine Bedürfnisse dachte.

„Was ist los, Babe? Ist alles okay mit dir?" Dallas' Hand fuhr ihm über den Bauch und folgte dem Bogen seiner Rippen. „Soll ich aufhören?"

Wenn Jake noch nicht davon überzeugt gewesen wäre, dass Dallas ihn nie verletzen würde, dass er ihn nie benutzen würde … In diesem Augenblick hätte er es erkannt. Dallas hatte sofort auf das leichte Zittern in Jakes Stimme reagiert und sich aufgesetzt.

Jake wusste, wie Sex funktionierte. Er hatte es von einem Mann gelernt, der sich nicht um Jakes Gefühle scherte und der Jakes Schmerzensschreie einfach ignorierte. Dallas' Zärtlichkeit weckte die Erregung in ihm und sein Schwanz füllte sich mit Blut, bis Jake Tränen in die Augen stiegen, so straff war die Haut gespannt, die sich am Stoff der Unterhose rieb. Er wollte sich sein Verlangen nach Dallas durch die Erfahrungen der Vergangenheit nicht verderben lassen. Vor allem wollte er den Mann nicht mehr gehen lassen, den … den er zu lieben gelernt hatte. Den Mann, der ihm geholfen hatte, Liebe zu fühlen, trotz der Wüste aus Gleichgültigkeit und Hass, in der Jake sein bisheriges Leben verbracht hatte.

„Ich wollte dir sagen …" Jake holte Luft und stützte sich auf die Ellbogen. „Ich wollte dir sagen, wie froh ich bin, dass du hier bist. Bei mir. Jetzt."

„Baby, ich werde immer hier sein." Dallas' Kuss war atemberaubend, männlich und mit einem Hauch süßer Zuneigung. „Wenn du mich willst."

„Solltest nicht du *mich* wollen?", scherzte Jake und grunzte, als Dallas ihm gespielt frustriert den Kopf auf die Brust fallen ließ. „Wirklich. Willst du? Bitte?"

„Wann immer du es nicht auch fühlst, musst du mir Bescheid sagen", flüsterte Dallas zwischen süßen, kleinen Küssen. „Versprochen? Ich höre dann sofort auf."

Jake konnte und wollte ihm nicht antworten. Dallas' Worte vermittelten mehr Sicherheit und Geborgenheit als alles andere. Er nickte nur schweigend und vergaß die Welt, als Dallas ihm sanft in die Brust biss und durch das dünne T-Shirt über den Nippel leckte.

„Wir sollten uns ausziehen", knurrte Dallas. Dann hob er erschrocken den Kopf und starrte Jake an. „Verdammt aber auch! Gel. Kondome. Mist. Ich habe das nicht geplant und ..."

„Schublade. Papiertüte. Weiß." Jake nickte zum Nachttisch. „Ich dachte mir, früher oder später brauchen wir es schon, also ..."

„Wann hast du das gekauft?" Dallas wühlte in der Schublade und zog ein Buch heraus. „Hmm, gut. Leichte Lektüre. Ein schottischer Werhund namens Jeremy und eine Werwolfprinzessin? Hört sich cool an. Und es ist ein echtes Buch. Das liebe ich an dir. Du hast richtige Bücher aus Papier."

„Ich mag Papier, ja?" Jake stieß ihm mit den Zehen ans Schienbein. „Wie beispielsweise bei dieser Tüte, die du suchst. Hol sie schon raus, Dal."

„Sie ist hiermit geholt", murmelte Dallas und raschelte mit dem Papier. Dann setzte er sich seufzend auf die Matratze. „Verdammt, Jake ... du bist so ... so wunderschön."

Niemand hatte Jake jemals so angesehen wie Dallas.

Wahrscheinlich würde es auch nie wieder jemand tun.

„Ehrlich, ich kann es manchmal nicht fassen, Liebster." Dallas ließ sich langsam an Jakes Seite sinken und legte die Tüte aufs Kopfkissen. Er lachte, als Jake ihm in den Arm biss. „Du, mein lieber Jacques, hast ziemlich scharfe Zähne. Aber erst müssen wie die Klamotten loswerden."

Sie ließen sich Zeit, sich aus ihrer Kleidung zu schälen. Jedes Mal, wenn wieder ein Stück Haut freigelegt wurde, leckten und küssten sie sich gegenseitig. Jake entdeckte eine kleine Tätowierung auf Dallas' Rücken. Es war ein Seestern, in Erinnerung an einen Sommer, den er in Griechenland verbracht hatte. Er spürte Dallas' Tränen auf dem Rücken, als sein Geliebter die kleinen, weißen Narben sah, die ihm von den wütenden Schlägen seines Vaters geblieben waren. Dann brach er unter dem Ansturm seiner Gefühle fast zusammen, als Dallas mit dem Finger über jede einzelne Narbe fuhr und sie küsste – sein Versprechen an Jake, dass er ihm helfen wollte, alles wieder gut zu machen.

„Das tust du", keuchte Jake, als er Dallas' feuchte Finger zwischen den Arschbacken spürte. „Du machst alles wieder gut."

Jake hatte nie viel gesprochen, aber Dallas lockte Worte aus ihm heraus, die er zu keinem anderen Menschen jemals gesagt hatte, auch nicht zu sich selbst. Es war so einfach, mit Dallas zusammen zu sein, sich von Dallas' Wärme einhüllen zu lassen. Und dann, wenn – wie jetzt – Dallas' Berührungen die Lust in Jake weckten, fragte er sich, wie er den nächsten Kuss überleben sollte.

Den nächsten Kuss? Gott, er würde Dallas' Finger nicht überleben, die sanft um sein Loch kreisten oder den heißen Mund, der sich um seinen Schwanz schloss.

„Lass mich das für dich tun, Babe", flüsterte Dallas. Seine Finger streichelten jetzt federleicht über Jakes Eier, immer auf der Suche nach besonders sensiblen

Stellen. „Und wenn ich aufhören soll, musst du es mir nur sagen. Heute Nacht geht es nur um dich, J. Ich will, dass du dich gut fühlst."

Dallas' Mund hinterließ eine feuchte Spur auf Jakes Körper und fand erotische Stellen, von denen Jake selbst noch nichts geahnt hatte. Er wollte Dallas erkunden, konnte aber nur stöhnen, sich in Dallas' schwarzen Haaren festkrallen und hilflos wimmern. Seine Haut kribbelte und als Dallas vorsichtig einen Finger in ihn hineinschob, konnte Jake nur noch beten, den Elektrosturm der Gefühle zu überleben, der ihm durch jede Nervenzelle tobte.

Er war sicher. Behütet. Es war kaum vorstellbar, dass die Leidenschaft, die Dallas in ihm auslöste, sicher sein konnte. Aber so war es. Jake wurde von den Flutwellen mitgerissen, mit denen sein Körper auf Dallas' Hände und Mund reagierte, befand sich mitten im Auge des Sturms und war doch sicher.

Von Schmerz war nichts zu spüren. Es war etwas unangenehm, als sein Körper unter dem leichten Druck von Dallas' Finger nachgab. Sein Schwanz war überstimuliert und seine Eier brannten, weil sie sich nach Erlösung sehnten. Aber es gab nichts, was ihm nicht gefiel. Dann hob Dallas den Kopf und ließ Jakes Schwanz aus dem Mund gleiten. Jakes Schließmuskel zog sich um Dallas' Finger zusammen und Jake kämpfte keuchend gegen seinen Verstand an, der den ungewohnten Eindringling abwehren wollte. Dann verzog sich der Schatten wieder und er sah Dallas' blaue Augen vor sich. In diesem Moment erkannte Jake, dass er zuhause war.

Dallas war sein Zuhause. Dallas war der Schutz vor dem Sturm, dem Jake schon seit seinem ersten Atemzug ausgeliefert war. Bis zu dem Moment, als er sich in den grinsenden, schlaksigen Dallas verliebte, war er nur mit nackten Füßen über die Scherben zerbrochener Träume gelaufen. Dallas war nicht die Rettung. Er war mehr. Er war ein Rettungsring, an den Jake sich klammern konnte, während er seine eigene Stärke fand. Dallas hatte einem ertrinkenden Jake einen Rettungsring zugeworfen, um ihn an Land zu ziehen, heraus aus dem endlosen Ozean der Bitterkeit, der ihn zu verschlingen drohte.

Und als Jake endlich festen Boden unter den Füßen spürte und erkannte, was aus ihm geworden war, stand Dallas an seiner Seite und zeigte ihm, was sich unter diesen Trümmern verbarg und nur darauf wartete, freigelegt zu werden.

„Ich liebe dich." Jakes wisperndes Bekenntnis verlor sich in dem samtweichen Flüstern von Dallas' Südstaatenstimme. Aber Dallas musste ihn nicht hören. Es reichte ihm, dass Dallas da war, hier bei ihm. Und als Jake die Arme nach ihm ausstreckte, grinste Dallas ihn lüstern an.

„Alles in Ordnung, Babe?" Dallas leckte ihm über den Bauchnabel und lachte, als Jake nur wortlos nickte. „Wenn nicht, dann …"

„Würdest du jetzt bitte aufhören zu reden und es einfach tun? Weil ich …" Endlich schob Dallas den Finger in ihn hinein und Jake verschluckte sich fast an den Gefühlen, die ihm durch den Körper fuhren. „Oh … verdammt."

Diese Finger waren so unbeschreiblich erotisch, als sie in ihn eindrangen, streichelten und reizten und ihm einen Schauer über den Rücken jagten. Dann war Jake plötzlich wieder leer, keuchend und voller Verlangen nach mehr. Dallas kniete sich zwischen seine Beine und rieb sich mit dem Gel ein, bevor er sich das Kondom über den Schwanz rollte. Er ließ Jake nicht eine Sekunde aus den Augen.

Die Schatten und das Licht liebten Dallas. Sie spielten mit seinen Muskeln und dem dichten, schwarzen Haar. Dallas war blassgoldene Schönheit, Lachen und Ernsthaftigkeit vermischt mit einer reinen Freude, von der Jake nie gedacht hätte, sie zu brauchen. Bis jetzt. Jetzt füllte sie sein Leben und ... seinen Körper.

Oh Gott. Dallas füllte Jakes Körper mit einem quälend langsamen, harten Gleiten seines dicken Schwanzes. Jake konnte sich nicht vorstellen, dass es passen würde, dass er es aushalten konnte ... bis Dallas ihn streichelte und alle seine Befürchtungen verschwanden. Und dann hob Dallas Jakes Beine vom Bett und legte sie sich um die Hüften.

Dallas fragte ihn nicht, ob alles in Ordnung wäre. Er wartete einfach nur ab. Er wartete ab und streichelte Jake über den Bauch, bis Jake sich an das Gefühl des harten Schwanzes in seinem Körper gewöhnt hatte. Es war ungelenk und doch wunderbar. Jake konnte kaum atmen und seine Erregung wuchs, je länger Dallas wartete.

Dann endlich bewegte sich Dallas. Mit jedem Stoß berührte er Jake bis ins Innerste seines Körpers und seiner Seele. Jakes ganze Welt explodierte und verwandelte sich in ein Meer von Sternen.

Dallas legte die Hand um Jakes Schwanz, sanft und zärtlich, bis Jake seine Hand über Dallas' legte und zugriff. Sie bewegten sich gemeinsam, rieben, drückten, pumpten. Dallas' Hüften rollten und stießen in Jake hinein und er dachte, er könnte sich nicht mehr weiter dehnen, nicht mehr tiefer öffnen. Und dann rieb Dallas' Schwanz ihm über die Prostata.

Und Jake ließ alles los, was ihn noch am Boden hielt.

Er fiel. Oder flog. Er war sich nicht sicher, was es war. Es spielte auch keine Rolle mehr. Sein Körper reagierte. Seine Hüften hoben und senkten sich und versuchten einen Durst in ihm zu stillen, der unstillbar zu sein schien. Ihre Beine waren schweißgebadet und Dallas beugte sich über ihn, keuchend und stoßend, auf der Suche nach Jakes Seele. Ihre Hände bewegten sich schneller und schneller, dann kamen sie zum Höhepunkt – gemeinsam – und ihr Rhythmus löste sich in einem furiosen Crescendo auf.

Fliegen. Definitiv. Oder doch Fallen.

Er war wie gefangen in dem Erlebnis und die Gedanken wirbelten haltlos durch seinen Kopf. Er sah Dallas keuchend zum Höhepunkt kommen – mit durchgedrückten Armen und offenem Mund – und hob mit ihm ab. Oder sprang mit ihm, als Dallas sich in ihm ergoss.

Dallas ließ sich fallen und sie endeten mit müden Muskeln und steifen Knochen in einem Durcheinander von Armen und Beine, das kaum mehr zu entwirren war. Als Dallas die Tube mit dem Gel unter seiner Hüfte hervorzog, brachen sie in Gelächter aus. Jakes Finger hatten rote Flecken hinterlassen, wo er sich an Dallas festgeklammert hatte.

„Du. Bist. Absolut. Fantastisch. Und ich kann es kaum abwarten, bis wir das wieder machen. Wie immer du willst, Babe, ich bin dabei", keuchte Dallas. Dann klingelte sein Handy, bevor Jake ihm antworten konnte. Es war Celestes Klingelton. Dallas runzelte die Stirn, hob den Kopf und schaute zum Tisch, wo er das Handy liegengelassen hatte. „Mist. Das nehme ich jetzt nicht an."

„Solltest du aber." Jakes Lippen waren taub und geschwollen vom Küssen, doch das störte ihn nicht. Er streckte sich aus. „Deine Mom ist bei ihr, erinnerst du dich?"

„Mist. Ich hasse es, dass du so vernünftig bist, wenn ich am liebsten mit dir so weitermachen würde", grummelte Dallas.

Er stahl sich von Jake noch einen kurzen, heißen Kuss, dann stand er auf, nackt und wunderschön. Sein Schwanz schwang mit jedem Schritt hin und her und die Muskeln seiner Arschbacken traten hervor. Er nahm das Handy vom Tisch und drückte auf einen Knopf. „Was ist?", fragte er kurz und grinste dabei. Dann wurde er leichenblass. Es war ein kurzes Gespräch und Jake schaffte es gerade noch, aufzustehen und Dallas aufzufangen, der vor Schreck über ein Stuhlbein stolperte.

„Dallas, was ist los?" Jake drückte ihn an sich und nahm ihm das Handy aus der Hand. „Du machst mir Angst. Was ist passiert?"

„Wir müssen uns anziehen." Seine blauen Augen, die noch vor wenigen Sekunden verspielt gefunkelt hatten, waren jetzt weit aufgerissen vor Angst. „Wir müssen ins Krankenhaus fahren. Mom ist überfallen worden."

17

„Es WIRD schon wieder", versicherte Dallas Jake auf der Fahrt zum Krankenhaus und fuhr sich mit zitternden Händen durch die Haare. Als Jake mit dem Tesla vorm Eingang anhielt, um Dallas aussteigen zu lassen, starrte der nur mit leerem Blick auf die Tür, die Lippen zu einer dünnen, weißen Linie zusammengepresst.

Jake parkte den Sportwagen und verbrachte dann zehn Minuten damit, in dem Gewirr von Gängen und Menschen nach Dallas zu suchen. Er stolperte schließlich über Celeste, die verloren in einer Ecke des Wartebereichs vor der Notaufnahme saß. Ihre leuchtend grün lackierten Fingernägel klopften an einen zerknüllten Pappbecher. Ein uniformierter Polizist stand in der Nähe, das Handy ans Ohr gedrückt, während er sich an der Aufnahme mit einem Pfleger unterhielt. Überall standen wartende Menschen, einige mit Verletzungen an Armen oder Beinen. Es war relativ ruhig. Nur in einem Fernseher an der Wand lief ein Cartoon für Kinder, der mit spanischen Untertiteln unterlegt war.

„Es wird schon wieder", flüsterte Celeste, als er sich neben ihr auf einen freien Stuhl setzte. Sie ließ die geschlossenen Schwingtüren am Ende des Gangs nicht aus den Augen. „Es wird schon wieder."

Jake nahm ihre Hand. Celeste schaute überrascht nach unten, als Jake sie berührte. Sie stellte den zerknüllten Pappbecher auf den Boden, lehnte sich an ihn und legte ihm den Kopf an die Schulter. Ihr Gesicht war von Tränen überströmt.

Celeste trug ein kurzes, weißes Kleid mit rosa und grünen Tupfen, dazu Go-Go-Stiefel. Wenn das nicht ihr normales Hauskleid war, dann hatten die beiden Frauen wohl ausgehen wollen. Das Kleid war blutbespritzt, vor allem am Bauch und an der Brust. Celestes Haare waren heute blond und zu einem Dutt hochgesteckt, wie Jakes Großmutter ihn auf einem der alten Fotos trug, die seine Mutter von ihr hatte. Einzelne Strähnen hatten sich gelöst und standen in alle Richtungen ab. Jake fragte sich, ob er wohl ausnahmsweise Celestes natürliche Haare sah. Ihr Gesicht war rot und aufgedunsen. Mascara und Eyeliner lief ihr in schwarzen Streifen über die Wangen, aber der kalte Griff ihrer Hand war so fest, dass sie Jake beinahe die Finger brach.

„Was ist passiert?" Dallas hatte etwas über ein Messer und viel Blut gestammelt, konnte aber keinen zusammenhängenden Satz formulieren, so geschockt war er gewesen. Die anschließende Fahrt zum Krankenhaus verlief angespannt, bis sich Dallas über die Konsole beugte, Jake küsste und ihm sagte, dass er es ohne Jake nicht ausgehalten hätte. „Was haben die Ärzte gesagt? Weiß die Polizei schon mehr?"

„Ich fange hinten an. Einer der Polizisten – ein rothaariger Detective – ist gerade bei Martha im Zimmer und befragt sie. Der Junge in der Uniform hat ihn verständigt und ein paar Minuten später war er schon hier. Er sagte, ich sollte hier warten, bis er mit Martha geredet hat. Danach will er meine Zeugenaussage aufnehmen." Celeste schniefte und lächelte unter Tränen, als Jake ihr ein Päckchen Papiertaschentücher unter die Nase hielt. „Mein Gott, Dallas ist ... Ich könnte ihn erwürgen, weil er dich zuerst gefunden hat. Du bist ein ganz großer Schatz, Jakey. Ein wundervoller, lieber Schatz. Mit einem der prächtigsten Hinterteile, das ich jemals gesehen habe. Wenn du Dallas jemals vor die Tür setzt, musst du mich sofort anrufen."

„Ich ... ich wollte eigentlich sagen, dass du für mich nicht die richtige Ausrüstung hast, aber ... Für mich bist du eine Frau. Ganz und gar eine Frau. Selbst wenn du noch ... alles hast, bist du ... eine Frau." Er küsste sie auf die Schläfe. Ihre Haut roch nach Puder und Kirschen. „Manchmal bist du ziemlich verwirrend und ich weiß nicht, was ich sagen soll."

„Du machst das perfekt, mein Süßer." Celeste tupfte sich die Augen und verzog das Gesicht, als sie die schwarze Schmiere auf dem Taschentuch sah. „Mein Gott, ich sehe bestimmt fürchterlich aus."

„Du bist wunderschön", versicherte er ihr. „Und das sage ich, obwohl ich nicht auf Frauen stehe."

„Du brichst mir noch das Herz." Sie legte seufzend den Kopf wieder an seine Schulter. „Und was passiert ist? Ich habe nicht den Hauch einer Ahnung. Martha hatte ihre Handtasche im Bombshells vergessen, also bin ich auf dem Weg zur Show dort vorbeigefahren. Sie wollte die Tasche aus dem Haus holen, bevor wir essen gehen. Ich wollte sie einladen, aber ... Gott, ich hätte diese dämliche Tasche selbst holen sollen. Dann wäre sie nicht ..."

„Celeste, solche Dinge passieren eben." Jake seufzte. Es war schon ironisch, dass ausgerechnet er jetzt Lebensweisheiten von sich gab. „Es hört sich dumm an, aber es ist so. Ich weiß das. Wenn man sich ständig rückblickend Vorwürfe macht, dann ... Es frisst einen von innen heraus auf. Und dann muss man einen Menschen finden, mit dem man darüber reden kann, den man mag und dem man vertraut. Und es dauert eine Ewigkeit, bis man im Kopf wieder klar ist."

„Weißt du was, Süßer?" Sie hob den Kopf, rieb sich über die rote Nase und sah ihn an. „Ich glaube, so viel hast du noch nie auf einmal zu mir gesagt. Ich kann es nicht ändern. Martha ist ... Sie ist wie eine Mutter für mich. Eine richtige Mutter. Sie kocht miserabel und ich hatte schon eine Lebensmittelvergiftung von ihren Tacos, aber sie hat mich gehalten, als ich mir die Seele aus dem Leib gekotzt habe. Und sie hat den Boden aufgewischt, als ich die Toilettenschüssel nicht richtig getroffen habe. Ich hätte mich am liebsten in einem tiefen Loch verkrochen, aber sie hat mich nur getröstet und gemeint, ich sollte mir keine Sorgen machen. Wenn man einen Menschen liebt, ist das alles egal und man hofft nur, dass es ihm bald wieder besser geht. Sie will, dass es mir besser geht, Jake. Wie kann ich mich da nicht beschissen fühlen, weil ich zugelassen habe, dass so ein Arschloch mit dem Messer auf sie einsticht?"

„Hast du gesehen, wer es war?" Die Angst war zurück und setzte sich in Jakes Knochen fest. „Celeste, geht es ihr gut? Dallas wusste es nicht. Soll ich zu ihnen ins Zimmer gehen?"

„Sie lassen dich nicht rein. Ich wundere mich schon, dass sie Dallas zu ihr gelassen haben. Aber er ist mit ihr verwandt. Na gut, ich wundere mich nicht mehr." Celeste hakte sich seufzend bei ihm unter. „Ich saß im Wagen. Martha ging ins Haus, dann hörte ich sie schreien. Ich hatte eine solche Angst, Jake. Eine solche gottverdammte Angst. Es war dunkel und ich konnte nicht erkennen, wie schwer sie verletzt war …"

Celestes tiefe Altstimme brach und wechselte in eine höhere Tonlage, wie ein glitzerndes Konfetti aus Panik und Furcht. Die Stuhllehne bohrte sich unangenehm in Jakes Seite, aber er ignorierte es und lehnte sich zu ihr, um sie aus ihrem Stuhl zu ziehen und an sich zu drücken.

Es war ein ziemlich tollpatschiges Manöver. Sie hatten die Beine ausgestreckt. Celeste klammerte sich mit beiden Händen an Jakes T-Shirt fest und drückte das Gesicht an seine Brust, um ihr lautes Schluchzen zu dämpfen. Sie bebte am ganzen Leib. Der junge Polizist warf ihnen besorgte Blicke zu, aber Jake schüttelte nur schweigend den Kopf. Einige Minuten später hatte sich Celeste ausgeweint. Sie setzte sich schniefend wieder auf und strich Jakes T-Shirt glatt. Es war von oben bis unten mit Schminke verschmiert. Dann fing Celeste mit ruhiger Stimme zu erzählen an.

„Sie war bei mir, als ich meinen ersten BH gekauft habe." Ihr Blick schweifte immer wieder zu der geschlossenen Zimmertür ab und ihre Stimme hatte den gewohnt tiefen, samtig-heiseren Tonfall wiedergefunden. Sie zerriss das Papiertaschentuch in kleine Fetzen und ließ sie auf den Boden rieseln wie Schneeflocken. „Als ich mit den Hormonen anfing, weißt du? Ich war auf der Ranch und habe in einem der Bungalows gewohnt. Es war alles zu viel für mich, weil dieser Scheiß Monate dauert. Ich fühlte mich krank und mein Körper hat sich so verdammt langsam verändert und … ich wollte, dass es schneller geht … wie von Zauberhand, aber … so war das nicht. Und eines Tages hat sie mich aus dem Bett gezogen, hat mich in mein schönstes Kleid gesteckt und ist mit mir einkaufen gefahren.

Ich hatte noch nie einen BH. Und diese verrückte Frau zerrt mich in einen Laden mit Dessous, wo alles rosa ist und Spitzen hat. Und dann sagt sie der Verkäuferin, wir wären gekommen um mich auszustatten. Um ihre Tochter auszustatten. Meine Titten waren … nicht gerade Körbchengröße A, weil ich schon immer pummelig war. Aber jetzt … es war ein magischer Moment. Ich hätte mit meiner eigenen Mutter hier stehen sollen. Aber es war Martha, die bei mir war. Wir mussten die richtige Größe herausfinden und hatten so viel Spaß. Sie hat mit mir gelacht und mir geholfen." Celeste wischte die Tränen nicht mehr ab, die ihr übers Gesicht liefen. „Sie ging mit mir essen und hat mich verwöhnt in diesem Laden. Nur die schönsten Dessous für ihre Tochter. Ich fühlte mich zum ersten Mal in meinem Leben wirklich wie eine Frau, Jake. Eine richtige, gottverdammte Frau, und ich kann nicht … Ich will diese Frau noch nicht verlieren, die mir so viel gegeben hat. Ich halte das nicht aus. Und ich fühle mich schuldig, weil ich …"

„Celeste, du hast es doch selbst gesagt. Es wird schon wieder." Jake wischte ihr unsicher mit einem Taschentuch die Tränen ab. Das Make-up war schon verschmiert, aber er war sich nicht sicher, wie man sich in einem solchen Fall einer Dame gegenüber verhielt. „Es war nicht deine Schuld. Du hast nichts falsch gemacht. Gleich kommt Dallas zurück und dann … Warum bist du eigentlich nicht auch bei ihr im Zimmer? Warum sitzt du hier draußen auf dem Gang?"

„Weil ich in Panik ausgebrochen bin, als sie mich fragten, ob ich mit ihr verwandt wäre. Ich Idiotin habe Nein gesagt. Ich hätte ihnen sagen sollen, dass ich ihre Tochter bin." Sie packte ihn an den Händen. Ihre Fingernägel bohrten sich in die Haut. „Wirklich. Ich habe sie schreien gehört. Dann rannte jemand weg und ich dachte erst, es wäre Martha. Aber es war der Kerl, der sie mit dem Messer angegriffen hat. Ich habe keinen Gedanken an ihn verschwendet. Ich musste sie finden. Sie lehnte an der Hauswand. Ich habe sie genommen und ins Auto gebracht. Dann bin ich losgefahren. Ich glaube, ich habe jede einzelne rote Ampel überfahren. Ich werde so viele Strafzettel bekommen, dass ich Konkurs anmelden muss. Aber das ist mir scheißegal."

„War sie bei Bewusstsein? Sag doch was, C." Jake tätschelte ihre Wange und reichte ihr ein frisches Taschentuch. „Und ich bin auch keine große Hilfe. Ich bringe dich nur noch mehr aus der Fassung."

„Sie war bei Bewusstsein. Sie hat sich beschwert und meinte, es wäre alles in Ordnung mit ihr, aber …" Celeste schniefte wieder. „Wer weiß, was an dem Messer war, mit dem der Kerl sie verletzt hat. Ich wollte nicht stundenlang auf einen Rettungswagen warten. Sie bedeutet mir so viel und … Gott, Dallas wird mich umbringen. Ich habe zugelassen, dass seine Mutter überfallen wurde. Das ist viel, viel schlimmer als damals, als meinetwegen alle Fische in dem Frischwassertank gestorben sind."

„Mr. Moore?", rief eine Frau in lila Krankenhauskleidung vom Aufnahmeschalter. Sie lächelte, als Jake aufstand. „Ihr Freund lässt Ihnen beiden ausrichten, dass es seiner Mutter gut geht und sie zu Ihnen kommen werden, sobald der Detective die Zeugenaussage protokolliert hat."

„Oh, Gott sei Dank", stöhnte Celeste. Dann warf sie Jake einen harten Blick zu. Der Stress fiel aus ihrem Gesicht und sie schürzte die Lippen. Als sie sich mit dem Taschentuch übers Gesicht wischte, lösten sich an dem einen Auge ihre falschen Wimpern. Sie zog sie ab und sah jetzt aus, als hätte sie am anderen Auge eine schwarzhaarige, tote Raupe angeklebt. „Es geht ihr also gut und er hat es dir ausrichten lassen."

„Sieh mich nicht so an. Ich weiß auch nicht, warum er es nicht dir ausrichten ..."

„Vergiss es, mein Süßer." Celeste lehnte sich in ihrem Stuhl zurück und schlug die Beine übereinander. Dann zog sie sich ihr schmutziges Kleid übers Knie. „Ich will auf die Minute genau wissen, seit wann du Dallas' Freund bist. Und wehe, du lässt auch nur das kleinste Detail aus."

„WAS KÖNNEN Sie mir über den Mann sagen, der Sie angegriffen hat, Mrs. Yates?"

Der große, schlanke Detective hatte sich sofort vorgestellt, als er den abgegrenzten Bereich betrat, in dem das Bett seiner Mutter stand, aber Dallas konnte sich nicht mehr an den Namen erinnern. Der Mann trug einen Ehering und einen grauen, maßgeschneiderten Anzug. Er hatte ein freundliches Gesicht und lächelte professionell, aber warm. Dallas fiel es kaum auf, weil er nur die feuerroten, verstrubbelten Haare wahrnahm.

Hätte man ihn später gefragt, ob er Probleme mit den Augen hat, er hätte geschworen, die Haare des Mannes hätten sich mit ihrem glänzenden Schein in seine Netzhaut eingebrannt.

„Geht es Ihnen nicht gut, Mr. Yates?", fragte der Detective. Dallas riss sich von dem Anblick des roten Feuerwerks los, das den Kopf des Mannes wie einen Leuchtturm scheinen ließ. „Es ist vollkommen normal, einen Schock zu erleben, wenn jemand verletzt wird. Wenn Sie medizinische Hilfe benötigen oder eine kurze Pause machen wollen, ist das kein Problem. Es wird nicht mehr lange dauern."

Nachdem der Adrenalinschub abgeklungen war, machte sich der Abend bemerkbar, den er mit Jake verbracht hatte. Er konnte die Bisse spüren, mit denen Jake seine Brust markiert hatte, pochte am ganzen Leib und fühlte Muskeln, die er schon lange nicht mehr gefühlt hatte. Die Panik nach der Nachricht über den Überfall hatte sich gelegt und Dallas fühlte sich ... glücklich.

Seine Mutter lag mit einem dicken Verband an der Seite im Krankenhaus und er selbst saß mit einem breiten Grinsen im Gesicht bei ihr am Bett. Der Detective hielt ihn vermutlich für einen dämlichen Idioten.

„Tut mir leid, aber ... es war ein langer Tag. Und dann noch die Nachricht von dem Überfall ..." Er zog eine Grimasse und drehte sich zu seiner Mutter um. „Du musst aufhören, uns ständig solche Angst einzujagen, Mom. Und jetzt beantworte die Fragen dieses netten jungen Mannes, damit wir nach Hause kommen, bevor Dads Flugzeug landet."

„Du hast doch nicht etwa deinen Vater angerufen!", protestierte sie keuchend. „Oh mein Gott! Er muss sich zu Tode ängstigen. Ich kann es nicht fassen, dass du ihn wegen einer solchen Lappalie angerufen hast."

Dallas schmunzelte. „Das musste ich auch nicht. Celeste ist mir zuvorgekommen."

„Mrs. Yates?", mischte sich der Detective ein. „Es wäre hilfreich, wenn Sie uns den Mann beschreiben können."

„So groß wie ich? Vielleicht etwas größer." Seine Mutter drehte sich im Bett um und verzog das Gesicht, als sie mit dem Ellbogen an das Geländer stieß. „Älter. Er … legt offensichtlich nicht sehr viel Wert auf Hygiene, Detective Camden."

Im Gegensatz zu Dallas hatte seine Mutter ein hervorragendes Namensgedächtnis und ihr Gehör war auch besser, wenn sie die gemurmelte Vorstellung des Detective bei dem Lärm hier verstanden hatte.

Der Detective machte sich Notizen. „Er hat also gestunken? Oder war er schmutzig?"

„Er roch recht merkwürdig. Schmutz konnte ich nicht erkennen, weil es dunkel war und die Lampen hinterm Haus nicht sehr hell sind. Ich habe gehört, es wäre überall in der Stadt so und läge am Observatorium." Sie setzte sich auf. „Ich glaube, ich habe ihn überrascht. Es sah aus, als wollte er die Hintertür aufbrechen. Ich kam um die Ecke und bin erschrocken stehengeblieben, als ich ihn sah."

„Und dann hat er Sie angegriffen?", fragte Camden. „Gleich nachdem Sie um die Ecke kamen? Oder hat er Sie erst bedroht?"

„Er hat mich gleich angegriffen", erklärte sie und überlegte kurz. „Ich glaube nicht, dass er mich verletzen wollte. Nicht so, als ob … als ob er mich töten wollte. Ich habe ihn vermutlich nur erschreckt und er hat um sich geschlagen. Vermutlich war es meine Schuld. Ich hätte wieder gehen und mich ankündigen sollen."

„Mom, streunende Katzen werden erschreckt und schlagen um sich", grummelte Dallas. „Wenn man in ein Haus einbricht und anschließend mit dem Messer auf jemanden einsticht, dann ist das eine vollkommen andere Sache."

„Ich muss Ihrem Sohn rechtgeben, Mrs. Yates. Sie haben den Mann bei einer Straftat überrascht. Es kann durchaus sein, dass er Sie töten wollte, damit Sie ihn nicht mehr identifizieren können." Das Handy des Mannes klingelte. Er zog es aus der Jackentasche und schaute auf die Nummer. „Entschuldigen Sie, ich muss den Anruf annehmen. Es ist mein Partner."

Der Detective verließ die kleine Kabine und ließ Dallas mit seiner Mutter allein zurück. Sie starrte auf den Vorhang, hinter dem der Mann verschwunden war. Dann drehte sie sich zu Dallas um. „Du hättest nicht kommen müssen. Ich weiß, dass du und Jake …"

„Mom. Welchen Teil deines Verstandes hast du wo vergessen, um auf die Idee zu kommen, dass ich nicht sofort ins Krankenhaus komme, wenn ich höre, dass du überfallen worden bist?" Dallas rückte seinen Stuhl näher ans Bett und klappte das Geländer nach unten. Es schepperte laut, als es ans Bettgestell schlug. „Mist. Wenn ich dafür angemotzt werde, gebe ich dir die Schuld."

„Sicher, schiebe es nur einer alten Dame in die Schuhe …"

„Du eine Dame? Das möchte ich erleben", neckte er sie. Es war ein Spruch, den er schon als kleiner Junge immer wieder von seinem Vater gehört hatte. „Und

Jake hat vollstes Verständnis dafür, dass ich hier bin. Er hat mich sogar gefahren, weil ich mit den Nerven am Ende war."

„Er ist ein guter Junge", sagte sie und strich ihm die Haare aus dem Gesicht. „Ich bin froh, dass du ihn gefunden hast. Er wird dir guttun und du ihm. Ihr seid ein so süßes Paar. Das seid ihr doch, oder?"

„Sobald ich mit ihm gesprochen habe, ja. Jake braucht ... Ich muss es ihm laut sagen, wie ich für ihn fühle. Es muss unmissverständlich ausgesprochen werden." Dallas seufzte und rieb sich über die müden Augen. „Mom, seine Familie hat ihn ziemlich fertiggemacht. Wir haben gerade erst seinen Vater beerdigt und wenn dieser Hundesohn noch etwas fühlen könnte, würde ich ihn wieder ausgraben und bei lebendigem Leib verbrennen für das, was er Jake angetan hat."

„Er ist viel hübscher als die Männer, mit denen du früher zusammen warst", bemerkte seine Mutter. „Und er ist gebrochen. Das letzte Mal ... Kevin ..."

„Kevin war ... Es war tragisch. Ich hoffe, er hat endlich Frieden gefunden." Er schnaubte und wandte den Kopf ab, als seine Mutter ihm die Hand auf die Schulter legte. „Es macht mich fertig, dass ich ihm nicht helfen konnte, Mom. Ich weiß, man kann einem Ertrinkenden nicht helfen, wenn er es nicht will. Aber Kevin hatte so viel, für das es sich zu leben lohnte. Trotzdem konnte er keinen Ausweg aus seiner Qual finden."

„Ist es mit Jake auch so?", fragte Martha leise, aber ihre samtweichen Worte hatten einen scharfen Unterton. „Ist er auch ein Ertrinkender? Muss ich mir Sorgen machen, dass du wieder weinend auf meiner Terrasse stehst, weil er dir das Herz gebrochen hat? Wie ernst ist es dir mit ihm?"

„Es ist ganz anders, Mom. Vollkommen anders." Dallas fuhr mit dem Finger über eine Falte in der Bettdecke. „Ich kann es nicht erklären. Es ist ein tiefes Gefühl in mir. Ich denke oft an Jake, manchmal in den seltsamsten Momenten, und dann ist da dieses Gefühl in der Brust ... Ich kann es einfach nicht beschreiben. Als ob etwas aufblüht? Als ob sich ein Leuchten ausbreitet? Es ist wie Weihnachten, Geburtstag und Feuerwerk in einem, nur sanfter und zärtlicher. Wie nach einem wunderbaren Kuss, wenn man weiß, es gibt gleich einen zweiten.

Und dann ist da diese Art, wie er die Welt sieht. Was er in der Welt sieht. Er ist so beschissen behandelt worden und trotzdem ein so guter Mensch. Absolut anständig und liebenswert." Dallas musste grinsen, als er sich an Jakes erstes Zusammentreffen mit Celeste erinnerte. „Er versucht immer, seine Mitmenschen und ihre Gefühle zu verstehen. Ich glaube, das hat mich zuallererst zu ihm hingezogen. Er hat mich um Hilfe gebeten. Er wollte nicht urteilen, sondern eine Lücke in seinem Verständnis füllen. Gleichzeitig hat er mich herausgefordert, die Welt mit anderen Augen zu sehen, weil er so oft Schönheit entdeckt, wo ich nur Schmutz sehe. Ja, Mom, es ist mir ernst mit ihm. Ich will die Welt mit seinen Augen sehen. Ich will jeden Morgen aufwachen und ihn singen hören, wenn er diese Teile seiner Seele in Metall formt, die er zu teilen bereit ist. Ich liebe ihn und will ihn nicht mehr verlieren."

„Na dann." Seine Mutter seufzte zufrieden und legte sich wieder hin. „Sieht aus, als hättest du dich verliebt, mein Schatz. Und dann auch noch in einen Künstler. Du machst mich sehr, sehr glücklich. Aber ..."

„Aber was, Mom?" Dallas wich ihr aus, als sie ihm wieder die Haare aus der Stirn streichen wollte. „Lass das. Aber was?"

„Kann er angeln?" Sie pikste ihm mit dem Zeigefinger auf die Brust und traf ihn unbeabsichtigt direkt an einer Stelle, an der Jake ihn gebissen hatte. „Weil dein Dad im siebten Himmel wäre, wenn er auch noch angeln könnte. Und jetzt sagst du ihm besser, was du für ihn empfindest. Ich habe dich noch nie so glücklich erlebt, mein Schatz. Und wenn dieser Jake dafür verantwortlich ist, wäre es verdammt idiotisch von dir, ihn wieder entkommen zu lassen."

18

Dallas' Vater war ganz anders, als Jake erwartet hatte.

Aber er hatte auch nie erwartet, an einem Donnerstagnachmittag im Hauptraum des Bombshells zu stehen und zuzuhören, wie Brandon Yates und Evancho – den er jetzt Peter nennen sollte – über die Vor- und Nachteile von Streamern und Blinkern diskutierten. Er wusste schon lange nicht mehr, worum es eigentlich ging. Aber es hatte viel mit Federn und wackelnden Plastikteilen zu tun.

Dallas' Vater hatte keine Ähnlichkeit mehr mit dem Mann, den sie am Flughafen abgeholt hatten, das schmale Gesicht voller Sorge um seine Frau. Dallas hatte tatsächlich gequiekt, so fest umarmte ihn sein Vater zur Begrüßung, bevor er Jake schwach zulächelte. Er war ein bleicher, angespannter Mann gewesen, schlaksig und mit Dallas' schwarzen Haaren. Als Dallas ihn darauf hinwies, er hätte nicht nur sein Hemd falsch zugeknöpft, sondern auch zwei unterschiedliche Socken an, grinste sein Vater nur. Die Angst und die Anspannung waren aus seinem Gesicht verschwunden, aber das Grinsen war geblieben.

Die Yates scheuten sich nicht, Zuneigung durch Körperkontakt auszudrücken. Dallas' Vater berührte seinen Sohn wie selbstverständlich, als sie zum Gepäckband gingen. Er legte ihm die Hand auf den Rücken oder fasste ihn beiläufig am Arm. Ihre Schultern berührten sich und ihre Hände waren ständig in Bewegung, während sie sich unterhielten. Es wirkte wie ein subtiler Tanz, mit dem sie sich ihre Zuneigung zeigten, die Ankerpunkte, die ihre Familie – ein dynamisches, organisches Konstrukt aus Körper, Geist und Seele – zusammenhielten, wie eine Schweißnaht eine von Jakes Skulpturen.

Er spürte eine tiefe Sehnsucht in der Brust, als er Dallas und seinen Vater beobachtete. Schnell wandte er den Blick ab, um dieses Gefühl zu unterdrücken und wieder atmen zu können.

Doch jetzt kam dieses Gefühl zurück, als Peter in den Club kam, Jake an sich drückte und mit seinem ukrainischen Akzent begrüßte. Und es wurde schlimmer, als Peter sich Zeit ließ, ihn wieder loszulassen und ihn seinen Sohn nannte.

„Es sieht nicht aus, als könnte jemand durch diese Tür einbrechen. Aber wenn ihr wollt, kann ich das Schloss erneuern." Bis auf einige Kratzer war dem Schloss nichts von dem Einbruchversuch anzusehen. Jake schloss einige Male auf und zu und legte den Riegel vor, um die Funktion des Schlosses zu testen. „Warum kommt der Sicherheitsdienst erst nächste Woche, um die Alarmanlage einzurichten? Die Kabel liegen doch alle schon, oder? Ich dachte, dass die Musikanlage morgen installiert werden soll."

„Ja. Ich will sie eigentlich nicht ungeschützt lassen. Ich habe vorhin mit einem Vertreter der Sicherheitsfirma telefoniert. Er schickt morgen früh einen Mann vorbei, der sich alles ansieht. Der Rest der Arbeit dauert dann noch. Also wäre es vielleicht besser, sicherheitshalber das Schloss auszutauschen." Dallas stand rechts von Jake und legte ihm die Hand auf die Schulter. Sein Vater und Evancho unterhielten sich immer noch, waren jetzt aber von Federn zu spiegelnden Spinnern übergegangen. „Er meinte, normalerweise hätte der Alarm des alten Systems ausgelöst werden müssen. Vermutlich ist der Einbrecher nicht weit genug gekommen, weil Mom ihn vorher überraschte. Dad hat vorgeschlagen, vorübergehend einen Wachdienst zu beauftragen. Der kostet wahrscheinlich mehr als alles, was man hier stehlen könnte."

„Durchaus möglich. Die Kupferarbeiten an der Bar waren sehr teuer, aber das liegt an der Arbeitszeit. Ein Dieb würde das Kupfer wahrscheinlich einschmelzen. Dann ist es so gut wie nichts mehr wert, lässt sich aber leichter verhökern. Ich kann dir nicht sagen, wie oft ich schon abgesägte Teile von Statuen restaurieren musste." Er grinste. „Meistens sind es Hände oder Arme. Aber ich habe auch schon den einen oder anderen Schwanz gemacht."

„Und meinen hast du sehr glücklich gemacht." Jake wurde rot, als Dallas ihm einen Kuss auf den Mund hauchte. „Das war ein erbärmliches Wortspiel, aber ich habe es ernst gemeint. Und ich liebe meine Eltern. Ich bin verdammt froh, dass meiner Mom nichts Ernsthaftes passiert ist und freue mich, meinen Dad zu sehen. Doch sie sind jetzt schon seit über einer Woche hier und ich hätte meine Wohnung gerne wieder für mich."

„Sie sind … nett", meinte Jake. „Aber dein Dad sollte aufhören, ständig so viel zu kochen und es dir dann mitzugeben, wenn du mich besuchst. Ich habe keinen Platz mehr im Kühlschrank."

„Hey! Sei froh, dass Dad kocht. Moms Vorstellung von Seelenfutter sind gebackene Bohnen mit Fritos und Salsa, was sich theoretisch köstlich anhört." Er zog eine Grimasse und hielt sich den Magen. „Aber in Realität? Würde es Mr. Creosote auf die Idee bringen, sofort mit einer Diät zu beginnen."

„Wen?" Es gab manchmal Anspielungen oder Begriffe, die Jake nicht verstand. Dann seufzte Dallas schwer und versprach, ihn bei Gelegenheit angemessen damit bekannt zu machen. Dallas' mitleidsvoller Miene nach zu urteilen, war das wieder so ein Fall. „Ja, ja, schon gut. Wir setzen es auf die Liste."

„Ehrlich, habt ihr Overlords denn nicht recherchiert, bevor ihr mit eurem Raumschiff bei uns notgelandet seid?"

„Nein. Wir haben das Video gesehen, auf dem ihr Ketchup über die Rühreier kippt. Uns ist so schlecht geworden, dass wir nicht mehr über euch wissen wollten. Deshalb mussten wir improvisieren", schoss Jake zurück.

„Oh, Pinky." Dallas riss in gespieltem Erschrecken den Mund auf. „Jetzt geht der Spaß erst richtig los."

„Das kenne ich schon", sagte Jake und drückte ihm einen Kuss auf den Mund. „Aber ich glaube, du wirfst da einiges durcheinander."

Es fühlte sich so richtig an, Dallas in dem dunklen Korridor zu küssen. Dann fingen die Stimmen in Jakes Kopf zu flüstern an und fraßen an seinem Selbstbewusstsein wie ein stinkender, schnellfließender Fluss, der das Ufer mit sich fortriss. Scham und Schuldgefühle mischten sich ein und wollten ihn zwingen, sich zu verstecken und ihre Liebe vor den Menschen verborgen zu halten. Dallas nahm ihn an den Händen und hielt ihn fest. Jake war gar nicht aufgefallen, dass er automatisch einen Schritt nach hinten gemacht hatte, um durch die Tür in das kleine Umkleidezimmer zu gehen, wo niemand sie sehen konnte. Bis Dallas ihn festhielt.

„Wir müssen uns nicht verstecken, Babe", flüsterte Dallas und legte ihm die Hand in den Nacken, um ihn näher zu ziehen. „Ich werde dich niemals verstecken und in die Dunkelheit drängen. Ich weiß, dass es dir noch schwerfällt. Ich verstehe das. Aber lass mich nie los. Geh nie weg von mir."

„Es ist ... Scheiße. Ich bin es leid, mich immer wieder dafür zu entschuldigen und zu erklären, wie schwer es mir fällt. Warum hört es nicht endlich auf? Ich will uns nicht mehr in diesem Mist ersticken, Dallas." Jake atmete zischend aus, als könnte er damit die Angst loswerden, die ihm immer noch in der Brust steckte. „Es ist so dumm. Ich sollte dich doch wohl küssen können, ohne ..."

Die Gabelung des Weges lag direkt vor seinen Füßen – Pfade, die Jake in unterschiedliche Richtungen führten, die er sich nicht vorzustellen wagte und von denen er viele nicht allein beschreiten würde. Unter all den Geistern, die über ihm schwebten, war es derjenige mit dem Gesicht seiner Mutter, der ihn am häufigsten heimsuchte. Ihre Worte drängten sich in jeden Kuss, den er mit Dallas teilte; ihr Blut versalzte jeden Augenblick des Glücks, den er mit Dallas fand. Er konnte nicht damit leben, dass sie ihn hasste für das, was er war – genauso wenig, wie er mit den Schatten seines Vaters und dessen Zurückweisung leben konnte.

Jake räusperte sich und suchte einen Weg durch den dornigen Dschungel seiner Gefühle, in dem er sich verfangen hatte. Dallas kam auf ihn zu, sein Fels in der Brandung, der ihm Halt gab, wenn er ihn brauchte. Es dauerte nicht lange – es ging sogar von Mal zu Mal schneller –, bis die quälenden Dornen, die ihn durchbohrten, wenn er an seine Mutter dachte, wieder in der Dunkelheit verschwanden, in der er selbst sich früher – vor Dallas – verborgen gehalten hatte.

„Maman – meine Mutter ... Ich habe ihretwegen so lange versucht, nicht der zu sein, der ich bin", fing er zitternd an und versuchte dann, mit einem Lächeln die Bitterkeit zu vertreiben, die ihm die Kehle zuschnürte. „Sie hat mir immer gesagt, ich sollte ruhig sein. Nicht auffallen. Ich habe mich in den Ecken und Nischen des Lebens versteckt, weil wir ständig in Angst lebten, das Missfallen meines Vaters zu erregen.

Und weißt du, Dal ... Es hat so verdammt lange gedauert, bis ich merkte, dass es keine Rolle spielte, was ich tat oder wie brav und unauffällig ich war. Er fand immer einen Grund", flüsterte er und weigerte sich standhaft, die Schatten wieder zwischen ihnen aufsteigen zu lassen. „Es war seine Art, uns zu kontrollieren und zu beherrschen. Er konnte uns mit einem Wort zerstören. Ich war sein Besitz. Sie war sein Besitz. Und immer, wenn einer von uns den Versuch machte, sich zu befreien, zog er bei dem anderen die Schlinge zu."

„Dieser Mann … Es tut mir so leid, dass er dein Vater war," sagte Dallas leise und ging einen Schritt auf Jake zu. Als ihre Hüften sich berührten, schob er die Daumen in Jakes Hosentaschen. „Vieles hätte anders sein sollen, Babe. Ich kann gar nicht alles aufzählen. Aber eines weiß ich sicher: Ich wünschte bei Gott, deine Eltern hätten dich geliebt."

„Sie hat mich geliebt", flüsterte Jake. „Aber sie hat … ihn mehr geliebt. Mehr als sich selbst, Dal. Deshalb war die ganze Sache so krank. Es ist nicht so, dass sie mich nicht liebte. Es ist so, dass sie sich selbst nicht genug liebte, um ihn zu verlassen. Er hat sie schon getötet, bevor er sie ermordete. Lange vorher hat er alles Gute in ihr vernichtet, sie erstickt … sie vergiftet … bis nur noch er selbst in ihr lebte. Ich habe Angst, dass er auch einen Teil von mir vernichtet hat."

„Babe, mit dir ist alles in Ordnung. Mit mir auch. Und mit uns." Er neigte den Kopf und zog die Nase kraus. „Zugegeben, alles ist nicht in Ordnung mit uns. Meine Eltern sind bei mir eingezogen und ich möchte am liebsten hier bei dir leben. Aber das geht nicht, weil meine Eltern sich bei mir eingenistet haben. Du wirst überleben, was dir dein Vater angetan hat. Und wir beide werden ein verdammt gutes Leben zusammen haben."

Dallas war so pikiert, dass es schon … süß war. Jake fiel kein besseres Wort ein, um es zu beschreiben: Die zusammengepressten Lippen, das frustrierte Knurren, wenn er nach den passenden Worten suchte, um gleichzeitig ehrlich zu sein und seine Eltern nicht zu beleidigen. Jake hatte dieses Knurren in letzter Zeit oft gehört. Meistens dann, wenn Dallas die Wohnungstür öffnete, um ihn einzulassen.

„Deine Eltern sind wunderbar."

„Sie nehmen sich einen Mietwagen und fahren am Montag wieder nach Hause. Am Montag", grummelte Dallas. „Das ist mein neues Mantra. Am Montag. Und natürlich drehen sie gleich wieder um und kommen zurück, weil sie an der Eröffnung des Bombshells teilnehmen wollen. Aber bis dahin sind wir sie wenigstens für drei Wochen los."

„Wir könnten endlich das Date nachholen, zu dem es nie gekommen ist. Vielleicht morgen Abend. Was meinst du?" Mit diesem Vorschlag hatte Jake offensichtlich den Jackpot geknackt. Dallas strahlte ihn an. „Richtig ausgehen. Nicht nur zum Essen oder so. Ich verspreche es."

„Hey, das letzte Mal … Dieser Tag war sehr wichtig. Alles an diesem Tag war wichtig." Noch ein Kuss. Dieses Mal lehnte Jake sich an ihn. Dallas seufzte zufrieden. „Außerdem hat er perfekt geendet. Jedenfalls bis zu dem Moment, als jemand meine Mom erstechen wollte. Evancho will übrigens die Abrechnung mit mir besprechen. Ich habe den Verdacht, dass er zu wenig verlangen wird."

„Was denkt er sich nur dabei?" Jake musste ein Grinsen unterdrücken. Sein Boss war als Pfennigfuchser bekannt und allein die Vorstellung, dass er Dallas eine zu niedrige Rechnung ausstellte, war lächerlich. „Oder hat er eine entsprechende Andeutung gemacht?"

„Er meint, es wäre alles in Ordnung mit dem ursprünglichen Vertrag. Aber die zusätzlichen Komplikationen, die sich erst im Laufe der Zeit ergeben haben, summieren sich nicht richtig. Ich habe ihm gesagt, er wäre ein Lügner und er hat damit gedroht, dass er dich abzieht und einen deiner Kollegen schickt, um die Arbeiten zu beenden."

„Das würde Evancho ... Peter ... niemals tun." Jake fühlte ehrlichen Stolz darüber, dass Evancho so viel von ihm und seiner Arbeit hielt. Das war schon so gewesen, als sie Evancho Dallas' Vater, Brandon, vorstellten und sein Boss sich mindestens zehn Minuten lang darüber ausließ, was für ein hervorragender Arbeiter und Künstler Jake wäre. „Dazu mag er dich viel zu gerne."

„Aber mich nennt er nicht seinen Sohn. Kannst du meinem Vater Gesellschaft leisten?" Dallas schob die Finger in Jakes Gürtelschlaufen, damit er ihm nicht entkommen konnte. „Und gib mir einen Kuss. Ich würde dich auch um einen Talisman bitten, bevor ich mich in die Schlacht stürze, aber ... Na ja, dann käme ich mir vor, als würde ich dich dazu zwingen, dich zwischen mir und Evancho zu entscheiden."

„Mit Evancho will ich ganz bestimmt nicht schlafen", knurrte Jake zwischen den zwei Küssen, die Dallas ihm auf den Mund drückte. „Über was soll ich mit deinem Dad reden? Ich kann mit Eltern nicht umgehen."

„Meine Mom liebt dich. Geh nur, dir fällt schon was ein." Ein Hauch Melancholie huschte über Dallas' Gesicht. „Aber pass auf ihn auf. Für mich, ja? Manchmal verliert er den Überblick, wenn es ihm zu viel wird. Ich glaube, er kann einen Freund an seiner Seite gebrauchen. In der Zwischenzeit suche ich einen Kompromiss mit deinem Chef-Schrägstrich-Onkel. Und dann machen wir für heute Schluss. Wenn wir Glück haben, kann ich Celeste dazu überreden, sich heute Abend um meine Eltern zu kümmern. Dann können wir ausgehen."

„Ich kann mir nicht vorstellen, dass sie das so vollkommen umsonst macht", meinte Jake. „Erinnerst du dich noch daran, warum du ihre Nasenoperation bezahlt hast?"

„Das war ganz allein Austins Schuld. Wenn du sie danach fragst, wird sie es zugeben." Er kniff Jake in den Hintern und ließ ihn los. „Ich liebe dich, Moore. Und jetzt erkläre meinem Dad alles über deinen Blechkram und wie unglaublich wunderbar ich bin. Darüber muss er noch viel lernen."

„Es wundert mich, dass du nicht die Türen verbreitern lässt, damit dein Ego durchpasst", murmelte Jake, als Dallas davonstakte.

Der Flur war eigentlich gar nicht so lang. Aber er schien sich endlos hinzuziehen und direkt in ein Becken zu führen, in dem sich Piranhas und

Alligatoren tummelten. Falls Alligatoren und Piranhas so aussahen, wie ein stiller, bescheidener Mann mittleren Alters mit dunklen Haaren und sanften Augen.

„Hallo?" Die Silhouette einer Frau erschien in der Tür. „Yates?"

„Ja?" Brandon warf Jake einen fragenden Blick zu. Die gerunzelte Stirn drückte Besorgnis aus. „Wie kann ich Ihnen helfen?"

Die Frau kam ins Haus und Jake erkannt sie sofort. Es war Detective O'Byrne, bei der er die Pistole seines Vaters abgegeben hatte. Sie sah Brandon verwirrt an, wurde aber sofort wieder professionell, als sie Jake erkannte. Sie nickte. Dann kam sie auf die beiden Männer zu und sah sich in der Halle um. Ihrem aufmerksamen Blick entging nicht das kleinste Detail.

„Es freut mich, Sie zu sehen, Moore. Erinnern Sie sich an mich? Detective O'Byrne." Sie schüttelte ihm die Hand und drehte sich zu Brandon um. „Sir."

„Ich erinnere mich an Sie. Es freut mich auch, Sie wiederzusehen." Jake stellte die beiden vor. „Möchten Sie Dallas sprechen?"

„Sie beide", antwortete sie freundlich. „Es geht um den Mann, den Sie auf dem Dachboden gefunden haben. Wir wissen jetzt, wer er ist. Und darüber muss ich mit Ihnen beiden reden."

SEIT DEM Überfall auf seine Mutter hatten sie das Büro als Abstellraum benutzt. Sie lagerten hier die Musikanlage und Gläser für die Bar, die einen Monat zu früh geliefert worden waren. Deshalb war das Büro nicht gerade das optimale Besprechungszimmer, doch O'Byrne machte nicht den Eindruck, sich daran zu stören, dass der Teppich und die Stühle nicht zusammenpassten. Ganz im Gegenteil. Sie lief unruhig im Zimmer auf und ab, als müsste sie sich auf ein Duell im Morgengrauen vorbereiten.

„Dein Dad und Evancho holen Kaffee. Sie bringen uns später auch welchen vorbei." Jake machte einen Bogen um O'Byrne. „Sind Sie sicher, dass Sie keinen Kaffee wollen, Ma'am?"

„Ma'am." Sie schaute Dallas ungläubig an.

„Er macht sich nicht über Sie lustig." Er lächelte gezwungen. Die Frau war angespannt und nervös, daran änderte auch sein Lächeln nichts. Dafür tauchten auf Jakes Wangen kleine Grübchen auf. Dallas fühlte sich sofort besser. „Er hat einfach nur gute Manieren. Setz dich, Jake."

Die Stühle waren unbequeme, rostige Metallgestelle, die sie in dem Haus gefunden und noch nicht entsorgt hatten. Die Sitze waren mit einem grauenhaften, grünen Tweedstoff bezogen. Dallas hasste sie aus tiefster Seele. Die neuen Stühle, die er fürs Büro bestellt hatte, standen schon an der Wand. Sie waren mit dicken Tüchern abgedeckt, um das Holz zu schützen, bis alle Arbeiten abgeschlossen waren. Wenn erst die restlichen Möbel eintrafen und das Büro so aussah, wie Dallas es sich vorstellte, wollte er auf dem Parkplatz hinterm Haus ein großes Lagerfeuer veranstalten und die alten Stühle irgendeinem Gott opfern, bei dem er sich noch entschuldigen musste. Für was auch immer. Für den Moment musste er sich allerdings noch damit abfinden, auf den unbequemen Dingern hin und her zu rutschen und zu hoffen, dass seine Hüften ihm die durchgesessenen Schaumstoffpolster nicht allzu übel nahmen.

„Falls es um meine Mom geht, sollten wir auf meinen Vater warten. Er kommt gleich zurück." Vielleicht hatten sie ja den Kerl festgenommen, der mit dem Messer auf seine Mom losgegangen war. Dallas runzelte die Stirn und überlegte, ob er seine Mom verständigen sollte, damit sie selbst mit Detective O'Byrne reden konnte.

„Nein. Ich bin gekommen, um mit Ihnen über den toten Mann vom Dachboden zu reden. Wir wissen jetzt, wer er ist." Sie setzte sich endlich hin und zog eine fürchterliche Grimasse, als ihr Hinterteil mit dem Polster in Berührung kam. Offensichtlich hatte sie den Schlimmsten unter den Schlimmen erwischt. „Guter Gott, Yates. Sie sollten sich neue Möbel besorgen."

„Das habe ich schon. Wir müssen nur erst die Umbauarbeiten abschließen." Er beugte sich ungeduldig vor. „Der Mann vom Dachboden?"

Der unbekannte Mann ging ihm ständig durch den Kopf, seit sie ihn gefunden hatten. Selbst während er mit Jake im Bett lag und sie sich über Unwichtigkeiten unterhielten, kam er in Gedanken immer wieder auf den Mann zurück, der allein und von aller Welt vergessen gestorben war, begraben unter einem Haufen Müll. Es war sein übelster Albtraum und es wurde noch schlimmer in der Zeit, als Jake neben dem alten Moore – diesem Hundesohn – am Bett saß, um ihn nicht allein sterben zu lassen. Dallas griff nach Jakes Hand und drückte sie, während er darauf wartete, dass O'Byrne mit ihrem Bericht begann.

„Es hat sich herausgestellt, dass die vorherigen Eigentümer des Hauses – so ausgesprochen liebenswerte und besorgte Menschen – genau wussten, wer der Mann war." Ihr Sarkasmus war unüberhörbar. „Sie wussten es von dem Moment an, als ich sie das erste Mal befragte. Sie sind allerdings erst damit herausgerückt, als jemand aus der Familie von einer Erleuchtung heimgesucht wurde."

„Warum haben sie so lange geschwiegen?", fragte Jake und sprach damit aus, was in Dallas' Kopf vor sich ging. „Wer kann einem Toten das antun? Ihn einfach namenlos lassen?"

„Sie wollten nicht in die Sache verwickelt werden, aber die jüngste Tochter bekam Gewissensbisse. Sie ist gestern – gegen den Willen der Familie – auf der Wache erschienen und hat ihn identifiziert. Nachdem wir den Namen hatten, ergab sich der Rest von selbst", erwiderte O'Byrne. „Er hieß Mike Dontano und hat hier gearbeitet, als in dem Haus noch eine Bar betrieben wurde. Es liegt ungefähr dreißig Jahre zurück."

„Und sie kannten ihn? Diesen Mike?" Dallas sortierte gedanklich den Zeitablauf. Die Leute, die er bei der Vertragsunterzeichnung getroffen hatte, waren in den Vierzigern. „Sie waren doch noch gar nicht alt genug, um Alkohol zu trinken. Jedenfalls nicht legal."

„Sie kannten ihn nicht persönlich, wussten aber um seine Verbindung zu ihrem Vater, dem das Haus gehörte. Der Mann hieß Charles Johnson. Er hat hier billigen Alkohol ausgeschenkt und – wenn man den alten Polizeiakten glauben darf – auch Begleitung für einsame Männer vermittelt, die sich amüsieren wollten", erklärte sie. „Er hatte vier Kinder. Nach seiner Scheidung von ihrer Mutter wurden sie von einem Stiefvater aufgezogen. Offensichtlich haben die Eltern sich scheiden lassen, weil Charles den Schwanz nicht in der Hose lassen konnte. Um genauer zu sein – er hatte ein Faible für hübsche Jungs. Seine Kinder wussten nicht, dass er sich noch hier aufhielt und eine Bar betrieb."

„Damals war das selbst hier noch ein Grund, sich vorzusehen, wenn man Wert auf seine Gesundheit legte", überlegte Dallas. „Und was hat das jetzt alles mit diesem Mike zu tun?"

„Der Dachboden wurde von den Männern benutzt, die mit anderen allein sein wollten. Gegen Geld. Nach allem, was die Kinder von ihrer Tante erfuhren, war dieser Dontano sehr beliebt. Insbesondere bei Charles. Eines Tages wurde es unschön und Mike ist gegangen. Einige Wochen später wurde Charles als vermisst gemeldet. Mike blieb unauffindbar. Der Onkel – Charles' Bruder Barry – wollte Mike wegen Mordes anklagen lassen, aber dem war nichts nachzuweisen. Nach einigen Jahren wurde Charles offiziell für tot erklärt. Barry hat das Haus dann umbauen lassen und kommerziell genutzt." Sie stand auf und streckte die Beine. „Charles wurde vor einigen Monaten gefunden. Sein Wagen ist irgendwann von der Straße abgekommen und in eine Schlucht gestürzt. Wanderer haben ihn später zufällig entdeckt. Den Wagen und das, was von Charles noch übrig war. Nach der Beerdigung wurde in der Familie über ihn gesprochen. So haben die Kinder von Dontano erfahren."

„Er wurde des Mordes verdächtigt. Ich kann mir gar nicht vorstellen, wie das gewesen sein muss. Mist." Dallas schaute an die Decke. Sie saßen direkt unter dem Dachboden. Dort oben war ein Mann gestorben, allein, aber von dem Verdacht befreit, seinen Geliebten ermordet zu haben. „Wusste er überhaupt, dass er nicht mehr verdächtigt wurde? Hat die Familie ihn informiert?"

„Die Familie wollte nichts mit ihm zu tun haben, damals nicht und heute nicht. Bis auf Barry. Er hat Dontano damals vor einem Badehaus aufgelauert und ihn fast totgeschlagen. Dontano wollte ihn nicht anzeigen und die Polizei … Nun, damals war die Sympathie für Opfer von homophober Gewalt nicht sonderlich ausgeprägt. Barry hatte Dontano zum Krüppel geschlagen. Dontano ist seit dem Vorfall in Krankenhäusern ein- und ausgegangen und konnte ohne starke Schmerzmittel kaum funktionieren." Sie schürzte die Lippen und nickte, als Jake zischend seinem Ärger Luft machte. „Als wir die Familie befragten, erkannte die Tante Dontano. Danach hat sie den Kindern alles über die damaligen Ereignisse erzählt. Sie befürchteten, dass sein Tod auf die alten Verletzungen zurückzuführen sein könnte. Da Barry jedoch schon gestorben war, dachten sie sich, es würde keine Rolle mehr spielen."

„Keine Rolle mehr spielen?", hakte Dallas nach. „Mein Gott, wir haben einen toten Mann gefunden, sie haben ihn erkannt und einfach ... nichts gesagt? Wie kann man sich nur so verhalten. Ist seine Todesursache ermittelt worden?"

„Der Pathologe vermutet eine natürliche Ursache, aber sicher sind wir noch nicht. Wahrscheinlich werden wir es nie erfahren. Den Ermittlungsergebnissen nach konnte er nach dem Überfall vor dem Badehaus keine Arbeit mehr finden. Ich habe mit seinem Sozialarbeiter gesprochen. Er wusste schon, dass Dontanos Leiche gefunden worden war. Es hat ihn sehr getroffen. Offensichtlich hatte Dontano keine Familie. Und wenn doch, wollte sie nichts mit ihm zu tun haben, weil er schwul war." O'Byrne versteckte ihr Mitgefühl jetzt nicht mehr. „Ich kann jedenfalls niemanden finden, der mit ihm verwandt ist. Ich weiß, dass Sie sich um seine Beerdigung kümmern wollen. Aber es ärgert mich, dass Charles' Familie sich so gleichgültig verhalten hat. Wenn es nach mir geht, werden sie noch mit dem Gericht Bekanntschaft schließen. Aber ich wollte Ihnen vorher berichten, was wir herausfinden konnten. Wenn Sie wollen, wird Ihnen sein Leichnam ausgeliefert, sobald die Gerichtsmedizin ihn freigibt."

„Ja, das wollen wir. Wir werden uns um ihn kümmern." Dallas warf Jake einen kurzen Blick zu. Jake klammerte sich so fest an Dallas' Hand, dass seine Knöchel weiß hervortraten. Er starrte gedankenverloren in die Ferne. Dallas tätschelte ihn am Arm und riss ihn aus seinen Gedanken. Jakes Griff lockerte sich und er murmelte eine Entschuldigung. „Wir sind es ihm schuldig."

„Jemand muss für ihn da sein", stimmte Jake ihm zu. „Wir müssen für ihn da sein. Wir haben ihn gefunden. Wir müssen ihm Frieden geben."

„Es wird noch einige Wochen dauern, aber ich werde alles Nötige in die Wege leiten." O'Byrnes Handy klingelte. Sie holte es aus der Tasche und warf einen Blick auf den Bildschirm. „Okay. Ich werde Sie benachrichtigen lassen. Bitte halten Sie mich auf dem Laufenden. Ich möchte gerne an der Beerdigung teilnehmen."

Sie verabschiedeten sich und begleiteten O'Byrne in die Halle. O'Byrne erkundigte sich nach den Restaurationsarbeiten, die Jake an den Fenstern vorgenommen hatte. Dallas konnte dem Gespräch der beiden nicht mehr folgen, das sich schnell um künstlerische und architektonische Details drehte. Jake gestikulierte angeregt und als O'Byrne ihm für seine Arbeit ein Kompliment machte, senkte er verlegen den Kopf, aber auf seinen Wangen blitzten die kleinen Grübchen auf. Seit dem Tag auf dem Dachboden hatte Jake sich sehr verändert. Er war vor allem selbstbewusster geworden und strahlte neue Zuversicht aus. Dallas spürte es jeden Tag etwas mehr.

„Verdammt, ich liebe dich." Niemand hörte seine Worte. Sie verhallten in den Schatten des alten Gemäuers. Und doch musste Jake sie gespürt haben, denn er hob den Kopf und sah ihm in die Augen, während O'Byrne munter weiterschwatzte.

Jakes Lächeln rührte Dallas tief in der Seele und brachte sein Herz zum Klingen. Es war eine lächerliche Reaktion, wenn man bedachte, dass sie sich erst seit wenigen Monaten kannten. Dann wandte Jake sich wieder O'Byrne zu, die ihn direkt ansprach. Aber die Glücksgefühle in Dallas' Brust breiteten sich aus und vertrieben die Schatten, die das Schicksal des verlassenen Mannes vom Dachboden auf seine Seele geworfen hatten.

„Das wird dir niemals passieren, Babe. Ich verspreche es dir." Dallas ging zur Bar und beobachtete von dort seinen Geliebten, der sich lachend mit O'Byrne unterhielt. „Ich werde dafür sorgen, dass alles gut wird. Ich brauche nur noch etwas Zeit dazu."

19

ALS AN dem Café gegenüber ein Schild auftauchte, das Kürbiskuchen und Kaffee mit Kürbisgewürzen ankündigte, wusste Dallas, dass es offiziell Herbst geworden war. Er war kein großer Fan von Kürbisgewürzen. Der verdammte Geschmack schien selbst auf normalen Kaffee abzufärben. Alles schmeckte nach Muskat und Zimt. Selbst seine Nachmittags-Latte roch nach Gewürzen. Wahrscheinlich hatte sie in der Nähe der Gewürzdose gestanden. Oder es lag an seiner überaktiven Einbildung. Wie auch immer, die Latte roch nach Gewürzen und der Geschmack nach Zimt brannte ihm auf der Zunge.

„Vielleicht steht Jake ja auf den Mist und ich verbringe den Rest meines Lebens damit, jeden Herbst mit diesen verdammten Gewürzen …" Seine Gedanken schweiften ab, als er sich über die Implikationen klar wurde. „Mist, Yates. Das war voreilig gedacht. Es könnte noch alles in die Brüche gehen, bevor du es überhaupt merkst."

Dallas wusste, dass er heute miserabler Laune war. Er konnte die Bitterkeit spüren, die aus seinen Ängsten erwuchs. In den letzten Wochen hatten sie weniger und weniger Zeit miteinander verbracht, weil die Abschlussarbeiten am Haus seine gesamte Aufmerksamkeit und jede freie Minute erforderten. Dann musste er sich um Personaleinstellungen kümmern und nach Talenten suchen, die im Bombshells auftreten wollten. Der Eröffnungsabend erforderte massiven Planungsaufwand. Jake arbeitete in der Werkstatt an einer Skulptur für das Foyer. Es machte Dallas wahnsinnig, dass sie kaum Zeit füreinander fanden, obwohl sie nur durch vier Fahrspuren getrennt waren.

Es könnte genauso gut ein unüberwindbarer Ozean aus Asphalt sein, der zwischen ihnen lag.

Dallas war so beschäftigt, dass er kaum vor die Tür kam. Aber wohin er sich auch immer wandte, überall im Bombshells waren die Spuren zu sehen, die sein Geliebter hinterlassen hatte. Überall zeugten Metallarbeiten von seiner Kunstfertigkeit. Die milchigen, gelben Fensterscheiben waren durch klares Glas ersetzt worden, um die neuen – alten – Gitter besser zur Geltung zu bringen. Das Tageslicht fiel hell und strahlend durch die Scheiben, ohne die Sicherheit zu gefährden oder unerwünschte Einblicke zu erlauben. Dallas musste zugeben, dass es verdammt gut aussah.

Das Bombshells strahlte. Seit dem Überfall auf seine Mutter vor zwei Monaten hatte sich das Knochengerüst der alten Mauern zu einer goldenen Oase aus Metall, Holz und Glas gewandelt. Die restaurierten Wandverkleidungen und Tische aus Kirschholz glänzten ebenso wie die alte Bar aus Eichenholz mit ihren

Messingbeschlägen. An den Decken hingen Leuchter, die zum Stil des Hauses passten. Es war wie eine Zeitreise in die Vergangenheit.

Hinter der Bar standen die Flaschen mit den Spirituosen aufgereiht auf Regalen. Ihr Inhalt glänzte bernsteinfarben oder blassgolden, nur hier und da durch ein leuchtendes Grün oder Blau unterbrochen. Die Bühne, eine halbrunde, flache Plattform mit einem kleinen Backstage-Bereich, war ebenfalls einsatzbereit. Ein kurzer, neu abgetrennter Flur führte links zum Aufenthaltsbereich der Künstler. Dicke, schwere Vorhänge aus schwarzem Stoff und ein Wandschirm aus Bambus verhinderten, dass Licht in den Zuschauerraum drang. Einige Kabel mussten noch verlegt werden und die Lautsprecher standen noch an der Wand und warteten darauf, befestigt zu werden. Aber ansonsten war alles für die ersten Gäste bereit.

Mit einer Ausnahme. An der Rezeption stand in einer Nische ein Sockel aus lackiertem Kirschholz und wartete auf die Skulptur, an der Jake schon arbeitete, seit er das letzte Fenstergitter angebracht hatte.

Jedenfalls dachte Dallas das. Doch als er jetzt in die Halle kam, war der Sockel nicht mehr leer. Im Licht der Nachmittagssonne glänzte Metall.

Es war eine lebensgroße Frau. Oder zumindest war es die Form einer Frau, die mit einem bronzefarbenen Ring verwoben auf dem Sockel befestigt war. Sie war atemberaubend. Dallas blieb wie angenagelt stehen und starrte sie an.

Ihre mattsilberne Form dominierte den Teil des Raums, in dem der Sockel installiert war. Dallas hatte befürchtet, die polierten Holzwände und verzierten Deckenleuchten würden der Skulptur aus gebürstetem Nickel die Wirkung rauben, aber das war nicht der Fall. Die tanzende Frau, bis zur Hüfte nackt, hob den Kopf dem Licht entgegen. Die stilisierten Haare fielen ihr wie ein Wasserfall über Rücken und Schultern und der lange Rock imitierte das Motiv der Tulpen und Lotusblüten, das sich in den restaurierten Fenstergittern fand. Er bestand aus einem zarten Bronzegeflecht, das ihr um die anmutig gebogenen Beine wehte. Ihre Arme waren mit dem Kupferring, den sie hoch über sich hielt, verwoben. Die Gesichtszüge der Frau waren herzförmig und ihre Lippen leicht geöffnet.

Sie war einfach wunderschön. Dallas war sprachlos. Er merkte erst nach einer Weile – als ihm die Brust eng wurde –, dass er die Luft anhielt.

„Noch nicht anfassen", warnte Jake, als er in die Halle zurückkam. „Ich muss sie erst noch richtig befestigen. Evancho und ich haben sie in den Sockel gesteckt, aber sie muss noch von unten festgeschraubt werden." Es dauerte einen Herzschlag, bevor Jake weitersprach. „Ich hoffe, sie gefällt dir."

„Sie ist absolut umwerfend", flüsterte er und grinste, so lächerlich glücklich war er. „Und sie ist vollkommen anders als deine früheren Skulpturen. Einfach ... wow."

„Evancho hat mir viel geholfen. Wir mussten einige Teile gießen und anschließend in Form schmieden. Sie hat ein Gerüst im Inneren und hält einiges aus."

155

„Ich lasse niemanden in ihre Nähe", sagte Dallas kopfschüttelnd. „Ich bringe jeden um, der sie auch nur falsch ansieht."

„Wenn erst die Absperrung wieder angebracht ist und sie von unten beleuchtet wird, kommt man nicht mehr so leicht an sie heran. Ich habe ein Panel abgenommen und sie von hinten auf den Sockel gestellt. Es ist nur angelehnt und muss wieder festgeschraubt werden, sobald ich sie am Sockel befestigt habe."

Jake stand in Licht gebadet, das durch die Jalousien der Vorderfenster fiel. Seine verstrubbelten braunen Haare umrahmten das hübsche Gesicht und die kleinen Sommersprossen teilten sich den Platz auf seiner Nase und den Wangen mit schwarzen Staubflecken. Dallas kannte und liebte dieses Gesicht. Er wollte es altern sehen, wollte sehen, wie es weicher wurde und die Grübchen tiefer, wenn Jake etwas Gewicht zulegte. Er wollte Jakes braune Augen glänzen sehen im Sonnenlicht und müde werden nach dem Sex in einer warmen Sommernacht. Er wollte Jakes schwielige, vernarbte Hände auf der Haut fühlen und seinen Kuss schmecken, der ihm den Morgen versüßte und ihn auf den langen Arbeitstag vorbereitete, der vor ihnen lag.

„Ich bin froh, dass du den Club gekauft hast, Dal." Jake legte ihm den Arm um die Taille und drückte ihm einen Kuss an den Hals. „Ich liebe dieses Haus. Es ist wunderbar geworden", flüsterte er.

In diesem Haus verschmolzen ihre Leben, ihr Lachen und ihre Liebe. In diesen Wänden hatten sie sich gekabbelt, weil sie sich nicht über die passenden Fensterläden einigen konnten. Hier hatten sie ihren Schrecken über das traurige Schicksal des Mannes vom Dachboden geteilt, als er endlich einen Namen bekam. Hier hatten sie die Brücke geschlagen, die ihre Herzen verband. Dallas konnte bei jedem Schritt das Echo ihrer Beziehung hören und es betrübte ihn, dass bald andere, lautere Stimmen ihre gemeinsame Zeit hier überlagern würden.

Jake schenkte ihm so viel Wärme. Er wärmte ihn, wo er gar nicht vermutet hätte, Wärme zu brauchen; wo ihm gar nicht aufgefallen war, dass er fror. Die Traurigkeit in Jakes braunen Augen war schon lange verschwunden und nur ab und zu flackerte kurz eine leichte Melancholie in ihnen auf, wenn die Welt sich um ihn zusammenzog. Jake mit seiner stillen, süßen und schöpferischen Seele passte so perfekt zu Dallas und in Dallas' Leben. Dallas hatte nicht nach ihm gesucht, aber er war verdammt froh, ihn gefunden zu haben.

„Du siehst mich so seltsam an." Jake zog die Augenbrauen hoch und musterte Dallas. Er hatte manchmal noch Schwierigkeiten, die Stimmungen seiner Mitmenschen richtig einzuschätzen, aber er wurde immer besser darin. Und sein Vertrauen in Dallas war wunderbar und demütigend zugleich.

„Ich glaube, wir sollten jetzt nach Hause fahren. Na ja, zu dir nach Hause." Dallas lächelte seinen Geliebten an. „Ich habe nämlich eine Überraschung für dich."

JAKES WOHNUNG war ein hellerer, freundlicherer Ort geworden und es war Dallas, der die Sonne hinter die Backsteinmauern gebracht hatte. Überall in dem schmalen Raum zeugten kleine Dinge von der Zeit, die sie gemeinsam verbracht hatten: Ein gerahmtes Poster und Eintrittskarten zu einem Konzert, das sie besucht hatten; der kleine, rosa Elefant aus Plüsch, den sie bei einer Tombola auf dem Wochenmarkt gewonnen hatten; eine Decke in allen Farben des Regenbogens, die Dallas auf einer Tauschbörse erstanden und auf ihr Bett gelegt hatte.

Ihr Bett.

Für Jake war es schon lange nicht mehr *seine* Wohnung, sondern *ihre*. Dallas war überall – in seinem Leben, seiner Wohnung, seinem ... Herzen. Zu den beiden Salz-und-Pfeffer-Pinguinen auf dem Küchentisch hatte sich eine braune Zuckerschale aus Glas gesellt, die so potthässlich war, dass man ihr einen Kaffeewärmer überstülpen sollte, um unschuldige Betrachter vor ihr zu schützen. Und doch passte dieses grauenhafte Ding perfekt hierher. Dallas hatte es Jake eines Morgens geschenkt, nachdem sie zusammen aufgewacht waren, eng umschlungen und mit dem Geruch nach Sex – nein: Liebe – in der Bettwäsche.

Sie hatten lustige kleine Abenteuer zusammen erlebt, lange Spaziergänge durch Canyons unternommen, den Sonnenuntergang über dem Meer beobachtet und waren im Dunkel zum Auto zurückgestolpert. Sie hatten ihren Lieblings-Taco-Stand und ihre Lieblings-Bistros. Sie wussten, wo es die besten Waffeln mit Speck gab und hatten stundenlang zusammen auf dem Sofa gesessen und gelesen.

Jake hatte an Skulpturen gearbeitet, während Dallas im Hintergrund mit den Handwerkern sprach oder ihm – nachdem Jake sich stundenlang mit einem besonders widerspenstigen Stück abgemüht hatte – ein köstliches Pastrami-Sandwich auf die Werkbank legte.

Dallas war überall. Er hatte sich in Jakes Seele festgesetzt, wo vor ihm nur Leere herrschte, und wenn Jake Luft holte, breitete Dallas' Liebe sich in ihm aus und erfüllte jede Pore seines Körpers.

Und jetzt kam Jake aus der Dusche und fragte sich, was Dallas mit dem altmodischen Picknickkorb vorhatte, den er aus dem Auto in die Wohnung schleppte.

Alle Lampen waren ausgeschaltet und nur eine Lichterkette verbreitete ihren warmen Glanz. Sie war um den schmiedeeisernen Kronleuchter über dem Küchentisch gewickelt, den Jake auf einem Flohmarkt gefunden hatte. Auf dem Couchtisch lag eine dünne Decke aus blauem Leinen, die mit golden glitzernden Sternchen und weißem Glitter bestreut war. Dallas stellte den Korb beim Tisch auf den Boden, kniete sich davor und fing an, den Inhalt zu durchsuchen.

„Mist, ich wollte damit eigentlich fertig sein, bevor du aus der Dusche kommst." Dallas richtete sich auf. Er hielt eine rosa Masse in den Händen, die in klares Plastik eingewickelt war und die er auf den Tisch legte. Dann kam er auf

Jake zu und musterte ihn bewundernd von oben bis unten. „Nette Jeans, die du da anhast."

Seine Neckereien waren anfangs noch ungewohnt gewesen, aber jetzt so liebenswert und vertraut. Die Jeans war schon ausgewaschen genug, um beinahe frivol zu sein. Dallas machte sich oft darüber lustig und meinte, sie würde nur noch durch einen Faden und ein Versprechen zusammengehalten; aber seine blauen Augen funkelten jedes Mal, wenn Jake sie anzog.

„Lass das. Es ist die einzige frisch gewaschene Hose, die ich gefunden habe." Er hätte gerne gewusst, was in dem Päckchen war, das auf dem Tisch lag. Dummerweise stand Dallas im Weg und er konnte nichts sehen.

„Ich beschwere mich ja nicht, im Gegenteil. Die beste Jeans aller Zeiten", murmelte Dallas und fuhr mit dem Zeigefinger in einen Riss im Stoff, direkt an Jakes rechtem Oberschenkel. „Wie lange musst du sie noch anbehalten, um guten Gewissens behaupten zu können, du hättest dich nach dem Duschen angezogen?"

Aus den Lautsprechern klang ein Lied, das leise klagend von Liebe und Bedauern erzählte. Sie hatten es zum ersten Mal gehört, als sie am Santa Monica Pier in Dallas' Tesla saßen und den Sonnenuntergang beobachteten. Dallas streichelte ihm über die Hüften und zog ihn an sich.

„Lass uns tanzen, Moore", flüsterte er Jake ins Ohr.

„Ich kann nicht tanzen, Yates", erinnerte ihn Jake und legte ihm die Hände auf die Hüften.

„Du kannst dich zur Musik wiegen." Dallas biss ihm ins Ohrläppchen und rollte es zwischen den Zähnen. „Du musst dich nur an mir festhalten. Den Rest erledige ich."

„Hast du das nicht schon beim ersten Mal gesagt?" Er passte sich Dallas' Schritten an. Bei jeder Drehung berührten sich ihre Füße.

Dallas neigte den Kopf. Seine Haare glänzten im Licht der Lichterkette. „Mag sein. Aber du hast damals schon gemeint, du könntest nicht tanzen. Und jetzt tanzen wir mindestens einmal in der Woche."

Sie drehten sich schweigend durchs Zimmer und ließen die Musik für sich sprechen. Dallas berührte mit dem Oberschenkel Jakes Schwanz. Jake stöhnte und sie kamen aus dem Takt – jedenfalls aus dem Takt der Musik –, aber das störte sie nicht. Der Takt, zu dem sie sich jetzt bewegten, war älter als das Lied, das aus den Boxen klang. Jakes Schwanz liebte jede Berührung von Dallas und reckte sich ihm entgegen. Er sehnte sich nach der Hitze eines warmen Mundes.

„Mein Gott, J. Ich sehne mich nach dir", flüsterte Dallas zwischen zwei Küssen. „Ich habe dir Zuckerwatte mitgebracht und Schokolade. Aber eigentlich will ich dich nur in mir spüren. Können wir einfach den Rest der Welt aufs Regal legen und bis morgen früh dort vergessen?"

„Wenn du willst, können wir ihn für immer vergessen, Dal." Jake lachte über Dals lüsternes Grinsen. „Aber dann wird es schwer, die Rechnungen zu bezahlen."

„Das liebe ich an dir, Babe. Du bist immer so praktisch." Dallas lehnte sich an ihn und küsste Jake hart genug, um ihn endgültig aus dem Takt zu bringen. Dann zog er ihn zum Bett. „Komm jetzt. Ich will dich versüßen, bevor ich dich auswringe."

Der Geschmack in Jakes Mund war Dallas pur. Nichts mehr war übrig von dem Öl und Pulver, dieser bitteren Würze eines vergangenen Lebens. Er wachte morgens nicht mehr mit dem Geschmack des Todes auf der Zunge auf. Jakes Abende endeten jetzt mit der Erinnerung an Lachen und Freude, die ihm bis in den Schlaf folgte. Seine Tage begannen mit einem blauäugigen Sonnenaufgang von Mann und einem tiefen Kuss, der ihm bis in die hinterste Ecke der Seele drang. Das Leben war manchmal anstrengend und drohte, ihn in den Sumpf zurückzuwerfen, in dem er so lange um sein Überleben gekämpft hatte. Aber jetzt hatte er Dallas, der ihm die Hand reichte und ihn zurückzog an Land.

Mit jedem Tag hielt das Leben mehr helle, strahlende Momente für Jake bereit und er entfernte sich Schritt um Schritt weiter von dem schwarzen Tod aus Metall weg, den er sich in den Mund geschoben hatte.

Ihre Kleidung fiel auf den Boden, kleine Stoffhaufen, die ungeduldig zur Seite gekickt wurden. Dallas jaulte auf, als er versehentlich mit dem großen Zeh gegen den Bettrahmen trat. Die Matratze quietschte, als Jake sich auf den Rücken fallen ließ. Sie quietschte wieder, als Dallas auf ihn sprang und Jake gerade noch dem Ellbogen ausweichen konnte, der ihn beinahe an der Nase getroffen hätte. Das Bett ließ alles stöhnend über sich ergehen. Für einen kurzen Moment hielten sie angespannt die Luft an und hofften, dass es nicht nachgab und zusammenbrach. Aber bis auf das Quietschen der Matratze kamen keinerlei Beschwerden mehr, als das alte Möbel gnädig beschloss, sie nicht im Stich zu lassen.

„Was ist dir lieber, rau oder romantisch?", fragte Dallas und stützte sich mit dem Kinn auf Jakes Brust. „Weil ich zwei Optionen vorbereitet habe, die ich dir gerne zeigen möchte."

Dallas' Schwanz war hart, die samtweiche Haut schon feucht an der Spitze. Seine Nippel waren ebenfalls hart und bettelten Jake geradezu an, sie zu lecken und zu beißen. Er drehte sich zur Seite, um einen der kleinen Nippel in den Mund zu nehmen, aber Dallas legte ihm die Hand auf den Mund und hielt ihn zurück. Jake sah ihn fragend an. Dallas wirkte nachdenklich.

Jake befreite sich aus Dallas' Griff. „Was ist los?", fragte er.

„Ich wollte dir nur sagen, dass ich dich liebe, Jake Moore." Dallas legte ihm die Hand an die Wange. „Ich glaube, ich habe dich schon immer geliebt. Ich hatte dich nur noch nicht gefunden. Aber jetzt habe ich dich und lasse dich nie wieder gehen."

Jake stieß ihn wieder aufs Bett zurück und legte sich auf ihn. Er kannte Dallas' Körper mittlerweile besser als seinen eigenen, von der kleinen Narbe an Dallas' rechtem Knie – sein älterer Bruder hatte ihn als Kind vom Rad gestoßen und er war auf den Schotterweg gefallen – bis zu der Stelle am Schlüsselbein, an der Jake besonders gerne knabberte, weil sie Dallas jedes Mal einen Schauer über den Rücken jagte. Jake kannte jeden Quadratzentimeter der Landschaft, die sich unter ihm auf der Matratze ausbreitete. Und er wusste schon ganz genau, wo er anfangen wollte, sie zu erkunden.

Dallas' Lippen waren warm und weich und ein Versprechen nach mehr. Jake ließ sie nicht zur Ruhe kommen, während er Dallas streichelte. Seit sie sich das erste Mal liebten, hatte Jake beträchtlich an Sicherheit gewonnen. Er wusste jetzt genau, wo er Dallas wie anfassen musste und welche Wirkung er damit erreichte. Er wusste, wie er Dallas dehnen musste, um ihn auf seinen Schwanz vorzubereiten. Es gab nichts, was sie in den vergangenen Wochen nicht ausprobiert hätten. Aber heute war es anders. Heute brauchte Dallas Jake auf eine andere Art. Es war, als hätte die Enthüllung der Skulptur eine Sehnsucht in Dallas geweckt, die nur Jake befriedigen konnte.

„Mein Gott, ich liebe dich." Dallas nuckelte an Jakes Nippel. „Ich kann von dir nicht genug bekommen."

„Nicht bewegen", grummelte Jake und grinste, als ihm die Tube aus der Hand rutschte. Er musste sich mächtig strecken, um sie wieder zu erreichen. „Ah, hier haben wir dich."

Jake liebte es, seine Finger in Dallas' Körper gleiten zu lassen. Er liebte die Hitze und das samtweiche, schlüpfrige Gefühl unter seinen schwieligen Fingerspitzen. Vor allem aber liebte er die kleinen Seufzer, die Dallas entfuhren, wenn Jake den Schließmuskel durchstieß. Es dauerte nicht lange. Schon wenige Sekunden, nachdem Jake seinen feuchten Finger in seinen Geliebten geschoben hatte, wand Dallas sich unter ihm und verkündete, er wäre bereit. Jake schob den Finger tiefer und fuhr ihm über die Prostata. Dallas zuckte stöhnend zusammen.

„Bei Gott, Jake …", keuchte er. „Komm schon."

Als Jake sich das Gel über den Schwanz rieb, zog sich die Haut um seine Eier vor Kälte zusammen. Sie benutzten keine Kondome mehr, aber Jake vermisste es beinahe, weil ihn die dünne Gummischicht vor dem kalten Gel direkt aus der Tube schützte, das Dallas bevorzugte.

„Wir werden uns ein Gel besorgen, das sich von selbst erwärmt", drohte Jake, als Dallas spöttisch lachte. „Ich meine es ernst. Das Zeug ist eiskalt."

„Es ist warm, Babe. Und wenn es dir immer noch zu kalt ist, weiß ich einen Platz, wo es schnell warm wird." Dallas packte Jakes Schwanz. Sein Griff war warm und machte es etwas besser. „Das war meine Sexy-Porno-Option. Ich habe noch die Ungeschickter-Trottel-Option parat. Ich wollte dir eigentlich auch den Smooth Operator anbieten, aber das Update hat nicht funktioniert."

„Lass das, sonst kann ich nicht zielen", knurrte Jake und drückte ihn in die Matratze zurück, um sich mit dem Schwanz in ihn hineinzuschieben. Dallas fiel das Grinsen aus dem Gesicht und er biss sich mit einem zufriedenen Seufzen in die Unterlippe. „Ah, da haben wir's. Halt dich an mir fest, Dal."

Dallas klammerte sich an Jakes Schultern fest. Es dauerte seine Zeit, bis Jake ganz in ihm war. Sein Schwanz war recht dick, aber wenn Jake ihn langsam und behutsam durch Dallas' Muskelring schob, konnte er sich bis zum Anschlag in der Hitze seines Geliebten versenken. Und wenn man den Tönen glauben durfte, die Dallas dabei entfuhren, war es genau das, was ihm gefiel.

Jake liebte dieses Gefühl. Er hätte nie damit gerechnet, jemals einen Mann zu finden, der so perfekt zu ihm passte. Aber an Dallas gab es nichts, was *nicht* zu ihm passte. Dallas passte in ihn und um ihn herum. Nach einigen Stößen war Jake schon im siebten Himmel, obwohl sie gerade erst angefangen hatten.

Dann übernahm Jakes Instinkt die Kontrolle und er wurde von einem wilden, ungezähmten Begehren erfasst, das ihn mit sich fortriss. Jake ließ sich fallen. Seine Hüften bewegten sich wie von selbst, stießen ihn immer tiefer in Dallas hinein. Er keuchte und murmelte Komplimente und Ermutigungen für den Mann, der unter ihm lag. Mit jedem Schlag seiner Hüften an Dallas' Oberschenkel flog er höher und höher. Das Laken unter ihnen kitzelte ihn an den Eiern, wenn er ab und zu den Rücken etwas stärker durchbog.

Er sehnte sich nach Erlösung. Sein Schwanz pochte und wurde von Stoß zu Stoß sensibler. Dallas zog sich um ihn zusammen, klammerte sich an ihn und zog an ihm – mehr, schnell, härter! Schweiß lief ihm über die Brust aufs Laken, das immer feuchter wurde, wo Jake sich mit der Hand neben Dallas abstützte.

Dallas war der erste, der von dem Sturm hinweggerissen wurde. Er zuckte zusammen und brachte Jake aus dem Rhythmus. Jake konnte sich nicht mehr zurückhalten, stieß noch schneller und härter in Dallas' Körper, bis sein Schwanz zu schreien anfing und ihn anbettelte, endlich ein Ende zu machen und ihn kommen zu lassen.

Jake fing an, Dallas' Schwanz zu reiben. Er konnte spüren, dass Dallas ebenfalls kurz vorm Orgasmus war. Dallas krallte sich an ihm fest und seine Fingernägel bohrten sich in Jakes Haut. Dann biss er ihm mit seinen scharfen Zähnen in die Schulter und es war um Jake geschehen.

Er ließ sich von dem Feuer verschlingen und riss Dallas mit sich.

Es war, als würde er in tausend kleine Teile zerspringen und wieder zusammengefügt. Jake liebte dieses Gefühl ... liebte Dallas ... wollte nie wieder ohne ihn aufwachen. Er war es so leid gewesen, allein zu sein, hatte die Last nicht mehr alleine schultern können, die ihm die Welt auferlegte. Bis Dallas gekommen war und sein Leben in einem leuchtenden Farbenmeer explodierte.

Er bog den Rücken durch und presste sich tief in Dallas' Hitze, während er einen Arm unter ihn schob und ihn an sich drückte. Dann kam er heiß und schnell und füllte Dallas mit seinem Samen, bis Dallas keuchend ebenfalls zum Höhepunkt kam, sich um Jakes Schwanz zusammenzog und ihm über die Hand spritzte.

Dallas erschauerte. Er war vollkommen ausgelaugt, klammerte sich an Jake fest und zog den Schließmuskel zusammen. Er wollte Jakes erschlaffenden Schwanz noch nicht entkommen lassen, musste aber nach einiger Zeit aufgeben.

161

Seufzend rollte er sich auf die Seite, um Jake Platz zu machen. Jake ließ sich keuchend neben ihn fallen. Sie waren vollkommen verschwitzt und der Geruch nach Sex lag schwer in der Luft.

Er zog Dallas an sich. Ihre schweißnassen Körper klebten zusammen, aber es fühlte sich gut an. Jake wollte Dallas noch nicht loslassen, wollte nicht ohne ihn sein. Ein kühler Luftzug ließ sie erschauern und sie pressten sich noch enger zusammen. Jake wollte nie wieder aufstehen.

„Jake, Baby?", sagte Dallas keuchend. „Darf ich dir eine Frage stellen?"

„Sicher." Er lachte leise, weil Dallas' Ellbogen ihn beinahe schon wieder an der Nase getroffen hätte, als der sich aufsetzte. „Und pass auf deinen Arm auf, sonst bringst du mich noch um." Jake wartete, bis Dallas saß, dann rappelte er sich ebenfalls auf und setzte sich neben ihn. „Was ist los?"

„Ich wollte dich heute Abend eigentlich verführen, mein Süßer. Ich hatte schon alles geplant und vorbereitet. Und dann stehst du in diesen Jeans vor mir und ich weiß, dass wir das alles nicht brauchen … Das romantische Drumherum, meine ich. Nicht, dass ich etwas gegen Romantik hätte. Aber manchmal braucht man auch mehr als Romantik. Und ich brauche mehr. Ich brauche … ein Versprechen. Ich muss wissen, dass du mich nie verlässt. Dass du immer bei mir bist … hier, in meinem Bett. Na gut, es ist eigentlich dein Bett, aber trotzdem … Ich muss wissen, dass du immer da bist. Dass ich nur die Hand nach dir ausstrecken muss und … und du bist für mich da.

Und deshalb, Jake Moore …" Dallas holte tief Luft. Dann flüsterte er die Worte, die Jake niemals von einem anderen Mann zu hören erwartet hätte. „Ich liebe dich von ganzem Herzen und ich werde dich bis zu meinem letzten Atemzug lieben, wenn du mir nur versprichst, mich zu heiraten."

EPILOG

EINE LIBELLE schwirrte über den Teich. Das Surren ihrer goldfarbenen Flügel war bis ans Ufer zu hören. Der Hügel hinter Jake war ein orangegelbes Blütenmeer, das einen süßen Duft verströmte. Dallas saß Seite an Seite mit seinem Vater und seinem Bruder ungefähr hundert Meter entfernt am Ufer. Die Angelruten der drei Männer warfen lange Schatten auf das sich kräuselnde Wasser. Von ihrer Unterhaltung war nur ein leises Murmeln zu hören, das ab und zu von einem tiefen Lachen unterbrochen wurde. Nichts störte die friedliche Morgenstimmung.

Die ersten Sonnenstrahlen tauchten zitronengelb über dem Horizont auf und am Himmel wich das Silbergrau der Dämmerung einem fluffigen Hellblau. Einige Schäfchenwolken spiegelten sich rosa und golden im Wasser des Teichs. Ein Fisch schnappte nach einer Fliege. Seine silbrigen Schuppen glänzten in allen Farben des Regenbogens und sein Platschen, als er wieder ins Wasser fiel, war das lauteste Geräusch an diesem stillen Morgen.

Sie hatten Jake heute schon aus dem Bett gezerrt, bevor die Kühe – oder waren es die Lamas? – gemolken werden mussten. Jake war sich nicht sicher, aber es war auch egal. Hauptsache, sie waren weit weg von der Ranch, bevor die Hektik losging. Jedenfalls war das die Begründung, die Austin ihm für diese unchristliche Zeit gegeben hatte, als sie in den Truck stiegen und losfuhren. Die Männer der Yates' waren verschlafen auf die Veranda getorkelt, um die Flucht zu ergreifen – nur halb bekleidet, Kaffeebecher und Tüten mit Brötchen in der Hand, die sie aus der Küche stibitzt hatten. Dallas hatte sich gerade an Jake vorbeigeschoben und auf den Rücksitz gesetzt, als Victoria auf die Veranda gestürmt kam. Austin ließ schnell den Motor an und ihre – nicht ganz ernst gemeinte – Schimpftirade ging im lauten Rattern des Motors unter, als er mit einem breiten Grinsen aufs Gas trat und mit quietschenden Reifen davonschoss.

Die drei Männer holten ihr Angelzeug aus dem Wagen und übergaben Jake das einzige Handy, das sie dabeihatten. Dann breiteten sie am Ufer mehrere Schlafsäcke aus, um bequemer sitzen zu können. Jake musste irgendwann wieder eingeschlafen sein, da war er sich fast sicher. Bei ihrer Ankunft am Teich war die Sonne nur eine vage Ankündigung am Horizont gewesen. Als er das nächste Mal blinzelte, stand sie schon hoch genug, um den Morgennebel vertrieben zu haben.

Dallas zwinkerte ihm vom Ufer aus zu und fing sich dafür von Austin einen scherzhaften Stoß mit dem Ellbogen ein. Er verlor das Gleichgewicht und wäre beinahe ins Wasser gefallen, konnte sich vor dem unfreiwilligen Bad aber Arme rudernd noch retten. Ihr Vater wies die beiden leise zurecht, sie würden mit ihrem

Geplänkel die Fische verjagen. Dallas klopfte Austin auf den Rücken, steckte seine Angel in die Halterung im Boden und kam zu Jake gelaufen.

„Hallo, mein Gemahl." Er beugte sich vor, um Jake zu küssen. Dabei verlor er beinahe schon wieder das Gleichgewicht und ließ sich lachend auf den Schlafsack fallen. „Lass es uns noch einmal versuchen."

Dallas schmeckte nach Kaffee und Honig. Er hatte Jake gezeigt, wie man den süßen Nektar aus einer violetten Blüte sog. Sein Kuss wärmte Jake mehr als die aufgehende Sonne und erregte ihn, wie er es nicht für möglich gehalten hätte so bald nach einer Nacht, in der sie sich stundenlang geliebt hatten. Er spürte es immer noch am ganzen Leib, vor allem aber am Rücken, wo Dallas ihn etwas zu ungestüm gebissen hatte, als sie zum Höhepunkt kamen.

„Du machst mich hart", flüsterte er zwischen zwei Küssen. „Es ist schon schlimm genug, dass ich immer Angst habe, deine Eltern würden uns hören …"

„In dem Bungalow hört uns niemand", beruhigte ihn Dallas grinsend. „Na gut, die Hühner vielleicht. Aber wem sollten sie es verraten? Rutsch rüber und gib mir die Tasche."

Auf dem Hintern zur Seite zu rutschen weckte eine weitere Erinnerung an die vergangene Nacht. Jake spürte, wie ihm die Röte ins Gesicht stieg. Die Tasche war schwer und mit den beiden Henkeln zugeknotet. Dallas nahm sie ihm ab und öffnete den Knoten.

„Nein, nicht lunzen", sagte er und schnalzte tadelnd mit der Zunge. „Es dauert nur noch einen Moment. Augen zuhalten oder wegsehen."

Jake drehte sich um und betrachtete einen Baum. Es war kein sehr interessanter Baum. Was immer Dallas auch vorhatte, dauerte ziemlich lange. Jake war es egal. Sie hatten ihr ganzes Leben vor sich. Er spielte mit dem schweren Goldring, den Dallas ihm vor einigen Tagen über den Finger gestreift hatte, als sie sich eine Ewigkeit gelobten.

Sie hatten für ihre Hochzeit eine kleine Kirche gefunden. Es war schön gewesen, am Altar zu stehen und auf den Bänken alle ihre liebsten Menschen versammelt zu wissen. Er war Hand in Hand mit Dallas zum Altar geschritten, eine symbolische Geste für ihr zukünftiges Leben. Evancho zwinkerte ihm zu, als sie an ihm vorbeikamen. Es hatte sieben Monate gedauert, bis sie sich ihren Traum erfüllen konnten. In dieser Zeit wurde das Bombshells eröffnet, sie hatten eine streunende Katze adoptiert, die sie Belinda tauften, und – wer hätte das jemals gedacht? – eine Kunstgalerie in West Hollywood stellte Jakes Skulpturen aus.

Das alles machte den Baum allerdings immer noch nicht viel interessanter. Plastik raschelte. Jake hörte Dallas erst leise, dann immer lauter fluchen, drehte sich aber nicht zu ihm um.

„Endlich. Verfluchter Mist", grummelte Dallas schließlich. „Nie wieder werde ich Tick bitten, mir beim Einpacken zu helfen. Okay. Du kannst dich umdrehen."

164

Jake drehte sich zu ihm um. Es duftete nach frischem, warmen Brot. Dallas hielt einen Flechtkorb mit Brot in der Hand, das in die blauen Servietten ihres Hochzeitsempfangs eingewickelt war. Auf dem Schlafsack stand eine kleine Dose mit Butter, daneben lag ein Messer auf einer der blauen Servietten. Vor Dallas stand eine Isoliertasche, aus der Dampf aufstieg. Ein Deckel lag auf der Tasche, mit der er eben noch gekämpft hatte, weil sie sich nicht öffnen lassen wollte. Dallas' übliches Grinsen war einem schüchternen, süßen Lächeln gewichen, als er den Korb vorsichtig vor Jake auf den Schlafsack stellte. Er rutschte auf Knien näher und schlug die Serviette auf.

„Ich habe den Teig gestern angesetzt, als ihr mit Mom auf dem Antiquitätenmarkt wart. Na gut, mein Dad hat mir dabei geholfen, aber das meiste habe ich selbst gemacht. Ich musste mich früh in die Küche schleichen, um den Herd anzuwerfen. Tick hat das Brot für mich beaufsichtigt, bis es fertig war. Deshalb haben wir heute im Bungalow gefrühstückt. Weil ich dich damit überraschen wollte." Dallas holte tief Luft, als müsste er sich wieder sammeln. Dann atmete er langsam aus. „Ich … ich habe mir so gewünscht, deine Mutter hätte bei unserer Hochzeit dabeisein und sehen können, wie glücklich du bist. Na ja, und dann habe ich mir überlegt, wie ich sie hierherbringen könnte. Für dich … Und das Brot war das Ergebnis.

Ich liebe dich nämlich, Babe. Ich bin so verliebt in dich, dass ich mir gar nicht mehr vorstellen kann, morgens ohne dich aufzuwachen. Und deshalb ist das Brot … es ist irgendwie auch von mir." Dallas legte ihm die Hand an die Wange und wischte ihm mit dem Daumen eine Träne aus dem Gesicht. „Oh Schatz … nicht weinen. Ich wollte nicht, dass du …"

„Ich werde mich für meine Tränen nicht entschuldigen, Dal. Nie wieder", flüsterte Jake und küsste ihn auf die Handfläche.

Jake schob den Brotkorb zur Seite und nahm seinen Mann in die Arme. Er konnte Dallas' Herzschlag an seiner eigenen Brust fühlen, ein starkes, regelmäßiges Pochen, und legte den Kopf auf Dallas' Schulter, bis sich alle seine Sinne mit dem Mann füllten, den er liebte.

„Du hast die Dunkelheit vertrieben, in der ich gefangen war. Und wenn ich weine, dann sind es Glückstränen, weil … ich bin so verdammt glücklich, Dal." Er spürte, wie Dallas ihn fester in die Arme nahm. „Ich wäre nicht mehr hier, wenn du nicht in mein Leben getreten wärst. Das weiß ich ganz sicher. Ich wäre nicht ich, wenn ich dich nicht hätte. Und selbst wenn du sagst, du hättest mich auf meinem Weg aus dem Dunkel nur begleitet … ohne dich hätte ich diesen Weg nie gefunden. Ich werde keinen Tag vergehen lassen, ohne dich daran zu erinnern. So, wie du keinen Tag verstreichen lässt, ohne mich an deine Liebe zu erinnern. Du bist meine Sterne, mein Mond und mein Brot, Dallas. Und ich kann es kaum abwarten, den Rest meines Lebens mit dir zu verbringen."

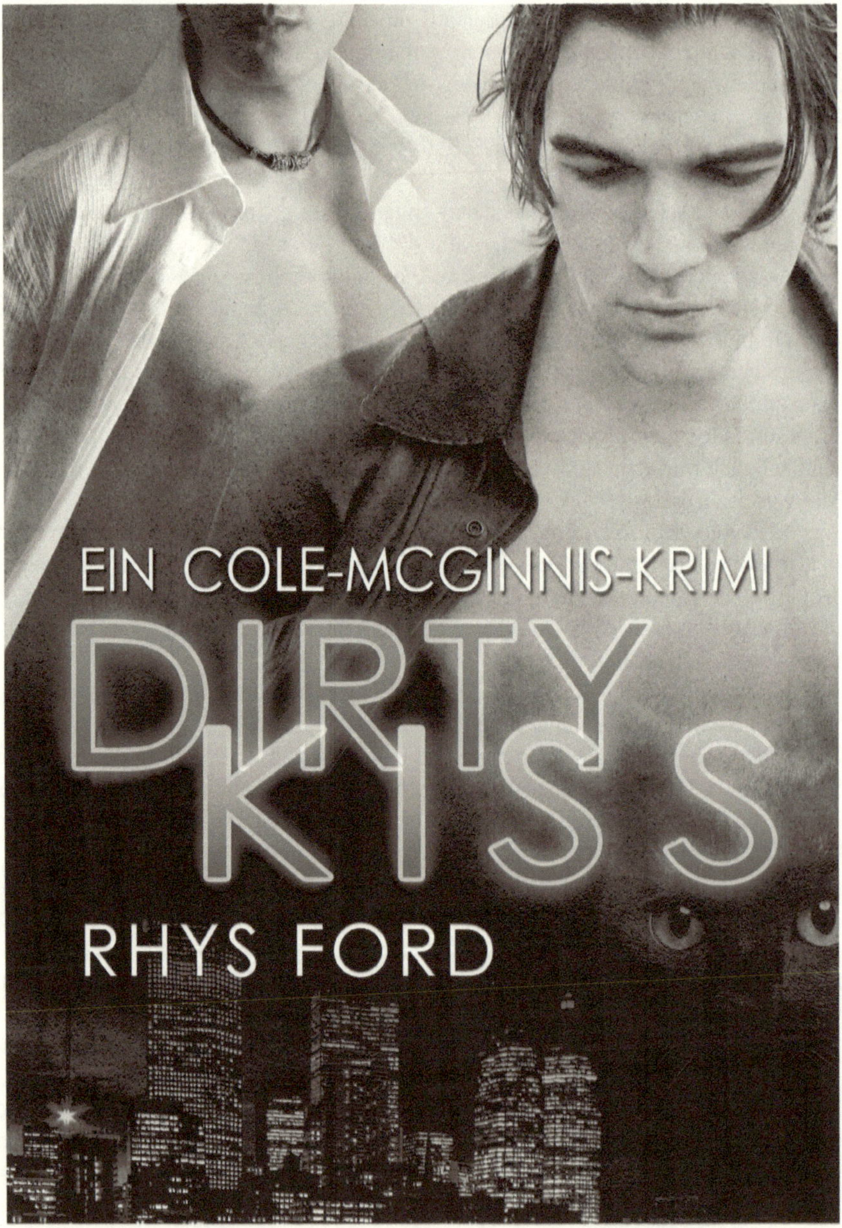
EIN COLE-MCGINNIS-KRIMI
DIRTY KISS
RHYS FORD

Ein Cole-McGinnis-Krimi

Der ehemalige Polizist und Privatdetektiv Cole Kenjiro McGinnis kämpft noch damit, über die Ermordung seines Liebsten hinwegzukommen, als er mit einem scheinbar alltäglichen Fall beauftragt wird. Der Selbstmord des Sohnes eines erfolgreichen koreanischen Geschäftsmannes entpuppt sich als ganz und gar nicht gewöhnlich, vor allem, als Cole bei seinen Nachforschungen Jae-Min kennenlernt, den gut aussehenden Cousin des Toten.

Jae-Mins Cousin hatte ein schmutziges Geheimnis der Art, mit der Cole sich bestens auskennt und die Jae-Min selbst vor seiner Familie geheim hält. Die Ermittlungen führen Cole von geschmackvollen Villen zu zwielichtigen Begegnungen im Dirty Kiss, wo die Reichen und Verschwiegenen ihr Verlangen abseits ihrer konservativen Familien stillen.

Sie führen ihn außerdem in Jae-Mins Arme, was Probleme mit sich bringt. Der Selbstmord sieht mehr und mehr wie ein Mord aus, während Jae-Min das nächste Ziel zu sein scheint. Cole hat bereits einen geliebten Menschen auf diese Weise verloren – bei Jae-Min wird er es mit allen Mitteln verhindern.

www.dreamspinner-de.com

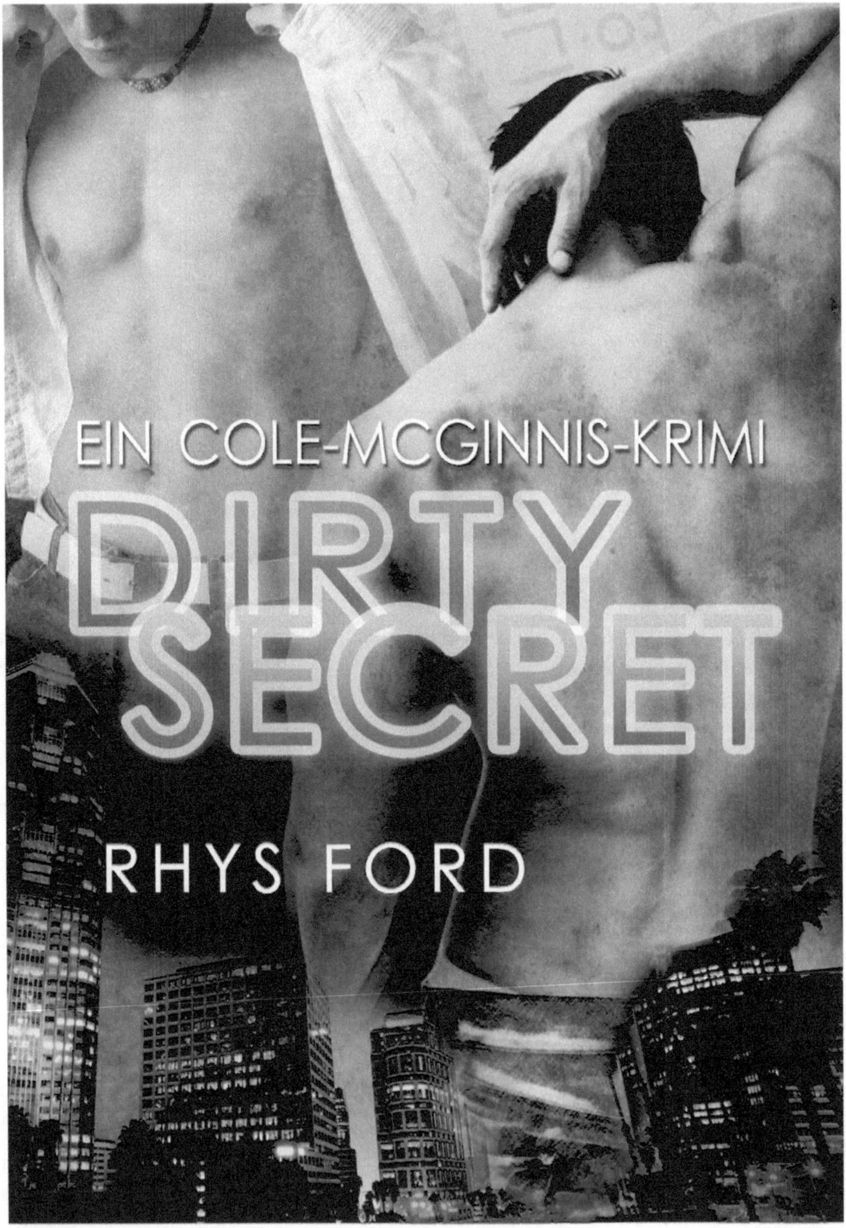
EIN COLE-MCGINNIS-KRIMI
DIRTY
SECRET
RHYS FORD

Fortsetzung zu *Dirty Kiss*
Ein Cole-McGinnis-Krimi

Kim Jae-Min zu lieben ist nicht immer leicht: Jae fürchtet sich davor, als offen schwuler Mann zu leben, während der zum Privatdetektiv gewordene ehemalige Polizist Cole McGinnis es nicht anders kennt. Auch wenn er Jaes Sorgen versteht. Koreaner aus traditionellen Familien sind nicht schwul – zumindest nicht dort, wo man sie sehen kann.

Doch Cole muss sich auch auf anderes als die Probleme seines Freundes konzentrieren. Er hat einen Auftrag. Als die Sängerin Scarlet ihn darum bittet, Park Dae-Hoon zu finden, einen schwulen Koreaner, der seit beinahe zwei Jahrzehnten verschwunden ist, versinkt Cole in der verworrenen Welt reicher koreanischer Familien, in denen Verpflichtungen und Politik dazu führen, dass persönliches Glück für den Erhalt des Geschäftsimperiums geopfert wird. Bald häufen sich scheinbar zusammenhanglos die Leichen an. Mit jedem Schritt zur Aufklärung von Dae-Hoons Schicksal segnet eine weitere Person das Zeitliche – und ein geliebter Mensch könnte als Nächstes auf der Liste des Mörders stehen.

www.dreamspinner-de.com

DUNKLE
SCHATTEN

RHYS FORD

Buch 1 in der Serie – Ink and Shadows

Kismet Andreas lebt in Angst vor den Schatten.

Für den jungen Tattookünstler bedeuten sie mehr als nur Dunkelheit. Er hält sich für verrückt, weil er darin Kreaturen und kriechende Dinge sieht – Monster, die die Schwachen jagen, um ihren Verstand und ihre Seelen zu fressen, und nichts als leere Hüllen der Verzweiflung zurücklassen.

Kismet fürchtet nichts mehr, als ebenfalls auf diese Weise in den Wahnsinn getrieben zu werden.

Die schattenhafte Welt der Grenze ist Colms Zuhause. Als Pestilenz ist er der jüngste und unerfahrenste der apokalyptischen Reiter – wiederauferstandene Menschen, die nun als Unsterbliche der Menschheit dienen und sie zugleich eindämmen. Nur sichtbar für die Toten oder Wahnsinnigen existieren sie zwischen der Welt der Sterblichen und der Grenzwelt, an ihr nahezu ewiges Schicksal gebunden. Da selbst andere Unsterbliche sie fürchten, leben die vier Reiter größtenteils isoliert. Doch Colm möchte mehr kennenlernen als Tod, Krieg und Hunger.

Colm möchte … menschlicher sein und nicht nur mit Wahnsinnigen und Toten zu tun haben.

Als Kismet Colm vor einem Angriff aus den Schatten rettet, findet Pestilenz sich plötzlich in einer heftigen Auseinandersetzung wieder, bei der die Menschheit auf dem Spiel steht. Kismet allein hat Vertrauen zu ihm, obwohl die anderen Reiter den Tod des Menschen voraussehen.

www.dreamspinner-de.com

Von Fischen und Geistern

Rhys Ford

Buch 1 in der Serie – Hellsinger

Als sein Onkel Mortimer starb und ihm Hoxne Grange hinterließ, die Familienvilla aus dem späten neunzehnten Jahrhundert, wurde Tristan Pryce der Zweite in der Familie, der sich als Verwalter um das Anwesen kümmerte, einer Zwischenstation für Geister auf ihrem letzten Weg ins Leben nach dem Tode. Tristan ist auf die Herausforderung vorbereitet, wenn auch nicht unbedingt durch die Geister, die er seit seiner Kindheit sehen kann. Fest entschlossen, zu beweisen, dass Tristan geisteskrank ist, um Zugriff auf sein Erbe zu bekommen, heuern seine liebenden Verwandten Dr. Wolf Kincaid und seine paranormalen Ermittler, Hellsinger Investigations, an, um zu beweisen, dass es auf dem Grange nicht spukt.

Der Skeptiker Wolf Kincaid hat es sich zur Lebensaufgabe gemacht, übernatürliche Phänomene zu entlarven. Nach Jahren voller Schwindel und Fälschungen kann er es nicht erwarten, zu beweisen, dass die Geister des Grange nur auf knarrende Bodendielen und ein zugiges, altes Haus zurückzuführen sind. Auf dem Grange erwarten ihn einige Überraschungen, inklusive des bissigen, verschlossenen Besitzers. Tristan Pryce ist viel attraktiver und viel weniger verrückt, als Wolf bereit ist zuzugeben, und als sein Team im Grange einen geisterhaften Serienmörder befreit, ist er hin und hergerissen zwischen seinem Skeptizismus und dem Verlangen, den Mann zu beschützen, den er eigentlich diskreditieren soll.

www.dreamspinner-de.com

RHYS FORD ist die Autorin mehrerer LGBT-Serien, die bei *Dreamspinner Press* und *DSP Publications* erscheinen. Sie schreibt vor allem Krimis, paranormale Bücher und Urban Fantasy. Ihr 2015 erschienener Roman *Murder and Mayhem* schaffte es ins Finale der *LAMBDA Awards*.

Rhys ist immer skeptisch, wenn eine Autorenbiographie keine persönlichen Angaben enthält, weil: Wer erwähnt nicht seinen Hund, seine Katze oder wenigstens sein Auto? Sie teilt ihr Haus mit Yoshi, einer knurrigen, schwarz-weiß-gemusterten Katze, Tam, einem diabetischen schwarzen Mini-Panther und Gus, einem fuchsroten Cairn Terroristen. Außerdem ist sie die Leibeigene eines 1979er Pontiac Firebird, der ständig repariert werden muss und ermordet leidenschaftlich gern Menschen, die sie nur zu diesem Zweck erfunden hat.

Rhys findet man unter

Blog: www.rhysford.com
Facebook: www.facebook.com/rhys.ford.author
Twitter: @Rhys_Ford

Von RHYS FORD

COLE-MCGINNIS-KRIMIS
Dirty Kiss
Dirty Secret

HELLSINGER
Von Fischen und Geistern

Veröffentlicht von DSP Publications
INK AND SHADOWS
Dunkle Schatten

Veröffentlicht von DREAMSPINNER PRESS
www.dreamspinner-de.com